文学的扎撒

徐兆寿 著

中国社会科学出版社

图书在版编目(CIP)数据

文学的扎撒/徐兆寿著.—北京：中国社会科学出版社，2017.5
ISBN 978 - 7 - 5161 - 9791 - 2

Ⅰ.①文…　Ⅱ.①徐…　Ⅲ.①文学评论—中国—文集
Ⅳ.①I206 - 53

中国版本图书馆 CIP 数据核字(2017)第 018686 号

出 版 人	赵剑英
责任编辑	罗　莉
特约编辑	席建海
责任校对	李　林
责任印制	戴　宽

出　　版	中国社会科学出版社
社　　址	北京鼓楼西大街甲 158 号
邮　　编	100720
网　　址	http://www.csspw.cn
发 行 部	010 - 84083685
门 市 部	010 - 84029450
经　　销	新华书店及其他书店

印　　刷	北京明恒达印务有限公司
装　　订	廊坊市广阳区广增装订厂
版　　次	2017 年 5 月第 1 版
印　　次	2017 年 5 月第 1 次印刷

开　　本	710×1000　1/16
印　　张	16.75
插　　页	2
字　　数	201 千字
定　　价	66.00 元

凡购买中国社会科学出版社图书，如有质量问题请与本社营销中心联系调换
电话：010 - 84083683

目　　录

第一辑　批评的维度

第二辑　远足与冒险

第三辑　文学的扎撒

第四辑　困境与超越

第一辑

批评的维度

论伟大文学的标准

什么是伟大的文学？当代中国为什么不能出现文学大师？当代文学离世界文学究竟有多远？自 20 世纪 80 年代以来，这些命题就一直是当代中国文坛不绝于耳的吵闹声，尤其是在近年内，随着中国文化与世界文化的接触面越来越广，中国作家不断地在别国获奖，以及每年一度的诺贝尔文学奖所引发的话题，使作家、学者、读者都情不自禁地参与到这些命题的谈论中，使这一命题逐渐成为一个随时都能引发的重要主题。比如，王蒙 2005 年 4 月在中山大学演讲，他在回答一位记者的提问"中国作家为什么不够伟大"时，调侃道："就是因为自杀的人太少了。"结果，他最后的这句话成了新闻的标题，引发了国内对作家、伟大与自杀的关系的热烈探讨。同年 10 月，美国籍华裔作家哈金在《南方周末》发表了《伟大的中国小说》，引发了中国内地很多作家和读者的争议。[①] 评论家郜元宝、作家苏童等都参与了这场讨论。到 2007 年 4 月至 5 月，贝塔斯曼公司和新浪读书联手推出了"当代读者最喜爱的 100 位华语作家"活动，在即时投票的前 20 名中，韩寒、郭敬明、安妮宝贝三位青春文

---

① 哈金：《伟大的中国小说》，《南方周末》2005 年 10 月 14 日。

学写手的票数甚至超过苏轼、李清照、朱自清、徐志摩等人。这一结果又一次引发人们对当代文学、"80后"作家以及什么是伟大作家的一系列争议。针对这些问题，著名评论家雷达曾于2006年在《光明日报》发表题为《当前文学创作症候分析》一文，分析了这个时代为什么产生不了伟大作家的主要原因。该文发表后，立刻引发了全国各地作家和评论家的关注，《光明日报》为此特开辟了讨论专版，讨论持续了很长一段时间。2015年5月中旬，雷达又在第三届文博会上演讲时重申了这一主题，尖锐地指出了当代文学的精神缺失，也回答了为什么在我们这个堪称伟大的时代里却涌现不出伟大作家的问题。

这些事件的发生，使"伟大文学"的概念进一步凸现，但正如王蒙所言，每个人对伟大的理解是不同的，所以也就无法深入地探讨下去，最后只能是不了了之。但事实上，这些事件的发生和发展表明，我们必须对"伟大文学"进行一些规律性的研究和总结，必须回答这个问题，而不是回避。

探讨这一主题，可以解决当下文学创作与批评中的一些难点问题。首先是为当代文学的发展提供积极、可靠、真实的精神资源。伟大与否往往是一种感觉，修养不同，感觉也不一样。在消极相对主义的影响下，"伟大"与"渺小"往往被偷换，使伟大成为一种虚无的象征。这种特点在每一次的文学争论中都会涌现出来。如王朔对鲁迅的猛烈攻击与否定便是一例。在王朔那里，虚无主义本来就是其创作和思想的根本。"我是流氓我怕谁""我是文坛钉子户，就是不搬""爱你没商量"等这些宣言都表明王朔的无理性本质。王朔从来没有超越"私我"的界限，但是，鲁迅不同，"我以我血荐轩辕""俯首甘为孺子牛"等宣言何其壮观，何其"超我"。同样，当王蒙先生说伟大的作家没有标准时，也透视出其精神世界的犹豫不定，甚至虚无。这种现象不仅仅存在于当代那些著名作家身上，而且成了一种景象。当前整个文学创作一片苍白的背后，其实是精神资源的极度匮乏。相反，在那些优秀作家的心中，"伟大"其实一直是他们心中的标高，慢慢地靠近，再慢慢地超越。残雪在其博客中写道："我心目中的伟大作品，是那些具有永恒性的作品。即，这类作家的作品无论经历多少个世纪的轮回，依然不断地影响着人类。"面对当下缺乏"伟大标准"的混乱局面，她无奈地说："既然没有标准，我选择沉默来保护'伟大'的完整性。"因此，探索什么是伟大文学的标准，也就意味着为作家寻找一种可靠的精神资源。探讨这一标准意味着对古往今来的伟大文学进行一次规律性的总结，而这些标准将成为今后作家（不仅仅指中国作家）努力的方向。

其次，探讨这一标准，还可以为当代作家的创作树立一种理想。哈金在其《伟大的中国小说》一文里说："早在 1868 年，J. W. Deforest 就给伟大的美国小说下了定义，至今这个定义仍在沿用：'一部描述美国生活的长篇小说，它的描绘如此广阔、真实，并富有同情心，使得每一个有感情、有文化的美国人都不得不承认它似乎再现了自己所知道的某些东西。'表面看来，这个定义似乎有点陈旧、平淡，实际上是非常宽阔的，并富有强大的理想主义色彩。它的核心在于没有人能写成这样的小说，因为不可能有一部让每一个人都能接受的书。然而，正是这种理想主义推动着美国作家去创作伟大的作品。纵观美国文学，我们会发现每一部里程碑式的作品后面都有伟大的美国小说的影子——《汤姆叔叔的小屋》《哈克贝利·费恩历险记》《白鲸》《大街》《愤怒的葡萄》《奥吉·马奇历险记》等巨著都是如此。"他还援引了印度文学的发展。哈金还认为："目前中国文化中缺少的是伟大的中国小说的概念。没有宏大的意识，就不会有宏大的作品。这是为什么现、当代中国文学中，长篇小说一直是个薄弱环节。"哈金的话不无道理。当我们把《红楼梦》确定为我们古典文学中最伟大的小说时，后世就有很多人以《红楼梦》为超越点。贾平凹的《废都》在暗地里是与《红楼梦》和《金瓶梅》较劲的。而中国当代那些现实主义作家又往往是以托尔斯泰、巴尔扎克、马尔克斯等为标准的，现代主义作家又是以卡夫卡为目标的。

最后是为文学批评提供一种基本的价值尺度。比如，近年来，无论作家还是评论家，甚至政治家，都在谈"伟大的文学"或"大师"，但"伟大的文学"或"大师"的标准是什么，却一直难有定论，甚至无从谈起。这就使得这些言论成为一种虚无缥缈的奢望，也使得这些言论缺乏必要的依据。如果有了一些基本的尺度，而且绝大多数人都认可，那么，文学批评和言论便有了基本的标准。

但是，要讨论"伟大文学的标准"这样一个宏大的主题是有很大难度的。在古代，每一个国家或民族都相对独立，文化的传统也相对统一，在这种情况下，伟大文学似乎是无须讨论的。但是，在今天这样一个世界文化相撞和众声喧哗的时代，这个命题不仅随着文化的强弱而显得重要，而且要讨论这样一个主题格外困难。究竟应以什么样的范式来进行讨论？在历史上，有哪些重要人物进行过这样一项可供依循的工作？它的研究范围是什么？等等。这些问题都必须解决。

显然，这个问题过去有不少人意识到了，但都没有进行研究和梳理。能够依循的方法实在不多。不过，在世界文化融合的当代，有一条研究的道路是明了的，那就是越来越多的学者都开始从"人类"和"世界"的角度去研究和梳理问题。这就是我们讨论什么是伟大文学的一个基本思路。如雅斯贝尔斯在其《大哲学家》里提出了一些著名的哲学概念：世界方向、世界哲学、世界公民、世界意识等，说到底就是"人类性意识"。他认为，凡是那些伟大的哲学家、文学家、宗教领袖几乎无一例外地都具有这种人类性意识。在这本著作里，雅斯贝尔斯将整个人类的伟大哲学家进行了概括，挑选出了三类共十五位哲学家，其中，中国的孔子和老子分别被他归入思想范式的创建者和原创形而上学家两大类中。他是德国哲学家中第一个把研究的视角延伸到中华文明的，也就是说，他研究的范围再也不是欧洲中心主义的，而是世界的、全人类的。可以说，雅斯贝尔斯的这种对伟大哲学家的"发现"给我们评价伟大文学提供了标准。他对大哲学家的"伟大作品"的标准有三：（1）哲学思想是超越时代的；（2）独创的思想；（3）拥有并非一成不变的内在独立性。

　　雅斯贝尔斯的这种研究和概括已经越来越多地被当代哲学界和思想界所认可，如在当代，世界史不断地被历史学家重新编写就是这样一种思想在暗中涌动的结果。世界文学史也在不断地被改写，而改写的主要问题就在于对于世界文学来说，哪些文学作品才能称得上是世界性的。

　　根据雅斯贝尔斯的做法，首先得概括和限定世所公认的伟大文学。反过来说，要从这些文学中概括出伟大文学的标准。综观中外文学史，可以从四个范围来进行总结：一是中国古代伟大的文学作品及其特征。二是世界古代伟大文学及其特征。三是一百多年来现实主义伟大文学及其特征。之所以将其单独提出来，是因为自 19 世纪以来现实主义文学成为世界文学的主流，而且中国现当代作家受现实主义文学传统的影响也最大，所以有必要对现实主义伟大文学进行一次大致的比较。四是一百年来诺贝尔文学奖获奖文学及其特征。虽然诺贝尔文学奖不能概括一百年来所有世界级的文学成就，但它所尊崇的理想精神被公认为是伟大的，它所评选出来的作品很多也的确是举世公认的伟大文学典范。前两类文学是经过数百年甚至数千年历史和文化的考验的经典性作品，几乎无人怀疑，后两类文学受历史和文化的考验尚不足，但它们不仅深刻地影响了当时的社会，而且还在影响当下的文化和生活。所以，这四类文学可以代表整个人类的伟大文学。

对这四类文学进行归类研究，就会发现如下一些共性：

一是深刻、广泛、丰富地反映一个时代人类的生存现状和精神追求，甚至一个民族的演进历史，如诗史。伟大的现实主义文学基本上都是一个时代的"百科全书"，同时又是一个时代的精神谱系。当然，这种百科全书不是表象的，而是去了表象之后的本质袒露。它们对时代的揭露和表现往往是传神的，也不取媚于任何势力与团体。《荷马史诗》《浮士德》《唐·吉诃德》《诗经》《红楼梦》等，都属于这一类作品。匈牙利著名的现代哲学家、美学家和文艺理论家乔治·卢卡契曾对现实主义伟大文学作过整体的研究与总结，提出了"伟大的现实主义"理论，他说："现实主义不是一种风格，而是一切真正伟大的文学的共同基础。"①

二是对人类正面价值的肯定与弘扬。人类所有伟大的文学作品，都体现了人类所追求的一切正面价值，如正义、理想、善良、宽容等。有一些作品可以是名著、奇书，但不能称为伟大的文学。如当下正在网络上被热议的《金瓶梅》，很多人都认为它是奇书，也已经是名著，但又觉得它与《红楼梦》《三国演义》等不能等同，总觉得有些问题，但问题的症结在哪里，又一时说不清楚。古人将其定为"淫书"，鲁迅讲它是"世情小说""尽其情伪"，郑振铎形容其是"伟大的写实小说"。淫与不淫牵涉到价值判断，而鲁迅的评论只是小说类别的判断，并非价值判断，郑振铎则是从写作手法来形容，但称其为"伟大"，不免过分。其实，所有对此书进行研究和判断的人最终进行价值判断时都以其中的"性爱描写"为重点，若仅仅以此进行判断，以现代人的观念来看，它一点也不淫。既然性爱内容不淫，又为何仍然是禁书，为何人们还是莫衷一是？其实，判断一本书淫与不淫，或正与邪，并非以其中的性爱描写为要义，而应该以其中的伦理关系为要义。因为从现代人的观念来看，性爱是美好的，性爱的快乐功能是正常的，无须指责的。《金瓶梅》正是描写了这种欢乐的性爱场面，何罪之有？判断淫与不淫的主要尺度不是性爱，而是伦理。若伦理混乱，便为乱伦，是为淫，若伦理未乱，其性爱越是快乐越是能够体现当代人对爱的需要。《金瓶梅》的问题恰恰在于伦理的混乱。同时，从《金瓶梅》全书来看，尽管如鲁迅所说的"尽其情伪"，但呈现在读者面前的除了欲望，便是利与害，是

① 卢卡契：《卢卡契文学论文集》（第二卷），中国社会科学出版社 1981 年版，第495 页。

悲凉的人生。整部小说中几乎很难见几个正面的价值形象，即使是武松，在《金瓶梅》中仍然也以负面价值形象出现。少有的几个清官也是见利忘义的。一种向下的、向着负面价值行进的叙事向度的确是"尽情"地暴露了冷色、悲凉、虚无的人生，人性深处"恶"的形象赫然站立，撕人心魄。相反，人性深处善的一面荡然无存，正面价值漂泊无依。这就是《金瓶梅》只能是一部奇书，却不能成为"伟大的小说"的重要原因。

1949 年，福克纳在诺贝尔奖获奖演说中说：一个作家，"充塞他的创作空间的，应当仅只是人类心灵深处从远古以来就存有的真实情感，这古老而至今遍在的心灵的真理就是：爱、荣誉、同情、尊严、怜悯之心和牺牲精神。如若没有了这些永恒的真实与真理，任何故事都将无非朝露，瞬息即逝"。他还说："人是不朽的，这并不是说在生物界唯有他才能留下不绝如缕的声音，而是因为人有灵魂——那使人类能够怜悯、能够牺牲、能够耐劳的灵魂。诗人和作家的责任就在于写出这些，这些人类独有的真理性、真感情、真精神。"① 刘再复在《百年诺贝尔文学奖和中国作家的缺席》② 中说："瑞典文学院选择了福克纳，而福克纳的这席话又充分地体现瑞典文学院所把握的诺贝尔的'理想主义'和评价准则。一百年来，诺贝尔文学奖获得者确实共同展示了一种'心灵的真理'，宇宙的理性，这就是爱、荣誉、同情、尊严、怜悯之心和牺牲精神。反此真理的另一极，即仇恨、暴力、堕落、冷漠、自私等等，瑞典文学院则给予断然拒绝，不管他们拥有多大的才能。"

---

① 建金刚、宋喜、金一伟编译：《诺贝尔文学奖颁奖获奖演说全集（1901—1991）》，中国广播电视出版社 1998 年版，第 367 页。

② 刘再复：《百年诺贝尔文学奖和中国作家的缺席》，《北京文学》1999 年第 8 期。

因此，对于伟大文学来讲，其伟大正表现在对人类这些正面价值的树立、弘扬，给人类以生活的理想、信心，甚至永恒的期盼。

三是人类性，世界性。凡是伟大的文学都应该拥有一种超民族、超国界的精神，也就是人类性。百年以来，尽管在诺奖评奖中有政治、民族、信仰等方面的局限性，但是，绝大多数诺贝尔奖获奖文学作品都基本体现了"理想性""人类性"。当美国作家赛珍珠获得诺奖时，评奖委员会给她的评价是：赛珍珠杰出的作品使人类的同情心跨越了种族的鸿沟，并在艺术上表现出人类伟大而高尚的理想。"近年来，瑞典文学院对所谓第三世界国家文学或者所谓边缘文学的注重是有目共睹的，欧美作家已经越来越难于问津诺贝尔文学奖了……他们不想站在西方文化中心主义的立场来评价其他文化的作品，也并不主张各种文化之间互相对立、排斥和较量，而且主张互相联系、融合甚至介入。"从诺奖的这一动向可以看出，诺奖在尽可能地体现其"人类性"，从而显示其价值的"伟大"。

四是超我的精神启示。西方一位评论家说，读一部伟大的文学作品，就仿佛是进入了一座教堂，接受了一次灵魂的洗礼。意思是说，凡是伟大的文学作品，都有一种庄严的、宏伟的、超我的精神，对读者有一种精神的启示作用。还有人说，好的文学与读者之间是征服与被征服的关系。仍然是说，伟大的文学是有教育功能的，是能够改善自我的。弗洛伊德将人的精神分为本我、自我与超我。超我是人类追求的最终目的，它是制约本我和解放自我的真正力量。因此，超我精神乃伟大精神的必备条件。当我们阅读一切伟大的文学时，我们都能感受到这种超我的精神，它给我们启示，使我们反照自我的善恶、美丑，在不经意间改变了自我。这种超我的精神和启示的作用在傅雷为《约翰·克利斯朵夫》所作的中文译著献辞中被充分地表达了：《约翰·克利斯朵夫》"所描绘歌咏的不是人类在物质方面而是在精神方面所经历的艰险，不是征服外界而是征服内界的战迹。它是千万生灵的一面镜子，是古今中外英雄圣哲的一部历险记"。①

五是对人类当下存在的终极价值进行怀疑、追问、批判和回答。虽然这是一个哲学问题，但是，伟大的作家其实本身就是一个哲学家，只不过他不是用哲学的方式而是以文学的方式来进行这一切活动。哲学是对存在问题的理论阐释与回答，而文学则要呈现形象，呈现过程。在轴心时代，人类最早的伟大经典的文本形式既是哲学又是文学。如柏拉图的《理想国》里有人物形象，有故事内容，还有哲学命题与回答；庄子的文章既有形象、故事，又在语言风格上独树一帜。即使是《圣经》，也是最美的抒情诗或叙事诗。而从中古以后，西方文学一个重要的特征表现在对轴心时期和公元元年前后确定的哲学、宗教思想的怀疑、批判与认同。歌德的《少年维特的烦恼》实际上是早期歌德对上帝精神的怀疑，在找不到人生意义时的一种虚拟自杀，而在《浮士德》中，饱学之士浮士德仍然持此态度，但是，在他经历很多事件之后，在他死后，又回到了上帝身边。也就是对至善的一种认同。在托尔斯泰那里，对至善、和平、爱、同情心、大悲悯、非暴力等人类最高理性原则进行了全新的解释。在《约翰·克利斯朵夫》里，罗曼·罗兰以贝多芬为原型，塑造了一个一直在探讨人生与艺术真理的艺术家形象，他早年怀疑上帝存

① ［法］罗曼·罗兰：《约翰·克利斯朵夫》，傅雷译，漓江出版社1992年版，第11页。

在，而在晚年时才谦卑地低下头来，皈依上帝。还有陀思妥耶夫斯基，他的作品几乎完全都是对存在合理性的怀疑和判断，而他的一生也分为两个时期，前半生是怀疑，后半生是对上帝精神的确认。在这些伟大作家的作品里，表现出来的是对人类当下存在的彻底的终极性的追问，和对这些问题的形象的回答。

中国明清时期的小说《红楼梦》，充分展示了曹雪芹对以儒释道为终极价值的怀疑、批判，成为中国古典小说中少有的对终极价值进行追问的作品。就是有这种追问，他才塑造了贾宝玉、林黛玉这两个与当时儒家价值完全对立的形象。在这两个人物身上发生的一系列事件实际上都是对价值的追问与回答。小说开头与结尾相呼应，表达的仍然是作者对人类当下存在的否定精神。而这种否定精神，又在道家和佛家那里成为一种肯定的精神。这就是《红楼梦》通篇为何贯通着一种忧伤、悲凉、哀叹气息的主要原因，同样，这也是《红楼梦》高于其他小说的主要原因所在。

即使在现代派作家那里，对当下存在的追问与对终极价值的试图回答也是他们的最高理念。卡夫卡的《变形记》、加缪的《局外人》以及艾略特的《荒原》都是对存在进行反向追问、批判与书写的文本。尽管他们不像古典时代的伟大作家那样能够回答这些追问，但是，他们意识到了存在的问题。如果对古今中外一切伟大作家进行分析，就会得出一个惊人的结论，几乎所有的伟大作家都有对终极价值的追问与关怀。这是因为他们本身具有哲学家、思想家的深度，同时，他们锐利的目光和深刻的文字总是在关注人类存在的矛盾处境。那些一般作家总是津津乐道于语言的华丽、故事的精巧、市场的流行，他们在乎的是读者的喜好，往往不触及人类存在的悲

剧性所在。

六是对人性新的发现与探索。但丁被恩格斯称为"中世纪的最后一位诗人，同时又是新世纪的第一位诗人"，其《神曲》表明他是第一个反映文艺复兴时期人文主义思想的诗人。莎士比亚的每一部戏剧都可以说是对人性深掘的作品，其精彩对话句句都透露着诗人对人性的深刻把握。加缪的《局外人》尽管受到这样那样的质问，但熟知加缪思想的读者深知，其主人公莫尔索的一系列行为并非真的愚昧、无人性，而是有原因的，这原因便是强大的虚拟化的人类文明的秩序，它与个人的一切构成了一个荒诞的世界。加缪所揭示的是人类存在的悲剧性，这也便是人性的泯灭。最具代表性的还是歌德与托尔斯泰。歌德的《浮士德》虽然不是小说，是诗剧，但是，与此前的宗教诗剧和小说不同，浮士德是一个没有宗教信仰的学者，在受到魔鬼靡非斯特的诱惑后开始过一种欲望化的生活。虽然浮士德终归彼岸，但是，其奋斗的整个过程显示的是人性的巨大成功。整个欧洲文艺复兴时期出现的文学大师们，几乎都是对人性的重新发现。到了托尔斯泰那里，人性中的所有善恶问题都成为作家要重新探讨的命题，就像伟大的科学家总是在对既定的公理进行证明时才发现新的定理一样，伟大的作家也在这种对公理式的古老命题进行论证时发现了新的人性领域。

七是不可比拟与摹仿的文本形式的创造。每一种新文本的产生，其实都源于作家对生活和人类存在处境的重新发现和解读，并非简单的形式的更新。傅雷在《约翰·克利斯朵夫》的中文译著献辞中这样写道："《约翰·克利斯朵夫》不是一部小说，——应当说，不只是一部小说，而是人类一部伟大的史诗。""是贝多芬式的一阕交响乐。"的确如此，《约翰·克利斯朵夫》不仅改写了以往小说重视外在故事情节和单调的叙事模式的文本形式，重新创造了一种纯粹摹写内在精神生活的复调式的小说，而且成为后世作家们所崇拜的小说范式。马尔克斯被誉为魔幻现实主义的创造者，但是，他本人非常反感这样的评论。1982 年，哥伦比亚黑绵羊出版社推出了加西亚·马尔克斯与另一位哥伦比亚作家兼记者普利尼奥·阿普莱约·门多萨的谈话录《番石榴飘香》，在这部书中，马尔克斯说，评论家都太自以为是了，"他不过是想给自己的童年经历找一个合适的归宿而已"，至于小说为什么这样写，他也是寻找了很久，最后才像"老祖母讲故事一样写小说"。他还说，在他的眼里，这根本不是魔幻，而是历史，真实的历史。

在文本的创造方面，我们还能列出一大堆名字，如莎士比亚、陀思妥耶夫斯基、乔伊斯、普鲁斯特、梅里美、卡夫卡、博尔赫斯，等等。总之，伟大作家的文本与其本人一样，都是独特的，难以摹仿的。卢卡契在探讨现实主义的伟大标准时说："形式不过是最高的抽象，是简练地表达内容并把它的安排推向最高潮的最高方式。"[1]也就是说，这些文本的创造，并非这些作家像人们所说的那样进行文字游戏，而是他们对生活的伟大发现。

一种新的文本的产生，常常会带来一种新的文学现象，甚至是文学的革命。如马尔克斯的《百年孤独》之后，在世界范围掀起了一场魔幻现实主义运动，尽管他本人对此不屑一顾。在普鲁斯特的《追忆似水年华》出版后，一场意识流写作、散文化小说的风气也悄

---

① 转引自《关于卢卡契哲学美学思想论文选译》，中国社会科学出版社 1985 年版，第 85 页。

然兴起，尽管很多追随者根本不懂得普鲁斯特伟大、深邃、忧伤、敏感甚至疾病的内心世界，只是摹仿其皮毛。

伟大文学的标准也许还有，但大体上可以归纳为以上几点。在这里，需要说明的是伟大文学与伟大作家的关系，因为这两个概念常常混在一起。从表面看，它们显然不是一个概念，比如，《诗经》是中国古代伟大的经典，但不能说其作者个个都是伟大的（当然，如果把《诗经》的作者抽象化，再加上孔子的融合，这个作者仍然可以称为伟大的作家）。再比如，作家与宗教领袖和哲学家往往不同，后者更具榜样性，其受众对其往往存在一种"宗教情怀"，自然产生了一种伟大的敬畏感，而作家往往缺乏这样一种榜样性。但如果我们从本质上进行对比就会发现，伟大文学与伟大作家其实是表与里的关系，一个心灵矮小的作家怎么都不可能创作出伟大的文学来。只不过，作家在人们的心目中更为日常化，更为人性化，因为作家要呈现的是欲望与精神共有的形象。相比之下，那些被称为伟大的宗教领袖与哲学家不同，他们在人们的心目中突出了神性，去掉了日常性和人性，是与欲望相对立的存在。作家比他们多了一种欲望化的、人性化的、日常化的存在而已。

文学批评应有的气质

　　记得 20 世纪 80 年代读大学时，我既喜欢看小说，也喜欢读文学评论。那时的文学评论都写得激情四射、文采飞扬，能清晰地触摸到作者的态度、观点甚至呼吸。作者在场，作者力图将一篇批评的文章写成美文。那时的哲学也一样。尼采、萨特的文风既形象生动，又深刻见底，影响了很多青年学生。即使是马克思的长篇宏论，也有一种雄浑、生动、深刻的气脉，读来让人不觉得"隔"。人们甚至热情地赞颂孔子、苏格拉底那种简单的对话方式。即使到了 90 年代，这种文风仍然延续了一段时间，那时学报上的文学评论或研究文章也能让人一口气读下去。但后来，随着各种理论的盛行，以及学院派的注释风气的影响，写批评被要求必须引用必须注释甚至必须理论，这种文气本来只是要求一个批评家要有相应的文学理论修养，但后来就成了学界和批评界通用的一个标准。文学批评越来越变成了僵硬的理论、大量的注释和修辞，对文本的感性认识不存在了，甚至最后连作者也不在场了。不知所云。那时读海德格尔和德里达以及索绪尔的一些论著，就觉得有些"隔"了，有些厌弃了。也许是翻译的问题，但有一点是清楚的，到了 90 年代，人们逐渐地对

理论有些远离，对那些大量的从来也没有人去读的注释充满了怀疑和厌弃。理论在盛行的同时成了晦涩的修辞，除了学者生搬硬套外，几乎无人问津。文学批评就是在这样一种风气中渐渐地远离了人们。现在，这种风气应该变一变了，否则，批评将彻底死亡。值得欣喜的是，最近一些文学评论家也在著文呼唤新的文学批评。

那么，今天的文学批评应该是一种什么格调呢？或者说它应有什么样的气质呢？我以为，有以下一些特征。

一是感性。今天，我们重读近百年来一些被人们称颂的文学批评家的文章时，就会发现这些文章都是充满了感性色彩的，也可以说是充满了形象感。这里的感性一方面指的是评论家将他对一部作品或一个作家的认识形象化了，生动化了，比如李健吾评沈从文的小说，比如钱谷融评论《雷雨》中的蘩漪；另一方面也指的是评论者的行文是感性的，充满了情意。感性对于评论家来说是非常重要的，它仿佛天赋的才秉。一个一流的批评家往往可以凭这样一种才秉来感知一部作品的优劣，并以此来著文。不仅如此，在我看来，文学批评本身已经成为一种独立的文体，成为文学的一部分。现代以来，文学批评已经成为文学再创造的一个不可或缺的部分。一部作品当它面世时，仅仅只是走完了一半的路程，接下来，读者完成剩下的一半。而在这中间，批评家就成了关键的桥梁。或者说，批评家本身也是一种独立的完成。《文心雕龙》中提出的"神思"之说，在我看来，也可以看成是批评家在写作评论文章时的一个创作过程。刘勰说："文之思也，其神远矣，故寂然凝虑，思接千载；悄焉动容，视通万里。吟咏之间，吐纳珠玉之声；眉睫之前，卷舒风云之色。"这不但是散文创作时的情状，而且也是评论文章创作时应有的情状。评论文章若写成如此这般，就形神兼备了。只可惜，在今天由于一些考据式的研究风气的影响，很多学者的批评文章都成了毫无感情的引文罗列，似乎这样做才是有学问，殊不知是知识杀死了一个感性作者。如果用今天学界流行的史料考据式的文风来察看《文心雕龙》，这部曾经影响中国一千五百多年的著作便不是一部有说服力的作品了，因为照那些老夫子的说法，它很少引用前人的理论，多是作者的感性"臆断"。但是，恰恰是这种感性的判断才是最为准确的，而且这样一种感性也是一千多年来流淌在大多数读者心中的一股活的泉水。

二是精细。我指的是文本精读。这本来是一个批评家的常识和必做的功课，然而，由于近十年来写作的大众化、出版业开放带来的文学作品的"泛滥"以及生活节奏的快速发展带来的批评家的手忙脚乱，从而导致批评家往往都是应付批评，无暇去细读文本，这就导致许多批评家在评论一部作品时往往是东拉西扯，离题万里，最后凑合着提一提作品了事。此外，还有一种现象是，由于各种西方文学理论在学界的盛行，从而使这种风气也影响到当下的文学批评，于是，一些批评家在对文本并没有进行完全把握的情况下套用一些西方理论来解读文本，最后可能使一部粗制滥造的作品也具有与伟大作品同样的价值和意义。

三是优美。很多人认为，文学批评只是说理而已，只要说理透彻就可以，但是，好的文学评论本身就是美文。如《文心雕龙》本身就是美文。梁启超的《论小说与群治之关系》和陈独秀的《文学革命论》一气呵成，气吞山河，雄浑澎湃，是壮美；李健吾的《〈边城〉——沈从文先生作》与钱谷融《"是残酷的爱和最不忍的恨"——论繁漪》参透了文学中的人物，怀着那样一种罕见的人道主义的宽容、同情，似乎是从人物的心里来，又流到读者的心里去，把一切的偏见都先抛弃了，在那样一种人性的基础上达到了理解，那样优美，那样和谐。事实上，很多评论家本身就是散文家。如周作人不但是新文学运动中首倡"人的文学"的批评家，而且也是散文大家，他的小品文自成一体。新时期以来一直活跃于文坛的雷达，不仅是民族文学精神的守护者，对当代很多有价值的文本发表了高见，而且其散文也颇具风骨，因为这一点，他的评论有很多都是美文。无怪乎贾平凹说"我一直把雷达当散文作家"。

四是真诚。真诚是一个批评家必需的品质，唯此，他才公正，敢于直言。世人都喜欢赞扬，这是人性的弱点。世人又都喜欢和睦，不愿意招致敌人，这也是人性的弱点。所以，作家和批评家们往往都是共谋者。这就导致私利上"真诚"而丧失了艺术和真理的真诚。所以，真诚的批评家往往都是敢于和自己、敢于和朋友站在对立面的公正的使者。文学界这样的批评家不乏其人。远的不说，单说近百年来就有胡风批评朱光潜，傅雷批评张爱玲，李长之批评老舍，李建军批评陈忠实、贾平凹等例子。关于这一点，在红包批评家、圈子批评家流行的今天尤其可贵。我们需要一些真诚的批评家站出来揭露真相，指出文学的虚假景象。

五是深刻。深刻并非指一定要套用文学理论，或者引用了一大堆名人名言。深刻也并非指无理的谩骂、攻击，或者讲了一大堆不知所云的"哲学"道理。深刻指的是一个批评家长期对人性、世界和社会有深刻洞见，在评论一些人物、故事或社会、历史时往往能一语中的，入木三分，使读者豁然开朗、拍案称是，甚至使读者陷入久久的思索。不仅如此，深刻的评论家也可能同时是了不起的哲学家、思想家、理论家。如别林斯基的评论文章，不仅感性和充满了才情，而且深刻有力。他本身就是一个哲学家。如心理学家荣格不仅创立了原型批评，而且将其运用于文学批评。只有这样的评论家才有可能对人性有着广大深刻的认识。还是李健吾说得好："一个批评家，第一先得承认人性的存在，接受一切灵性活动的可能，所有人类最可贵的自由，然后才有完成一个批评家的使命的机会。"这样的批评家，他对一部作品或一个作者的评价往往具有"盖棺定论"式的特点。他有时可能与作者同步，与作者心有灵犀，从作品中汲取力量，当然，在这个时候，作者本身是很了不起的，但有时候批评家可能远远地超越了作者，甚至站到了作品与作者的对立面，这个时候，他可能就是一个正义的化身，一个真理的高度，艺术女神的使者。于是，他的批评就是枪炮。他要引领人们探索人性，不盲目，不崇拜权威，但他同样也会成为人类正面精神的捍卫者。

六是气广。这是指一个人的胸怀。在古代，中国人都认为天下就指的是中国，所以古代中国文人都有一种广阔的胸怀，即天下观。但到近代，中国人认识了整个世界，从那时始，民族观念盛行。现在一些批评家还谈地域观念。但是，从"五四"以来的一些学贯中西的批评家和20世纪80年代以来一些有思想有见识的批评家已经将自己思想的场域扩大到整个世界。如周作人、梁实秋等谈文学，往往谈的不单是中国的文学，而是整个人类的文学。如李健吾评沈从文是在与巴尔扎克、福楼拜等人的对比中来显见的。今天，中国不仅在经济、军事上成为世界强国，在文化艺术等方面也应该成为世界文化艺术的宝库。但是，我们很多批评家还不具备这样的气度，

并不是他们不想，而是还不够。自 20 世纪 80 年代以来，中国的文学就已经是一个吮吸整个人类文学传统的新生儿了，特别是那些先锋派作家和新的不断崛起的年轻作家，他们的精神来源和艺术传统很可能已不再是中国本土的，而是遥远的美洲、欧洲和整个世界。那么，批评家就更应该有这样广阔的胸怀。也只有尽可能地具备了整个人类文学传统的批评家，才有可能对今天的文学发表真知灼见。从这一点来说，今天的批评家比过去任何一个时代都要艰难得多。

当然，今天的文学批评还可能有一些适合时代的特点，如简短，不必像一些史论那样冗长乏味，在这个快捷的时代应该给读者一种快捷的评论；如语言要有时代感，网络语言、时下流行的语言也可能是读者最喜欢的文风之一，批评家应该多汲取时代的养分，等等。总之，文学批评的风气应该变一变了，应该重新回到读者中间去，回到文本中去，回到感性中去。唯有如此，文学批评才会对文学本身有益，对这个时代的精神有益。

批评的维度

批评有很多种。有的人只钟情于一种严肃的文学，以为天下真理为其一人掌握，凡是与此不相符的便破口大骂；有的人喜欢阅读的快感，注重文字的优美，凡是看到生硬的知识与思想也会破口大骂；还有的人一肚子学问，平生拥有太多的理论，所以，一旦拿到一部作品，便立刻会套用某种理论将此作品解读得神乎其神，千古一绝。这三种人都可以算是批评家。前两种批评算是真正的批评，第一种重意义与精神，第二种重文本与修辞。第三种则近乎研究和知识，但众所周知，目前多的是第三种批评。

我有好几个硕士，本是很有文采的，一进校，我就让他们写一些文章的批评感受。每个人都是真正地读了要批评的文学作品，且他们的感受也是真实的。当他们把这些感受写下来，并拿来让我看时，我为难了。到底怎么评价他们的评论文章呢？说真的，除了思想还欠深刻之外，我觉得他们的文章都是美文，句句都是真切的感受，但是，从学院式的论文的要求来看，这些文章简直就是小学生作文。后来，他们修改成我们可以看到的学院式的文章，我更是哭笑不得，因为他们曾经拥有的那些感受竟然荡然无存，到处引用的

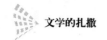

都是别人的语言，他们自己不在场了。这还是批评吗？

我曾经给他们推荐过若干篇 20 世纪批评家写的批评美文。如钱谷融的《〈雷雨〉人物谈》中谈繁漪的那一节，评论家怀着巨大的同情心和理解心走进了作品，走进了人物的内心，似乎跟着主人公一同生活，一同孤独，一同遭受无端的折磨、愤懑，直到忍无可忍地雷雨般地发怒。此种感性在现在的文学评论中已经很少见了。可以想象，钱谷融对于《雷雨》的熟悉犹如对自己的熟悉，他曾经无数次地玩味过这部作品和其中的人物，所以一旦他写下文字，就仿佛走进了人物的内心。这样的文章不是硬评出来的，而是从心里流出来的。是动了情的。但是，在消费阅读的今天，在学院派八股文式的评论中，这样的美文已经没有了。它必然被批评为幼稚和不懂学术规范。才情被扼杀了。我的学生们被迫放弃他们的感性、想象和充满才情的写作，被迫去大段大段地引用别人的东西。在那些文章里，到处都是双引号，到处都是重复的资料罗列，让人不忍卒读。

我还给他们推荐过傅雷批评张爱玲的文章《论张爱玲的小说》，这不但是一篇美文，而且是一篇十足真诚的批评范文。我愿意把里面的一些章节像说一件陈年旧事一样翻出来请读者再感受一次：

> 在一个低气压的时代，水土特别不相宜的地方，谁也不存什么幻想，期待文艺园地里有奇花异卉探出头来。然而天下比较重要一些的事故，往往在你冷不防的时候出现。……张爱玲女士的作品给予读者的第一个印象，便有这情形。
>
> ……
>
> 我先讨论《金锁记》。它是一个最圆满肯定的答复。情欲（Passion）的作用，很少像在这件作品里那么重要。从表面看，

曹七巧不过是遗老家庭里一种牺牲品，没落的宗法社会里微末不足道的渣滓……她是担当不起情欲的人，情欲在她心中偏偏来得嚣张……爱情在一个人身上不得满足，便需要三四个人的幸福与生命来抵偿。可怕的报复！

……

结构，节奏，色彩，在这件作品里不用说有了最幸运的成就。特别值得一提的，还有下列几点：第一是作者的心理分析，并不采用冗长的独白或枯索繁琐的解剖，她利用暗示，把动作、言语、心理三者打成一片。

……

（《倾城之恋》）勾勒的不够深刻，是因为对人物思索得不够深刻，生活得不够深刻……总之，《倾城之恋》的华彩胜过了骨干；两个主角的缺陷，也就是作品本身的缺陷。

……

在作者第一个长篇只发表了一部分的时候来批评，当然是不免唐突的。但其中暴露的缺陷的严重，使我不能保持谨慈的缄默。

……

《连环套》的主要弊病是内容的贫乏……她和她的人物同一时代，更易混入主观的情操。还有那漂亮的对话，似乎把作者首先迷住了；过度的注意局部，妨害了全体的完成。

……

宝石镶嵌的图画被人欣赏，并非为了宝石的彩色。少一些光芒，多一些深度，少一些辞藻，多一些实质，作品只会有更

完满的收获。多写，少发表，尤其是服侍艺术最忠实的态度。文艺女神的贞洁是最宝贵的，也是最容易被污辱的。爱护她就是爱护自己。

阅读这样一篇美文，你至少能得到如下收获：对时代的把握、深入的阅读、真诚的批评、深刻的人生体验、广泛的艺术修养。我们得到的不仅仅是对张爱玲的真诚劝告，还有丰富的文学史知识，以及对于人生箴言式的体悟。而这一切都有机地深入他天才的写作之中。

今天还有这样的文章吗？当然少。可是，我们都清楚地知道，即使有这样的美文，它还有发表的可能吗？当然不能。我们来到了一个过于注重规范而轻视才华的时代。我们把批评家都当成了工具。我们很少把批评家当成作家。而即使是作家，也被学者所轻视。

批评在今天失去了双重自由。形式的自由和思想的自由。编辑不允许你有傅雷式的自由发挥，当然更不允许你随便发表自己对文本之外的任何看法。钱谷融式的评论是不可能被发表的，这是莫大的悲哀。我们曾经熟悉的一些年轻的有才情的批评家，后来在大学华丽的召唤下，搬进了深深的充满纸灰味的高楼高府，然后，在那里造出来的文章，就再也不是原来的那种感性的、先锋的、年轻的美文了，而是充满了枯枝败叶的、到处都是知识罗列的学究式的考据文章。似乎他们再也走不进文本，同时也与时代疏离了。

我还给学生们推荐李泽厚的文章，尤其是评论陈独秀、胡适与鲁迅的那篇。大气磅礴、纵横捭阖、深入浅出、才华横溢。那不仅需要文学的修养，同时还需要深厚的哲学与史学修养。文学被嵌入时代的内核中了，它成为一个复杂时代最热情、最生动、最形象的那部分，在它的周围，弥漫和包围着其他的气体、空间和时间。那是何等壮伟的评论。可是，今天还有吗？今天文学不但成为知识最硬的那部分，而且成为一种门户很清晰的一派，仿佛从人类中分家出来的儿子，在边缘地带另建院落一样。从这里往人类的中心去看，已经有些遥远，想走也走不进去了。

今天，很多人都说要恢复文学评论的公信力，怎么恢复？我觉得还得从文学评论自身做起。文学评论首先应该恢复其鲜活的与时代贴近的形式，要解放其僵死的形式，然后要与时代接气，最后要养气、提气，使文学拥有鲜活、独立、自由的品性。这也就是批评的维度。我始终觉得，批评有两个维度，一个是要站在文学的本质立场上，维护文学的精神、立场、独立与自由，从这个意义上，对所有的文学都发出真诚的批评。如刘勰的《文心雕龙》和亚里士多德的《诗学》，如傅雷对张爱玲的评论。作家和批评家应该像傅雷所讲的那样，要维护文艺女神的贞洁，要爱护她。另一个是要站在当下的维度来观察，把文学放进时代的气场去体验和批评，使文学始终与当下的现实密切相关，使文学与评论在时代中在场。只有这样，才不失其评论的中肯。评论不是毫无节制地批判，而是有见地发出真诚、深刻、让作家和读者都信服的声音。公信力也会在这样的基础上慢慢升起，挥动其灵魂般的手臂。

事实上，第一个维度本身也有多重维度。从大的方面来看，文学由两部分构成，一是文字的形式，即文本，它包括结构、修辞等；二是文字背后的思想、精神，即文字背后的意义世界。老子说，空为用，实为利。前者是载体，是被利用的工具，后者则是真正要表达的意思。两者是一个整体，很难割裂。一个人说话，语言只是一个形式，语言所要表达的内容才是目的。即使是一个人自言自语也是如此。这是自古以来人们常说的一个真理。但有两个人使这种存在发生了弯曲。一个人是索绪尔。他通过一本并不算厚的《普通语言学教程》使语言从一种简单的载体中解放出来，变成了一种独立可以存在的存在。这是不可思议的变化。索绪尔的贡献在于，将语言作为一种科学的手段加以分析，使这样一种类似于空气的存在变得有了规则，有了其自身的秘密。另一个人是海德格尔。海德格尔对于诗歌的影响是巨大的。他提出"原初命名"这样一个诗学的概念，并且宣称："语言是存在的家"。海德格尔强调了语言对于人类的重要性，但同时也说明语言和存在是密不可分的。如果非要把语言与存在本身分开，那么，语言也就被吹散于空中，不可能有其形式了。在这里，存在就是一个意义世界。

白话诗歌从发端到现在，已经快百年了。在不同时期，总是有一些人对其形式进行探索。如徐志摩、戴望舒、闻一多早期的实践主要在于格律上。"戴着脚镣跳舞"是他们对诗歌美与自由的总结。到了20世纪80年代的先锋时期，口语诗流行，诗人们追求汉字内部的韵律。但是，这两次探索都没有形成共识。诗歌的门槛越来越低，仿佛只要说话就可以成为诗歌。韩寒批评赵丽华式的诗人是会打回车键的人。可见，在诗歌的评论上，我们已经失去了应有的标准，就像傅雷先生所说的那样，我们失去了对文艺女神的爱。

小说的批评世界似乎稍好一些，但其实也是表象。小说的世界比诗歌要大，承载的意义广阔得多，这就使得小说的批评往往流于意义的阐释，对于小说本身的形式美讲得少了。这种现象主要存在于80年代初，那时是人被重新解放的时代。中期，先锋小说上场，形式主义大行其道。在那时，形式主义并非贬义，而仍然是一次关于文体的革命。它甚至就是内容。这在现当代中国文学史上是非常重要的一页。小说家在运用语言、叙事手段等方面显示了从未有过的聪明与机智。只可惜，这样一场美学上的革命在 80 年代末随着其他的运动宣告结束了。

接下来是很长时期的缄默。从那个先锋文学的运动场上扬名的作家，再也不愿意到现实主义那种鲜明批判社会的运动场上。他们对文以载道的理解有些过了，以至于对道本身也产生了反感。他们只重视感性。理性退却了。这导致从 90 年代那场绵延数年的人文精神讨论之后长达近二十年的缄默。文学失去了声音。文学搬到了郊外。在广场上，发表演讲的是大众文化，是流行的声音。文艺女神在荒原上流浪。

我这样叙述，是要揭示一个真实，即批评的失范，批评的无意义。批评者与先锋派作家们一样，都在说一些形式主义的话语。到了新世纪之后，凡是有点名气的批评家又被大学的华美请柬吸引。这也没什么，问题在于，在大学僵死的学术机制下，批评家又被另一种形式主义的论文所束缚。文艺女神彻底地隐遁了。

第二个维度看上去要好把握一些，因为每一个批评家都生活在当下，对当下的体认是最为真切的。然而，批评家是否优秀也恰恰在对当下的把握中得以体现。因为当下的世界对于不同的批评家是不同的。如果说前一个维度体现了一种纵深的理念，那么，第二个维度就是体现广度、宽度。它们共同构成了文学的经纬。

我们常常会看到一个批评家在阐释一部作品时，套用了大段大段的理论，用人类学、心理学、哲学甚至自然科学的理论来言说。

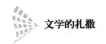

你看了半天，先不说是否能看懂其理论，单就这样浩大的阐释，就让人总是以为，所评论的这部作品是当世也是后世最伟大的作品之一。没有了感性的解读，失去了最初的判断，也失去了横向的比较。

而最重要的是与时代的气场相隔绝。文艺女神也许无法原谅今天的批评家那种势利的、八面玲珑的奴才笑脸。今天的批评家太忙了，所要奔赴的名利场太多了。没有时间养气，更不要说养浩然正气了。批评家最神圣的那道门彻底地失守了。批评的公信力哪里来？

与此相对应的是批评的宽度，也就是批评的视野。仅仅是一个狭窄的纯文学视野，还是一个广阔的具有深刻人文关怀的文化视野？仅仅是一个中国文学的视野，还是一个世界文学的视野？抑或仅仅是一个表象的社会视野，还是一个深层的人性哲学视野？这也许是今天批评家们面临的最大困惑。

一个世界文学的时代哗然而来，我们根本来不及准备和消化。批评家最明智的选择当然是静静地把自己锁在屋子里，去静修世界文学。然而，这个时代时间的速度变快了，人际的淘汰也变得更无情了，而那个修行的气场几乎已经不存在了。欲望比任何一个时代更为强大。所以，只好去适应，只好去应场。结果，批评家的欢场上没有了文艺女神的主角。

批评的错位

　　众所周知，从 20 世纪 80 年代开始，中国作家写作的参照点已经不单单是中国文学的传统和 20 世纪之前的现实主义文学的传统，整个世界文学的传统与现代已经涌入国门，现代主义、后现代主义甚至后殖民主义文学在激荡着中国作家的胸膛。鲁迅、托尔斯泰不再是先锋作家们所要学习的榜样，先锋作家们直接与当代世界文坛接轨，快餐化地学习当代世界文学巨擘们的文学经验，于是，我们看到，博尔赫斯、乔伊斯、普鲁斯特、马尔克斯、帕斯、帕斯杰尔纳克、昆德拉等一大批 20 世纪世界文学巨人们的名字在中国的星空闪烁。90 年代之后，先锋文学虽然式微，但中国作家学习世界文学经验的步伐不仅没有放慢，而且加快了。随着中国与世界交流的日益开放和频繁，中国作家可以直接与当下世界文坛上的大腕们握手交流。我们去，或者请他们来。这种消息日渐多起来。中国作家直接谈当下世界著名作家作品的现象多起来，而且慢慢地从仰视变成平视。文坛开始平起来。

　　但是，评论界不然。也许是评论家拥有了过多的理论，有了先入为主的执见，或者评论家不愿意尾随作家去学习世界，而是乡愿式地看待一切，总之，评论家似乎缺少作家们的那样一种广阔的、与当下世界有机地融为一体的文学世界，于是，我们看到，当代的评论家总是对当下的文学充满了鄙夷和不屑，总是拿鲁迅与托尔斯泰来相比，说当下中国不可能再出现像鲁迅一样的伟大作家，不可能超越托尔斯泰，说当下的文学是垃圾。还有评论家将当下的文学与中国古典文学对比，批评当下文学的语言粗俗，批评现代汉诗永远无法与中国古典诗歌媲美。总之，我们看不到对文学的正面肯定，中国当下所有作家的努力都遭到否定。我们多的是悲观的声音。这样的批评之声对吗？似乎是对的，因为文学完全可以放在一个没有时空差距的空间去对比，文学的确有它本质的理想的标杆，的确难有作家超越《史记》和《荷马史诗》。我们找不到这种批评的任何破绽，我们往往会鼓掌赞同。然而，掩卷深思，我们总是会觉得有些不合适，这种不适合便是批评的错位。

如前所述，在作家那里，世界是平的，是新的，但在评论家那里，世界还是斜的，是旧的。厚古薄今是大多数学者的通病。读书越多，就发现自己思考的问题古人早已思考过了，甚至有人已经解决了自己的难题，对古人的敬意油然而生。越往古代走，就会发现一个英雄造史的时代横亘于面前，神话、寓言、英雄诗史，以及巫术、宗教都让人着迷，一个拥有迷人信仰与美好人性的文学时代跃然纸上，而今人世界的物质化、技术化、实在化使人变得渺小，使精神荒芜，从而使人对今天的文学也失去信心。越往古代走，一个粗线条的、棱角分明的立体的精神世界赫然而立，而视看当下，一个迷茫的、虚无的物质世界正喧哗骚动。所以，我们总是对《红楼梦》充满了尊敬，但有多少人知道《红楼梦》在当时曾遭遇过怎样的白眼和蔑视。如此来看，这是人性与文化共同的弱点。但是，在古人那里，评论一个作家、诗人在时代的角色与地位时，他们对当下的文坛是了如指掌的，对一个作家所依赖的精神空间是心领神会的，现在呢？从先锋派作家开始，作家们学习的西方作家纷至沓来，但是，评论家对这些西方作家的作品熟悉吗？对这些西方作家所依赖的精神空间了解吗？一个作家对另一个作家的学习、继承有时可能是碎片式的，有精神方面的，也有形式方面的，而且这种学习也往往是因缘巧合，天作之合，有时连作家本人也难以说清他为什么对某个作家怀有那样的情怀，不仅要学习人家的文章、精神，连人家的气质、呼吸甚至坏脾气都喜欢。一个作家对另一个作家的学习有时可能就是对另一个朋友的喜欢，是一个人对另一个人的喜欢。他因此而内在地与他所喜欢的作家在气脉上达成一体，形成一种继承与发展的关系。但是，一个评论家就绝难达到这样一种血肉关系。评论家也不能碎片式地了解一个作家。当然，好的评论家仍然是需要天才的感悟力，他在触及文字的一刹那，就可能直觉地感悟到一个作家所拥有的主要精神气质甚至全部。但即使是这样的评论家，仍然需要进一步去学习，不仅洞察一个作家的全部，还要探究此作家所依赖的精神背景。了解了这种精神背景之后，便要进一步去学习和研究这种精神背景。然后，才可能对他所关注的这样一个作家进行真正的深刻的评论。

所以，先锋文学以来的评论家被要求既要拥有"五四"以来整个文学传统的精神资源，还得拥有另外两个精神资源，一个是整个西方文学的精神资源，一个是整个中国传统的精神资源。这就要求一个优秀的评论家是一个具有全球视野的观察家，更是一个文化的集大成者，至少要粗略地懂得中西方文化的精髓。但是，很显然，在学科门户各立的今天，这样优秀的全才式的评论家便几乎很难有。先锋时期的一些专门学习西方文学批评的评论家，只是一味地鼓吹形式的新奇，却排斥中国自身的传统，不久，这些评论家便销声匿迹。他们熟悉当下的世界文坛，但缺乏对整个西方文学深邃的学习，也只是学习了新批评的皮毛。此后，便是现实主义批评的重新崛起。可惜的是，这些批评家往往是矫枉过正，对先锋文学的否定过于轻率。现实主义批评派的特点是尊崇批判现实主义，鲁迅、托尔斯泰、陀思妥耶夫斯基、巴尔扎克等又一次闪烁在中国文学的上空。应该说，这是对文学本质的呼唤，也是对当今文学失去精神向度后的一次有力回拨，然而，这样一种回拨的结果便是对当今文学的全面否定。因为现实主义批评派所依赖的经典主要是 19 世纪后半期和 20 世纪前半叶整个世界文学的高峰，马尔克斯的魔幻现实主义也被勉强拉入其阵营，他们对现代主义、后现代主义文学是持怀疑甚至否定的态度，这使他们的目力始终会回到 19 世纪后半叶和 20 世纪前半叶，他们对当下的世界文坛往往视而不见。这就导致了批评的错位。

对世界文学的陌生一方面来自于现实的压力，导致很多有才华的评论家总是应接不暇于对当下中国文学的观察。有报端不时显示，现在每年中国长篇小说的出版量已达到 2000 部之多。根据官方公布的统计数量，2011 年举行的第八届茅盾文学奖具有申报奖项资格的作品多达 7800 部。而"建国十七年"（1949—1966）的长篇小说总和，也不过 500 多部。同时，类型写作也有很大的比例。文学所触及的范围和深度也已远远超过了以往。这样的写作出版规模，这样全方位的写作，已经超出了评论家的文化史知识和文学理解力，它直接导致评论家无法"通读"和比较。几乎每天都会有作品评论会，几乎每周都会有一次大的文学会议，更不要说大学里召开的一些专门的讨论，它致使有影响的评论家个个都成为"华威先生"。在媒体如此发达和淘汰率如此高的时代，评论家的生存面临了极大的挑战。天才的评论家必将被这种生存所杀害。连中国当下的文学都无力关怀，还哪有精神去通读当今世界文学？

另一方面则来自教育。大学的职能是对经典的传承，对当下则往往处于忽视的状态。这决定于研究者的思维模式。比如，讲当代文学的教师往往只讲到 20 世纪 80 年代末，再往下就不熟悉了，也不知怎么讲了。讲外国文学的老师往往只讲到现实主义文学，对现代主义文学和后现代主义文学就不知所措了。只有那些对当下文学有一定情怀的学者才有可能开设当下文学的课程，但这样的学者往往很少。于是，学生们对当下的中国文学不熟悉，对当下的世界文学更不熟悉。"一问三不知"是今天当代文学课堂的日常现象。很多作家到大学里去讲文学，都诧异于大学生对当下文学的陌生，出门时都摇头叹息，感慨那个激情涌动、文学理想高扬的 80 年代一去不返了。这样一种教育的结果使大多数学文学的学生与当下世界文坛拉开了距离。即使到了专门的研究世界文学的研究生期间，也不能乐观。与很少关注当下中国文学的现当代学者一样，搞世界文学研究与教育的学者对当下世界文学也是陌生的，他们的世界文学要么是古典的世界文学，要么是现代派之前的世界文学。

因此，我们不能不缅怀逝去的先锋文学时期。虽然那是一个与当今的旅游一样走马观花、到此一游的学习时代，但它至少使人们

能看见世界，毕竟到那里去看过、感受过、惊叹过，领略过发达国家的文明细节，并遭遇那里的嘲笑。今天呢？国门并没有锁，可我们自己因为压力和精力不足而无法抵达。有一个作家说，库切最多是个三流作家。有一些评论家便嘲笑他的自大与无知。我倒是觉得，这样争论的声音太少了。在整个世界文坛上，我们不在场，最多处于看客。假如讨论得多一些，我们至少还在场。很多作家都批评高行健。我们不去讨论他的国籍，不去讨论他的政治主张，仅就我们想批评这样一个以华语写作为主的作家而言，我们到底了解他多少，是值得怀疑的。

现在，让我们站在一个平面的文坛来观察一下当下中国的文学与世界文学之间的距离，我们注会欣喜地发现，我们还是有一些能够矗立起来的文本，还是有一些值得整个人类敬仰的作家。陈忠实的《白鹿原》总是让我们想到马尔克斯的《家长的没落》，但其中国经验和深厚的现实主义风格以及其传达的中国农耕文化的精神都是当今世界绝无仅有的。张维的《你在高原》也会让我们想到普鲁斯特的《追忆似水年华》，尽管它的长度受到世俗的快捷社会的普遍质疑，但其精神的高地和思想的维度以及其广阔的视域都是当今世界其他地区的作家难以比拟的。张承志站在第三世界的立场上对强权文化的反抗，杨显惠站在人道的立场上对中国几个灾难时期人性的拷问，史铁生孤独地面对灵魂、始终坚持清净精神的品格，都是当今世界文坛的宝贵财富。除了这些作家和作品外，中国作家在文本的创新、中国经验的探索等方面都有可说的一面。

我始终觉得，批评的两个维度，一个是要站在文学的本质立场上，始终维护文学的精神、立场、独立与自由，从这个意义上，对所有的文学都发出批评，这一点我们在做。另一个是要站在当下的维度来观察，来进行中肯的批评，它使文学始终与当下的现实密切相关，使文学与评论在时代中在场，同样，也使一个地域的文学在更为广大的场域中在场。只有这样，才不失其评论的中肯。评论不是毫无节制地批判，而是有见地发出浑圆的、深刻的、让作家和所有人都信服的声音。评论是又一次创作。

当代作家的文化缺失及其症候批评
——中国传统文化精神的缺失及其症候分析

自 20 世纪 80 年代中期以来，中国文坛就开始探讨"中国文学如何走向世界""中国文学与世界文学的关系"等一系列话题，到了 90 年代，一些作家又提出"文学的民族性"与世界文学的关系等问题，及至 90 年代末，法籍华裔作家高行健的获诺贝尔文学奖和越来越多的中国作家在世界性文学奖中获奖使这一问题越来越近，越来越成为每一个当代中国作家都要面对的问题。2000 年以来，因为诺贝尔文学奖获得者、日本作家大江健三郎的四次访华，都引发了"中国当代作家谁能获得诺贝尔文学奖"的争议，使这些问题直接逼近中国当代作家。人们不禁发问：当代中国作家究竟离"伟大"有多远？中国作家为何获不了诺贝尔文学奖？2006 年 7 月 5 日，雷达先生发表于《光明日报》的《当前文学创作症候分析》[①] 又将这一问题从另一个侧面引发出来，并且成了热点。此后，德国汉学家顾彬发表了"中国当代文学是垃圾"的观点，一时哗然，再次引发了中国文学与世界文学距离有多远的讨论。很多学者与作家都参与了这

---

① 雷达：《当前文学创作症候分析》，《光明日报》2006 年 7 月 5 日第 1 版。

场讨论。学者朱大可也在自己的博客和一些访谈中批评"当代文学多是垃圾"，在网民中间影响甚大。这些讨论其实使"中国作家和文学与世界级的作家和文学距离有多远"这样一个话题不断地闪现，又不断地从不同侧面将批评引向深入。

笔者以为，要讨论当代中国作家最缺失什么，的确如雷达先生所言，"问题复杂、缠结、非单个数可以厘清"。雷达先生将其总结为四个大的方面：（1）作家不可能脱离他身处其间的时代空气；（2）亟须强化肯定和弘扬正面价值的能力；（3）呼唤对现实生存的精神超越和对时代生活的整体性把握；（4）提升宝贵的原创能力是对畸形的复制能力的有力遏制。① 诚然，这四个方面可以说从总体上击中了当前文学创作中的致命弱点，但笔者认为，文化的缺失是作家整体缺失的关键所在。

要讨论当代作家与世所公认的伟大作家的差距，首先要讨论的是伟大的作家都是些什么样的作家，也就是说伟大的作家具有哪些伟大之处。这是历来无法说清楚的一个问题，几乎所有人都是靠感觉来判断什么是伟大。笔者认为，要讲清楚这样一个宏大的主题，可以从四个角度来认识：一是中国古代伟大作家的特征；二是世界古代伟大作家的特征；三是一百多年来现实主义伟大作家的特征（之所以将其单独提出来，是因为自 19 世纪以来现实主义文学成为世界文学的主流，而且中国现当代作家受现实主义文学传统的影响也最大，所以有必要对现实主义伟大作家进行一次大致的比较）；四是一百年来诺贝尔文学奖获得者作家的共性（虽然诺贝尔文学奖不能概括一百年来所有世界级的文学大师，但它所尊崇的理想精神被

---

① 雷达：《当前文学创作症候分析》，《光明日报》2006 年 7 月 5 日第 1 版。

公认为伟大的，它所评选出来的作家绝大多数也的确是世所公认的世界级作家）。前两个时代的作家是经过无数历史和文化考验的经典性作家，几乎无人怀疑，后两个时期的作家也可能是重叠的，而且受历史和文化的考验尚不足，但他们毕竟是一百多年来世界各国备受尊崇的作家，而且他们的文学正在影响当下的文化和生活。所以，这四类作家可以代表整个人类的伟大作家。

假如我们将他们一一分析的话，就会发现如下一些共性，首先就是具有广博深厚的文化修养，这是至关重要的，也可以说是一个充分条件。没有一个伟大的作家是文盲或文化水平很低的，相反，他们无一例外在当时都是最有文化修养的学者和知识分子。无论古代中国的屈原、司马迁、李白、杜甫，还是古代西方的荷马、莎士比亚、歌德，都可以说是具有深厚的文化修养。一般人也许认为李白的诗浅显，有口语诗的特点，就认为李白没文化，其实恰恰相反，李白是当时最大的知识分子。他很早就熟通经书，还会好几种外语。也可能有人会认为荷马是个瞎子，没有文化，可是，如果对西方的神话和远古历史不了解的话，又怎么能记录下伟大的诗史呢？现代作家就更不用说了。乔伊斯是个典型的例子，托尔斯泰也一样。

1991 年 9 月 15 日《文艺瞭望》发表《获诺贝尔文学奖作家的知识结构与文化修养》一文，指出当时已经获奖的 87 位作家中具有大学学历以上的约达 70 人。"他们之中没有一人只懂本国母语而不谙其他语言的，也很少有人不曾翻译出版过其他国家的文学作品。他们大多既是文学家又是评论家和文学理论家，是一些文学思潮、流派的始作俑者和中坚。他们多擅长美术、通晓音乐。每一种艺术形式都开启了一条他们体悟宇宙和人生的通道，加深了他们对历史和未来的理解，丰富了他们独特的文学表达。""他们都是学者化的作家。走出狭隘的经验圈子，胸中翻卷着时代风云，超越了一孔之见。统而观之，获奖作家的作品基本上还是代表了 20 世纪的水平的。"

以上这段文字可以说是对作家文化修养的最好的证明。

沈从文在谈到作家的修养时否定"天才"与"灵感"而重视作家的四方面修养：人格修养、知识修养、美学趣味和创作技能修养。看上去是讲四个方面的修养，其实，综合起来讲就是文化修养。文化修养是根本的，它同样也包括了知识的修养、哲学修养和道德修养，与单纯的"知识修养"是有区别的。"文化"在此还代表了一种价值。每一个伟大的作家只有在继承民族或人类正面文化价值的基础上，才有可能创造出伟大的作品，继而也才能生长出新的精神。鲁迅表面上是对中国传统文化尤其是儒家文化深恶痛绝，其实，鲁迅绝大多数的文化背景仍然是中国传统文化。他的"横眉冷对千夫指，俯首甘为孺子牛"和"我以我血荐轩辕"的精神其实也就是中国传统知识分子"冒天下之大不韪"（孔子的精神）和"先天下之忧而忧"的再体现。没有深厚的中国传统文化和世界文化为背景，就不可能产生鲁迅。同样，没有绵延不绝的中国传统知识分子的独立、自由、忧患和敢于承担的精神，也就不可能产生一个傲骨铮铮的鲁迅。人类的精神也就是文化的精神，是靠文化的传承而继承下来的。没有文化的滋养，这种精神就会夭折。

理清楚伟大作家的特征的另外一个原因，是他们从来都是所有作家的精神资源。如果没有他们的存在作为参照系，我们便会进入一个虚无的王国。无所谓伟大和渺小，也无所谓崇高与卑鄙。在理清这样一个头绪后，我们再来看看当代作家在文化上有哪些缺失？

这些缺失又对当代中国作家造成了怎样的影响？

今天，无论是教育家还是文化工作者，甚至是政府首脑，基本上都有一个共识，即中国传统文化在过去被忽视了，但要想建立一个真正强大的中国，就必须在继承中国传统文化的基础上吸收世界优秀文化，从而构建新的现代化的中华文化。胡锦涛强调，这是一个国家的"软实力"。近年来在中国政府的倡导下，世界各地都陆续建立了"孔子学院"，中国一些大学也成立了"国学院"，《光明日报》等大报开办了"国学"版，各大出版社更是纷纷出版国学方面的普及读本，再加上中央电视台开办的《百家讲坛》，更是将这一热点推演得沸沸扬扬。从中不难看出，在国家日渐强盛之时，人们对深藏于血脉中的传统文化的信心也渐渐增强了。对于艺术来讲，要想走出去，要想让世界了解和承认中国的强大，也必须有一种强大而现代化的中国文化，而对于世界来讲，中国又是四大文明古国之一，世界也渴望了解中国在现代化进程中仍然没有泯灭的古代文明。这从近年来的电影中就可以看得出来。李安的武侠电影《卧虎藏龙》，张艺谋的《英雄》《十面埋伏》《满城尽带黄金甲》，陈凯歌的《荆轲刺秦王》《无极》，成龙的《神话》，以及《墨攻》等，无不是向着中国传统文化挺进，而这些电影不仅受到中国观众的热捧，也受到世界观众的赞叹。但中国文学呢？中国文学究竟给世界文学贡献了怎样的中国传统文化精神？这是值得深思的。纵观当代文坛近三十年的历程，我们不难得出一个结论，即中国传统文化的缺失是当代作家最为显要的弱点，也是中国作家缺乏自信和创造力的重要原因。

中国传统文化精神在当代作家身上缺失的原因

我们说，任何事物都可能有两面性。"五四"新文化的功绩是伟大的，但是，它的另一面便是国人对整个中国文化传统弃之不顾。所谓打倒"孔家店"便是对中国儒家思想和礼教的彻底否定；新中国成立以来的唯物主义一元论思想使老子等"客观唯心主义"思想和其他一些被打上迷信与"唯心主义"帽子的传统文化都成了阶下囚；"文化大革命"时期的"批孔"又进一步将中国传统文化斩草除根。这些方式显然过了。新时期以来的拨乱反正有力地回拨了一些思想，但对中国传统文化却始终未能重视起来。一直到了 20 世纪末提倡"德治"与"法治"相结合时，中国传统文化才重显光辉。时至今日，在国家大力提倡"和谐"社会和打造国家的"软实力"的思想下，"国学热"终于升温，但是，这种对传统文化的重视也仅仅只是一个开始，很多行动并没有彻底进行下去，尤其在教育中还没有被贯彻。

近一个世纪以来，中国社会经历了近半个世纪新文化的革命与建设、二十年之久的文化荒漠、新时期的开放和对世界文化的接纳。我们的背景始终是两个：马克思主义和西方文化。从新文化运动开始，虽然马克思主义始终是主流意识，但其他西方文化仍然与其并行，时至今日，马克思主义仍然是国家官方意识形态，但随着改革开放，西方其他文化思潮也大行其道。相反，中国传统文化始终是一种隐性的存在，属于边缘文化。这种文化格局下的教育所缺失的也正是中国传统文化的教育。细数一下就会发现，目前活跃在文坛的作家都是在新文化运动之后成长起来的作家。老一代作家如王蒙等在青年时期就已经种下了对传统的反抗，缺乏对传统精神的真正理解，他们所尊崇的文化传统基本上都是"五四"时期的文学传统，后期又沿着中国式的现实主义文化传统行走，政治对他们的影响是巨大的；中年以上一代作家如路遥、陈忠实等所接受的文学传统是"五四"以来形成的小传统，其实也就是中国式的现实主义文学传统，20 世纪 80 年代以后又吸收了一些西方现代派的文学传统，只有极少数的作家敏锐地发现和继承了一些中国传统文化，如贾平凹的作品多表现为一种道家的精神；80 年代成长起来的青年一代作家则更多地接受了世界文化的一些传统，如先锋派作家、后现代派作家所崇尚的西方现代主义、后现代主义、后殖民主义、魔幻现实主义等；正在成长的"80 后"作家则更为超前，直接摹仿世界流行文化潮流。可以看到，中国传统文化精神和古代文学传统在总体上被弃掷了。

在汪曾祺去世时，曾有人说，中国传统文化意义上的作家彻底消失了。有人称其为"最后一个士大夫"[1]，还有人称其为"最后一个京派作家"[2]。的确，在现当代作家中，继承中国传统文化美学和古代文学传统的作家实在太少了。

---

[1] 杨志勇：《传统的自觉——汪曾祺创作论》，《求索》1994 年第 3 期。
[2] 管粟：《论最后一个京派作家汪曾祺》，《信阳师范学院学报》（哲学社会科学版）2002 年第 6 期。

中国传统文学精神缺失后的症候分析

一个有趣的现象是，在讨论被很多人认为是通俗小说的金庸的武侠小说时，批评家忽然发现，中国古代文学的一些传统被所谓的纯文学家抛弃了，却被通俗小说家们继承了下来。首先，中国传统的章回体小说有它自身的特点，其文本上的优越性至今很明显。章回体小说的特点，一是在目录的设置上要吸引人，二是在叙事技巧上要吸引人。往往是一章只讲一个故事，而这个故事在前一章里已经出现了某些端倪，这一章只是仔细分解，在这一章结尾处又留下一个端倪，等待下一章分解，如此链接，环环相扣，结构严密而巧妙。用今天流行的巴赫金"复调"小说的观点来评论章回体小说的结构和特点，就是有强烈的互文性。这在阅读方面会给读者带来一些益处。但这种文体在当代作家是不屑一顾的，于是，我们也很难在当代作家的小说中看到类似于章回体小说的结构形式。

其次，讲故事的叙事精神是中国传统小说的基本特点，这在先锋小说兴起之后基本也被否定了。河北作家谈歌是近年来比较活跃的一位中年作家，他在写完《燕赵笔记》这篇小说后写道："写了许多年的小说，感觉到了一个问题，原本不太经意的问题，竟是一个大问题。"他说的是关于小说里的故事。他的感受可以说能代表大多数新时期作家的心路："以前总有一个误会，小说是语言艺术，关于故事，是通俗文学的主旨。于是，对故事的轻视，导致了小说越写越吃力。硬着头皮写了几十年，才知道故事对于小说是多么的重要。"他还说："想起前几年，小说界流行着一种说法，说要'打倒故事'……真是闹腾了一阵子，谁写了故事谁就是俗气，谁不写故事了，谁就是先锋了。我使劲读了一些很是被评论家叫好的小说，但是，老实说，我实在读不出劲头来，小说里那种沉闷，那种没有情节的叙述，那种玩弄词汇的聪明，很让我这种文化不高的读者失望。"①

最后是传统文学叙事精神的没落。"文以载道"不仅仅是中国传统文学的叙事精神，而且是一切伟大小说的叙事精神。西方有位评论家说："伟大的小说就是一座教堂，当你读完一部小说时，就仿佛接受了一次庄严的洗礼。"说的仍然是小说的精神所在。但"文以载道"的传统被先锋小说家抛弃后，至今几乎无人问津。很多作家都拒绝文学承载意义，一些评论家也为此鼓吹加油。如果我们回过头去看四大名著就可以发现，《三国演义》所载之道为"儒"，《红楼梦》所载之道为"释"，《西游记》为"释"，而《水浒传》为"儒"，如果说这些小说缺失了所载之道，小说将如何进行下去呢？诸葛亮是后期儒家形象的代言人，在他的身上，不仅传统意义上的忠君（对刘备父子的忠诚）、仁（对南方各部落的安抚）、义（与其哥哥的对照）、礼（君臣之礼等）、智（对五行八卦的继承）、信（对上对下）等道德完美地统一在一起，而且后期儒家的"内圣外王"的思想在他身上也显露无遗。如果诸葛亮不是以这样一个儒家的理念来塑造，而是以虚无的欲望为主的理念来塑造，我们无法想象诸葛亮

---

① 谈歌：《故事的诱惑》，《〈小说月报〉第九届百花奖获奖作品集》，百花文艺出版社，2001年版。

会是一个什么形象，更别说《三国演义》会成为名著。为何易中天讲《品三国》颇受人们非议，并非其讲错了，而是讲偏了，他把小说中所载之道全部消解了，几乎不提了，与小说远离了。①

很显然先锋派作家的目光不在传统，而在世界文学。这是一种勇气与胆识，是有意义的，但是，由于缺乏对中国传统文化的进一步认知，缺乏"文以载道"的叙事精神，使小说进入了一种形式主义的盲区，作品的意义完全消解了，无怪乎有人认为，先锋小说的这种过分的形式化和虚无主义给文学带来了负面的影响，"比如先锋小说将人的位置拆除或'物化'，致使人性及其思想精神很快被消解，导致了90年代的人文精神危机，这个负面影响事实上对正处在建构人文精神和转型期的中国文化不利。"② 因为先锋派小说强烈反对文学的载道功能，在形式上努力追求叙事的游戏化和感觉化，虽然扩展了小说表现的自由度，"改写了当代中国小说的一系列基本命题和小说本身的定义"③。先锋小说的实验不仅仅脱离了"五四"以来文学的整个传统，也开始脱离新时期文学的整个传统，更脱离了中国古代小说传统沿袭下来的叙事传统，先锋小说的路越走越窄，以至于先锋派小说的代表人物马原竟然"无疾而终"，再不见新作问世，余华也更张易弦了。

在一个缺少载道功能的文学世界里，价值被完全取消了，文学也失去了方向。中国传统知识分子的宇宙观、"仁义"道德、善的精神、安贫乐道的生活观念以及牺牲精神等正面精神便无从张扬，相

---

① 葛红兵：《我为什么要批评〈品三国〉》，葛红兵博客（http：//gehongbing.blog.so-hu.com），2006年9月8日。

② 尹国均：《先锋实验——八九十年代的中国先锋文化》，东方出版社1998年版。

③ 陈晓明：《文化溃败时代的馈赠》，《艺术广角》1993年第3期。

反，道德的混乱，价值的丧失，世界观的虚无使当代作家丧失了基本的判断能力。没有判断能力，也就失去了重构的能力。这正是先锋作家们的致命伤。近年来，"余华现象"和"莫言现象"成为文坛关注的两个热点。从文化的视角来看，其实是一个问题。"余华现象"和"莫言现象"正是当代中国作家缺乏精神向度的重要标志。一些批评家如苍狼等已经作出评论，对他们作品中对"恶"的渲染进行了揭露。① 冷酷、仇恨、血腥、嘲笑、虚无等都是对人类正面价值的否定，是对负面价值的张扬。这些特点，不仅仅在余华、莫言的作品中有突出表现，在很多著名作家的作品中都有表现。对欲望的过度描写也是对负面价值的渲染和肯定。"身体写作"本身没有什么，认识身体是人类认识自我的一个过程。近两千年来，中国的传统文化对身体是讳莫如深的，而在过去不久的一段时期里，我们亲身经历了一个"身体是恶魔"的时代。我们对身体实在是太陌生了，需要亲近，需要好好地认识一下。这也是科学时代对人类的一种内在要求，不然，我们又会回到神学时代对身体的禁锢中。但是，当"身体写作"沦为"欲望写作"时，便又出了问题。目前评论界有两种声音，一种是棒杀所有欲望写作的，这是极其可怕的声音；另一种是捧场喝彩的，这更为可怕，因为他们是以欲望为价值的，而欲望不是人类的正面价值。恰恰是，在当下中国作家的作品中，我们除了能看到平面化的被物质和欲望俘虏的人物形象外，就再也看不到"伟大"的人物形象。当然，说伟大，也许人们马上会想起"高大全"来，其实，这与镂空的"高大全"人物形象是决然两回事。一个民族需要一个"伟大"的形象来支撑，因为人类需要一种理想。

---

① 苍狼：《给余华拔牙》，同心出版社 2006 年版。

这伟大不是高高在上的神，而是血肉丰满，人性充沛的人，是可以实现的善的化身。但是，达到这种善的途径，只有文化修养这一条途径，也只有在文化修养上达到广博、深厚和伟大，才能够理解什么是真正的善，以及美、真。

只有回归到传统，而且是中国文学的大传统，我们也许才能找到自信的宝藏，也才能够找到我们的根。没有了根，还能长出草吗？因此，我们需要一次回归传统、反思传统、重构传统的大行动。在这种大行动中，我们需要去重新认识中华民族古老而伟大的传统，需要对文化之根的深切认同，这样，我们也许能找到久违了的民族情怀，能找到失去的自信和自豪。也只有找到这样的根，我们才可能把民族的伟大情怀与文化传扬给世界，否则，我们拿什么给世界？

中国一定会出现伟大的作家

  清华大学肖鹰教授的文章《中国不会再出现大作家》，先发表于《中国社会科学报》（2011年3月15日），后又在新浪博客出现，并被多家网站转载，产生了很大反响。文中称"在鲁迅与沈从文的镜照下，我们很难在当代文学中找到当称'伟大'的作家和作品……与当代写作及其市场的'繁荣'相比，当代文学精神的虚脱和感染力的丧失已是一个不言而喻的事实。问题在于，在当代文学界，很少有作为当事人的批评家和作家愿意承认这个事实。"随后，他又说："当代中国还能出现鲁迅、沈从文式的伟大作家吗？我认为，关键在于，在当代中国作家中，能否出现时代精神的伟大觉悟者和中国文化命运的伟大担当者；能否出现在这个全球化时代无论在思想还是语言层面，真正透视历史和将世界视野纳于胸怀的文化创新者。然而，令人悲忧的是，中国文学的现状，仍然更多地呈现出作家和批评家对于历史和世界表现出的双重的盲目和排斥。"

  悲忧，愤慨；诘问，断言。肖鹰之文题目先声夺人，令人大惊。中国作家之命运当如此耳？细细拜读之后，犹如鞭击。事实上，类似之文在二三十年间连绵不绝，始终不断。最近几年尤甚。如"当代文学是垃圾""文学死了",等等。这种忧愤之声正是中国知识分子对文学精神和中国当代精神的一种担忧和疾呼,试图将当代文学从沉暮与乱象中拽起,强其筋骨,扶其正气,鼓其精神,现出一两个令世界叹服的作家。此情可嘉。

然而,我们因此就可断言中国不再有大作家出现?我们真该如此悲观吗?鲁迅当年据说要被提名获诺贝尔文学奖,但他说,自己的作品比起国外那些大作家来还差得远,不配。他同时还补上别人,说梁启超也不配,林语堂也不配。又据说,沈从文被提名,甚至已经要颁给他了,但那时他已死了,没给。中国从鸦片战争之后,就有一种弱国心态。文人们便从文化入手探寻国弱之原因,自然找到了文化。从严复、黄遵宪一直到康梁之变,此音渐隆。到了"五四"时期,已然彻底爆发。文化弱国心态已定。所以才有鲁迅一生致力于批判国人之国民性,救亡之情郁郁。一百年来,此音不绝,此心承继。仁人志士仍然一幅鲁迅之神态,我不如人耳。弱国依然,弱小文化依旧。虽骨梁挺直,但底气不足。中国天朝精神已难寻,西方欧罗巴精神也难移,悲观之情充塞志士之胸。

其实,在笔者看来,所有这些批评都在做一件事,呼唤伟大作家的出现,呼唤一个伟大文学的时代到来。笔者过去也曾写过类似之文,悲郁之情切切,然近些年来有些变化。在笔者看来,文脉与国运有一定联系,当然非必然之因果关系。

中国近百年来文脉细弱皆因国运如此。国家一是始处于半殖民地,后为第三世界和欠发达状况,整个国家先是救亡,然后振兴,国家的自信力不足,这就很容易导致文化弱国的心态。鲁迅等一批作家、思想家如此,文化救亡从那时开始,现在犹存。从对国民性的批判延伸至整个人性的批判，时至当下。中国人有了一种无形的压力，认为什么都是外国的好，动辄便说"你看人家国外"。暂不论国家制度，单说中国人的人性似乎要比外国人的坏很多。在这种情形下，要书写几个伟大的形象自然底气不足。这十几年来，国力强盛，中国文化也开始向外输出，西方社会乃至整个世界都开始关注、了解或认可中国文化，文化的自信力有所提升。一些作家开始写中国的传统形象，开始重新去认识传统文化。最早如《白鹿原》者，后来如余秋雨、易中天、于丹等更多从文化方面去书写。二是文化革新导致文化对立，传统与现代对立，中国与西方对立，唯物主义与唯心主义对立，马克思主义与非马克思主义对立，一段时期内思想禁区丛生，文学观念与文学理想有些狭隘。近些年来，禁区少一些了，传统文化开始回升，自我认可度得到极大的提高，但是，还有一些狭隘的思想在文化领域起不良影响。正如肖鹰教授所言，还没有伟大视野与修养的人才出现。所谓"有容乃大"，"大作家"之"大"正在于超越国家、民族、团体利益，拥有人类情怀，在这个高度上一定程度地解决了文化间的冲突，在人类终极问题上有所观照，并且最深刻地书写了时代的形象。

假如从这个高度来看目前当代中国作家的状况，情形的确不容乐观。近一百年来，由于政治原因，中国传统文化一再地被抑制，而生活在近一百年来的作家在自身民族文化的继承方面缺乏必要的背景。即使目前活跃的一流的大作家们也多半在传统文化方面修养不足，且多表现为对传统文化的轻视，这就限制了他们对民族心灵的深刻体悟。而在学习西方文化的过程中，我们也只是学习了西方的近现代文化，对西方文化的"两希传统"尤其是希伯来文明的认识上有禁忌，也使我们在向西方学习的过程中一直走在半路上。"半调子"正是目前中国作家的实际状况。在这种情形下，无论作家使多大的力也写不出让世界瞩目并让国人叹服的伟大作品来。刻舟求剑和揠苗助长正是目前批评家们所面临的尴尬情形。

然而，我们应该有理由相信我们自己。首先，从过去来看，中华文明是四大古文明之一，西方的历史学家普遍认可，从汉代到宋明时期，中华文明是输出文明，世界在向中华帝国学习。从明朝海禁之后，中国开始衰落。正是在那个时候，欧洲人发现新大陆，西方迅速崛起。从那时起到现在，中国变成了一个文明的输入国，被迫接受。这只是文明的一种情形。另一种情形则是，从黑格尔之后，西方的哲学面临形而上的困厄，于是，从海德格尔、叔本华等开始向东方的智慧学习。到了存在主义哲学家雅斯贝尔斯时，世界不再是西方中心主义的格局，世界文明成为东西方同构的文明。孔子、老子甚至庄子在雅氏那里被重新发现。也是在 20 世纪，考古学重新发现了东方。东方才是文明的策源地。西方人的自恋感受到挫折。当然，此一东方并非指的是中国，而是连接东西方文明的两河流域。人类在不断地向过去张望，而文化的复兴也正是在向曾经辉煌的过去借力。欧洲文艺复兴运动在向古希腊罗马学习、借力，而我们也似乎已到了向曾经辉煌的诸子百家甚至更古老的文明学习、借力的时候了。事实上，这样的学习已经开始一段时间了，这是我们古老的伟大文明给予我们的底气。我们应该相信自己的文明曾经给人类带去福祉，现在，她仍然有营养来滋养人类的未来。

其次，从未来来看，一百年来，古老的中国在向世界学习，革古鼎新，虽然走了很多弯路，但与世界平等握手的时刻已然来临。

假如从文化创新的机制来看，中国已经走在了世界的前面。一个融世界文化与精神为一体的国家正在成为世界的中心之一。假如我们相信未来是世界精神的综合体，那就应该相信近百年来痛苦的学习终于要结出硕果了。在这样一种学习中，作为灵魂书写者的作家知识分子现在虽然痛苦地走在路上，但终要走到世界的前台。从20世纪80年代以来诺贝尔文学奖向亚拉非地区的作家瞩目而欧洲作家越来越少摘桂的情形就可以看出，正是因为亚拉非地区落后，所以才向世界学习，因而他们也较早地融入世界文明，而欧洲作家则由于自大局限于一己之文化。诺奖虽然有浓厚的欧洲中心主义倾向，我们也不必以此为标准，但它毕竟是世界最重要的也是目前最有影响的文学大奖，而且其欧洲中心主义倾向也正在发生位移，这正是亚拉非地区文化的影响。近些年来，汉语的世界化，孔子学院在全球各地的普及，中国文化正在融入和影响世界文化，中国作家的作品也在世界各地被广泛关注。这都是一种好的预示。

最后，从文化机制来看，虽然伟大作家的出现不是制造出来的，而是各种社会命运和个人命运的机缘促成的，但是，从历史上来看，除了无法预料的个人才情和机缘之外，产生伟大作家的社会背景大致相同，也就是说有一定的文化机制。中国有几个时期是人才辈出的时期，也是伟大作家出现的时期，一是春秋战国时期，出现了孔子、老子、庄子、屈原等一批文化原创者和诗人，这一时期是国家动乱、思想开放、文化对话的时期；二是魏晋南北朝和唐朝，出现了陶渊明、李白、杜甫、白居易等一大批诗人，这一时期是中原农耕文化与草原游牧文化大融合、儒家文化和佛道文化大融合的时期，也是思想最开放的时期；三是"五四"时期，出现了鲁迅、胡适、陈独秀、沈从文等一大批作家和文化大家，这一时期是思想开放、中西文化对话的时期。现在，正如一些作家和学者所说的那样，我们来到了一个伟大的时代面前，这就是思想解放、传统与现代对话、中国文化与世界文化对话与融合的时期。时代的背景正在展开，等待着的便是慷慨之士出场了。

当然，对于人们一再地拿鲁迅为参照系却又不允许批评鲁迅的言论，笔者以为要警醒。正如孔子是封建时代的一面文化旗帜一样，鲁迅也只是新文化运动的一面旗帜。他们是不同的，甚至表面上看前者是后者的敌人，但其实精神是一致的。之所以伟大，是因为他们都是新的开始，前无古人，后有追随者。我们真要呼唤伟大作家的出现，就应该允许人们批判鲁迅，正如当年允许鲁迅猛烈地批判儒家一样。唯有如此，才是伟大的胸襟。否则，我们就只是希望鲁迅的重复者或追随者现身，那就不可能被称为伟大者。鲁迅只是民族救亡时期新文化运动的领导者，他所面对的时代是一个打破传统、迎进西方文明的启蒙时代，而今天，我们面临的是一个以世界眼光重新认识、评断和继承传统的时代，是一个重新认识西方乃至世界并汇入世界文明的时代，国运也与一百年前有质的不同，所以，我们既要学习鲁迅等一批先驱的创新精神，又不能盲目地崇拜他们，我们应该拥有新的更为自信的文化引领者。这也是时代的要求。

第八届茅盾文学奖引发的思考

对中国当代文学现状的批评不时泛起，如外国学者批评中国"当代文学是垃圾"，还有些评论家针对当下文学精英立场的退却而慨叹"中国不会再出现大作家"。至于批评中国当代文学"缺碘""缺钙""中国当代作家丧失想象力""当代作家的语言粗俗"等声音更是此起彼伏。第八届茅盾文学奖自从开评之日起，就引发舆论的广泛关注，其中不乏对参评作品质量的质疑之声。这些声音都是社会对文学精神的担忧和呼喊，试图将当代文学从沉暮与乱象中拽起，强其筋骨，扶其正气，鼓其精神，使中国文学从内质上实现真正的繁荣与强大。

批评："刻舟求剑"与"揠苗助长"

百年来，尽管文学在中国历史舞台上起到了举足轻重的作用，无论是"五四"时期的新文化运动，还是新时期以来的改革开放，文学都是先锋力量，是时代的号角，但是，对当下文学的悲观之论却始终如一。

这种声音从梁启超《论小说与群治之关系》开始，到陈独秀的"文学革命论"，再到鲁迅的国民性批判时至于深刻。他们认为中国文学比起世界文学来相对较弱。于是，中国开始向西方文学取经。如果说"五四"时期主要是在精神上向西方学习的话，那么，20世纪80年代的先锋文学则是从形式上进行了一场轰轰烈烈的文学实验。

然而，到了20世纪90年代末和21世纪初，随着国力的强盛和民族文化的苏醒，"欧洲中心主义"的概念在国人心中发生了变化。世界再也不是以西方为中心的世界，而是一个不同民族共同构成的世界。寻根文学、家族文化以及民族文学的进一步探寻，逐渐唤起人们对传统文化的认同。特别是这十几年来，中国文化也开始向外输出，西方社会乃至整个世界都开始关注、了解或认可中国文化，文化的自信力有所提升。一些作家开始书写中国的传统形象，开始重新去认识传统文化。

同时，在这一时期，对中国当代文学的批评也比任何一个时代都要强烈，主要原因是，人们期待着同样品位的文学作品来匹配逐渐强大起来的国家形象、民族形象。这些批评都在呼唤伟大作家的出现，呼唤伟大的文学时代。

古往今来，伟大作家的标准仁智互见，但广博的文化修养和超越时代、民族、国家观念之上的人类精神是最重要的要求。正是在这个高度上，伟大的作家会在一定程度上解决文化间的冲突，在人类终极问题上有所观照，并且深刻地书写出时代的形象。

假如从这个高度来看目前当代中国作家的状况，情形的确不容

乐观。近百年来，中国传统文化一再地被抑制，而生活其中的作家在自身民族文化的继承方面缺乏必要的背景。即使目前活跃的一流的大作家们也多半在传统文化方面修养不足，且多表现为对传统文化的轻视，这就限制了他们对民族心灵的深刻体悟，使其书写的中国经验缺乏深度。

另外，对西方文化的学习一直走在半路上，这又使中国作家缺乏广阔的视野和对未来的深刻判断。在这种情形下，作家难以写出伟大的作品。"刻舟求剑"和"揠苗助长"正是目前批评家们所面临的尴尬情形，也正是各种批评之声云集的原因所在。

底气：独特而丰富的传统提供写作资源

但这并不意味着就要对中国文学的未来充满悲观之叹。

文学是一个民族与国家精神生活的形象表达。倘若国人永远都对汉语文学持悲观甚至绝望之态度，那么民族与国家的精神生活也就始终处于自卑状态，民族心理也处于亚健康状况。

在国力逐渐强盛的今天，有必要转变心态，以欣赏或赞赏的态势来看待今天和未来的中国文学。始终不如西方的心态在很多作家和评论者那里是常态，很多评论者往往拿18世纪、19世纪和20世纪初的一些伟大文学为标准，来衡量今天中国的文学，殊不知即使在西方，也难以重现往日的辉煌。

错位批评也许是今天评论者的误区。

如果换一种方式，以中国当代作家与世界当代作家对比，或者不以西方的标准为批评准则，多发现一些中国文学的成绩，多一些赞赏，也许就对中国当前与未来文学充满期待。

从文化角度来讲，古老的中华文明赋予了国人足够的底气，中国经验由此屹立。中国文学拥有悠久传统，值得重新致敬。在发现传统和复归传统的今天，作家们所寻找的中国经验之一便是独特而丰富的传统中国。

马尔克斯曾一度学习西方，但一直是个找不着调的琴手，直到他发现了拉美历史的创伤性经验和祖母讲故事的拉美民间传统，才奏响了伟大的《百年孤独》。陈忠实也是从先锋文学的实验场转向中国农耕文化传统，才发现和写出了了不起的《白鹿原》。从某种意义上来说，《白鹿原》不仅仅是三十年以来中国当代文学的最高峰，也同样是世界文学难得一见的卓越文本。获得本届茅盾文学奖的《你在高原》，十卷本浩瀚无垠、波澜壮阔，其深刻性和精神性被评论者称道，如此高纬度和长度的创作在当前的世界文坛也属罕见。

从文学创生的机制来看，巨匠辈出的时代往往具有一些共同的特点，如文化共融、时代转型、思想解放等。典型如轴心时期世界各地诸子原创文学、欧洲文艺复兴时期的文学、中国明清时期"文艺复兴"背景下的四大名著、资产阶级革命时期的现实主义文学和中国"五四"时期的文学。人类那些伟大的文学几乎都诞生在这些时期。

中国自20世纪80年代以来，一直处于文化对话、社会转型和思想解放的动态之中，中国文学高原的逐渐上升是有目共睹的。西方一些汉学家认为中国当代的诗歌创作早已与世界同步。长篇小说创作自 20 世纪 90 年代以来不但成为文学的主力军，而且显示出蓬勃的生机，本届茅盾文学奖评选之激烈就是佐证。作家们在面临市场的考验、生存的艰难和社会的诘难下，进行了分化、转型，文学生态表面上看远不如 20 世纪 90 年代之前那样纯粹而美好，但是，恰恰在这样的社会转型中，那些真正的、优秀的、深刻的作家便突现出来。史铁生、张承志、张炜等这些始终思考中国命运、人性深度、民族苦难和中国经验的作家便渐渐地显示出其不凡的品质。

从文学形式和媒介的发展来看，这也是个文学得以繁荣的时代。影视和网络的产生，影响了文学的生产和传播，文学得到了进一步的解放。政治的、地区的、国家的、文化的限制越来越小，文学变得更为自由，这样的机制前所未有。

所以，有理由相信，一个文学复兴的时代正在徐徐展开。文学需要更多的解放、勇气、胆识与自信，中国文学批评也需要更多的宽容。

第二辑

远足与冒险

壮烈之行：从诗到信仰

——张承志的文学世界

对于大师缺席、众声喧哗、欲望化写作和繁荣背后虚弱无声的当代文坛来讲，张承志的存在无疑是一把利刃，他以自我牺牲般的寒寒闪光使整个文坛不寒而栗，甚至对其避而不谈、退避三舍。在这种状态下来评价张承志是不明智的，或者说是艰难的。究竟用什么标准来评价张承志？究竟怎样来看待张承志的人生历程？又究竟拿什么文化背景来判断张承志的信仰体系？最后的问题是，究竟中国文坛需要什么样的作家？中国文化能否认同张承志的文化信仰？

假如这些问题不解决，或者说始终是模糊的和避而不谈的，那么，对张承志就只可能剩下两种方式：同信仰者崇拜之，赞赏之；不同信仰者否定之，讨伐之。自张承志的《心灵史》出版以后，对张承志的评论基本就是这两种结果：王朔、王蒙、张颐武、吴炫等代表流行文化或主流文化对异质文化的张承志展开了猛烈的攻击，而对张承志进行维护、赞赏和辩护的绝大多数都是穆斯林学者（我对近年来研究张承志的评论文章进行了一次大致的梳理，发现能深

层次研究张承志的学者或论者大都是一些回族学者，只有他们能深刻地体认张承志的异质文化）。在这种状态下，孤独无援的张承志只有自己亲自上阵，泣血而战，看热闹的人则看出张承志的愤怒、鲜血和声嘶力竭。当然，在这中间，也有一部分评论者尽可能地去理解和认同张承志，他们是王安忆、陈思和、孙郁等人，但是，这些声音被大量否定张承志的厉声所淹没，致使对张承志的评论只剩下一些文化强势者的唾骂。

　　假如我们真的是以文学为主题，真的是为中国文化的未来着想，那么，我们至少应该有这样一种胸怀和文化背景：尽可能宽容地理解一种异质文化，使这种异质文化成为自身文化所需要的补给；从整个文学的发展来对待一种文学的异端，而不是因自身的喜好和偏见而杀之后快；从整个人类的文化背景下来判断一种文化信仰，而不是单从当下的政治话语下来判断之；从整个人类的历史和未来的视角而不是从当下来判断中国文化需不需要异质文化的共融、和解（其实就是文化的和谐共处）；从世界文化大交融的背景下来对待中国传统文化、马克思主义、伊斯兰文化以及欧洲基督教文化之间的冲突等。只有站在这样一个高度，才能去对一种异质文化发言，也才能够为中国的文学和文化指出一条道路来。对张承志的评价就需要这样的文化背景和胸怀，否则，对张承志就没有评价权。这倒并非说我本人就拥有这样的文化背景资源，也并非单指对张承志的评价就应该如此，而是指在今天这样一个文化共融的大背景下，要进行批评是非常艰难的，对张承志进行评价就是这样。本文即是力图站在这样一种文化背景下对张承志的文学、人生以及其思想信仰进行一次冒险式的评论，尽管这种冒险式的评论既不会得到张承志本人的激赏，也不会得到他的反对者的青睐，但我还是试图站在和平、共融的立场上对其进行一次解说和评论。

壮烈之行：从诗歌与美到信仰之终极

对于张承志来讲，其创作的分野是从 1984 年他进入西海固时开始的，但对于评论界和读者来讲，他的文学道路的转向则是从 1991 年的《心灵史》开始。虽然他早在 1987 年的《金牧场》就已经开始这种转向，但直到《心灵史》的出现才彻底地完成这种转折。于是，1991 年之前的张承志是一个诗化小说的代表，是一个浪漫主义作家，而从 1991 年开始，张承志成了一个道德的卫士、民族精神的斗士，人们对他的认识随着他的孤独无援、宗教信仰和独白式的呓语而分化了。张承志成了一个难以言说或被人们避而不谈的怪人。到底怎样来认识张承志的文学呢？

张承志与当代中国主流文学的关系走过了一段起初合流，后来慢慢分流，到最后的绝对分野。从美学追求上则经过了从诗化小说到宗教浪漫主义小说的变化过程。

整个 20 世纪 80 年代的文学，是一段轰轰烈烈的复调创作期。从伤痕文学开始，知青文学、寻根文学以及家族小说，形成了整个 80 年代文学的主流，而伴随它进行的是文本的实验，先锋文学左冲右突，到 90 年代几乎成为主流。从创作的角度来讲，现实主义文学是主流，但伴随其左右的是现代主义、新写实主义和先锋主义以及

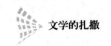

浪漫主义。充满整个 80 年代文学的主题是改革、思想解放、追求爱、追求平等、个性自由等。显然，80 年代的张承志也未能脱俗，他仍然是这些浪潮中的弄潮儿。

今天再来读《黑骏马》和《北方的河》，有一种久违了的感觉，那便是与理想和激情的遭遇。前者仍然会深沉有力地拨动你心灵深处的某一根琴弦，使你温柔、辽阔、深沉、悠远。小说会将你自然地塑造成一位从远古而来的行吟诗人，弹着马头琴，寻找着亘古的爱。后者则使你激情昂扬、澎湃汹涌、孔武有力，一个征服者的形象赫然而立，理想和英雄之流激荡着你的胸腔。假如再读到张承志的处女作《骑手为什么歌唱母亲》时，对张承志的早期定位便十分清晰了，完全是一个诗人的歌唱。这哪里是小说？根本就是一首首叙事诗，甚至是一首首抒情诗。诗化小说的特点不但是张承志早期写作的显著特点，而且是其后期小说与散文随笔的气质。

在创作《黑骏马》和《北方的河》时，整个文坛实际上都弥漫着这样一种英雄主义和理想主义的情怀，比如此时朦胧诗人北岛、舒婷、江河、杨炼、顾城、梁晓斌等都写下了众多同类主题的诗歌。理想之火在中国的夜空上升。然而，很快地，这种集体主义的意识在退却，最后诗坛让给了以平民意识和个性意识为主的口语诗和先锋诗，小说界也一样，先锋小说顿时解构了此前的历史宏大叙事和集体抒情。此时的张承志显然也是受到了极大的冲击，然后他依然固执地行走。1987 年发表和出版的《金牧场》虽然比此前的小说变得更为复杂，抒情中有难以抑制的痛苦，但是，仍然可以看出是一个诗人在痛苦地歌唱。评论家王必胜在评价这部小说时说："张承志作为一个理想主义热情歌者，对人生价值和理想赋予高扬的时代精神，赞美灿烂的人生。但他不是轻歌曼舞地颂扬，而是从艰难人生历程中，从奋斗进取者坚韧甚至痛苦的跋涉中来褒扬人生理想，赞美人生奋斗的业绩。同时，又多从作家自己心灵体验和感受出发，在解剖自我灵魂时，抒发对奋斗者的复杂而深沉的壮烈情怀。"①

如果说在《黑骏马》中，作者还非常重视小说的抒情意识和审美追求的话，《北方的河》已经在趟过一条理性的河，到了《金牧场》时，作者的理性已经超过了抒情，它显示出作者急于想转型。后来，作者在回顾《金牧场》时，认识到在这部作品中企图包容的思想太多，以至于思想大于形式，文体反而为驳杂的内容所累，简直是一部失败之作："装二十年经历于一个金牧场的设计，今天看来是失败了。因为，不应该强求把二十年思索获得的思想装进一个框架。但是从反面又应该说，小说形式的不成功，也许是因为小说形式不能容纳它的含量。"② 事实上，《金牧场》有两个特点，一是其浓烈的诗化特点，二是其行将爆发的宗教情怀。这是张承志在那个先锋艺术时代一次颇具野心的先锋试验，自此之后，他开始渐渐放弃小说叙述，转而开始随笔散文的写作，而这种随笔散文自始至终也有两个特点：一是诗化特点，二是学者式的理性批判。

《心灵史》是一个分界限。尽管张承志心灵的转变早在此前已经在进行，《金牧场》便是其印迹，但是，从作品的角度来看，《心灵

---

① 王必胜：《缪斯情结》，解放军文艺出版社1991年版，第82页。
② 张承志：《金草地：注释的前言》，海南出版社1994年版，第4页。

史》才是真正的界限。20 世纪 80 年代有几个重要的文学思潮，张承志其实都有意无意地参与了。一是文本的实验，《心灵史》《金牧场》可以说是这方面的实验，特别是《心灵史》，评论家们对其是否是小说一直争议较大，若是把它放在先锋小说中去看，就不足为争了。二是为"文学史写作""为后世写作"。三是为中国文学填补"史诗"的空白。海子的写作就是这三种思潮的影响所致，张承志的《心灵史》也一样。《心灵史》就是一部诗史，他在《告别西海固》里说："就这样，我被一套辈辈都有牺牲者的家史引着，一刀剖开了乾隆盛世……我决心让自己的人生之作有个归宿，60 万刚硬有如中国脊骨的哲合忍耶信仰者，是它可以托身的人。你就这样完成了，我的《心灵史》。"张承志有明确的写作对象，他要为哲合忍耶创立一种心灵的图腾，这种写作类似于《古兰经》。当你走在西宁的大街上，随便问一个回民"张承志你知道吗"时，那些最底层的民众也会告诉你："噢，就是那个给我们穆斯林写书的人吧。"

正是在这个时候，张承志的写作便与当下所有的写作者有了质的区别，而这也是张承志从中国"五四"以来的传统意义上的文学写作走向宗教意味文学范式的重要标志。事实上，当我们站在《心灵史》的分界线上，往前追溯就发现，张承志从 1984 年进入西海固之后，陆续写了众多的带有伊斯兰文化色彩的作品。一些是小说，一些是散文和杂文，如《黄泥小屋》和《九座宫殿》。在人们还没有意识到张承志后来的宗教倾向时，评论家和读者自然也不会太过于计较里面的宗教取向，可是，自《心灵史》之后，人们蓦然发现，这些作品早就开始了一条通往伊斯兰信仰的探索之路。在这些作品中间，张承志充满同情、赞赏与热爱地反映了穆斯林对自己信仰的

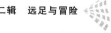

捍卫和坚守。

自《心灵史》之后，人们似乎一眼就能看出张承志作品里的哪些描述代表了伊斯兰信仰，这也是张承志在一个对宗教信仰抱有成见的文化传统下所遭遇种种批判与谩骂的原因所在。一部《心灵史》，在伊斯兰世界里，带给他无上的功名与光荣，而在非伊斯兰文化世界里，则充满了荆棘之刺。所以，《心灵史》之后，张承志显然陷入两种情怀之中：一是为自己的信仰而慢慢放弃艺术的追求，转而进入宗教的神圣追求中；一是以伊斯兰文化为主体背景，参照中国传统文化和世界传统文化对与己对立的现存世界进行批判，甚至决裂。在《心灵史》之后连续出版的两本散文集《荒芜英雄路》和《清洁的精神》中，可以明显地看出后一种倾向。此后，他放弃小说创作，以散文和学术文章继续写作，其内心的文化冲突已经逐渐高涨。这样一种情绪恰恰是走向宗教的人必经的。这就使得张承志最终进入宗教的信仰中。

一腔异血：从红卫兵到哲合忍耶教的代言者

在人们一腔愤怒批判"文化大革命"之时，没有人敢站出来理性地梳理"文化大革命"的是与非，更不会有人站出来忏悔。这使我们想起余杰与余秋雨之间的论争，也想起巴金先生的忏悔。同时，也使我们想起德国人对纳粹的批判与反思。在二战之后的几十年间，德国人（甚至整个人类）都沉浸在一种对纳粹的痛恨之中，这种痛恨使人们丧失了应有的理智。终于，在 20 世纪末期有人站出来重新审视个体生命在那个历史之中的命运。这就是施林克的《生死朗读》。这部爱情小说讲的是一个个体生命在那样一种历史的洪流之中往往可能是浑然不觉的，在他（或她）没有参与历史策划与残酷的杀戮时，就应该重新来认识这些个体。他们是无罪的。对于"文化大革命"是否也可以这样来解读呢？目前我们还没有看到这方面的文本。巴金的忏悔代表了一个时代对"文化大革命"的批判，余杰对余秋雨的揭露和余秋雨的辩驳则进一步说明人们不敢正视那个时代。在这样一种背景下，张承志在接受美国学者 M. E. Sharpe 的采访时，毫不隐讳地说：

> 作为一个"老红卫兵"，我虽然不是一名头头，但是"红卫兵"这个名称是我创作发明的。要是任何人问我，我创作的第一个作品是什么，我会毫不犹豫地说"红卫兵"。

这种语气里似乎有一种炫耀，有一种得意，而这种炫耀和得意似乎也正好应对了那些批判他的人对他的一系列攻击："一种狂热的文化冒险主义的心理/文化表征"，"孤傲发展为自负，他显得偏激狭隘，难以容人"等。

这大概是人的非理性的欲望所致，一时兴起，被自己曾经的"功绩"（却不管它的结果）所迷惑。这是人人都有的心理，只是有些人能够谨慎地去处理。张承志在 20 世纪 90 年代是一个具有言语暴力倾向的人。从他一系列的杂文、随笔和文化散文中可以充分地看到这种心理，这是由他自身的文化冲突所决定的。在他的内心深处，现实社会道德的沦丧与他个体的追求发生冲突，他过去所接受的历史、现实文化与他正在接受的伊斯兰文化发生冲突，他的日常生活与他的宗教追求也在慢慢发生冲突，他过去耀目的文学成就和评价与当下对他众说纷纭的评论（而且批评的声音似乎更大）发生了冲突。他急于想让人们接受他，承认他，于是，他怒不可遏地向他所认为道德沦丧的大众，向价值混乱的智识阶层，向与他的价值取向相对立的异质文化宣战，像堂吉诃德与风车大战一样。事实上，在这种言语暴力下，支撑他的是人类古往今来就一直因袭的正面价值，如他一直强调的为人民而书写（早期写作），为底层民众代言（后期写作）；如他在近年来所强调的与欧美霸权文化相抗争。这实际上是理性。但处于那个时期的张承志是愤怒的，这愤怒使他显得偏狭和固执。

他似乎过分地强调了"我"的存在。他总是在文章中激愤地强调："他们在跳舞，我们在上坟。"（《告别西海固》）"我不从属于任何政党或运动。我拒绝一切政治形式。我仅仅用文字表达了这种思想。"（《墨浓时惊无语》）他也总是在辩解："在我的涉及中国回族的作品《心灵史》出版后，一直致力于把我丑化和漫画成一个宗教狂。"（《墨浓时惊无语》）"1991年的我突然觉得应当站出来了，应当有人将心比心，以血试血。"（《致先生书》）大概谁也没想过，张承志为什么激愤？他为什么要为自己辩解？批判者是不愿意看见一个处处以自我为中心的诗人到处指手画脚，更不愿意看见一个"文化异己者"的走红。文人的心理不过如此。于是，自《心灵史》出版后，张承志遭受的批评与非难是难以想象的。正如张承志自己所说的那样，他被称为一个"宗教狂"，一个文化冒险者，一个专制主义的代表。也许人们忘了，《离骚》中的自我是何等张扬，但那是一个文化清洁者的代表。在大量的对宗教怀有不同意见的批评者那里，在那些文化虚无主义者的眼里，张承志成了众矢之的，而更多的人则在观望。近百年来中国人对宗教的态度使知识分子对其发言时充满了犹疑，而一百五十多年来进化论思想和科学主义的观念以及近百年的马克思主义思想已经在中国根深蒂固，宗教思想，特别是与中国传统文化还没来得及融合的伊斯兰宗教便为大众所怀疑甚至排斥，因为这些原因，张承志的思想只能是"无援的思想"，而他的道路也必然是"荒芜英雄路"。在这样一种情况下，他只有自己站起来捍卫自己所认同的思想和信仰。但在中国人的意识中，一个人不能自己说自己的好，这样肯定自我是不受大家欢迎和喜爱的。张承志犯了中国人生活的大忌，这是他被批评的另一重要原因。在中国人的生活哲学里，一个人有了冤，你也最好不要自己说自己冤，更不能骂你的对手，而要第三方站起来为你辩解，你始终不说话，那样，你才是真正的君子，才是有智慧和修养的圣人。可张承志又犯了大忌，他非但自己为自己辩解，还大骂对手，甚至在骂对手时，将大多数人也骂了。这些大概是张承志当时的心理和备受批判的一些社会文化心理吧。

这也是张承志向宗教心理过渡的必经的一步。这种心理在很多人身上都曾经存在过。卢梭在晚年写的《一个孤独的散步者的遐想》，就是一部愤慨之作，没有了先前的优雅与宽容。尼采曾说"我为什么如此聪明"，他在准备重估人类一切价值之时，竟然疯了。尼采的哲学在西方文化中可以说是最具语言暴力倾向的文字，自从他与瓦格纳决裂后，他的语言就像一把利剑，不断地向着基督教心理越刺越深。事实上，鲁迅当年也一样。面对虚弱的国民，他说自己的文字就像投枪和匕首，把自己的对手咒骂为"落水狗"之类。"决不宽恕"——鲁迅的这一宣言在深受儒家文化、佛教文化影响的中国人看来，有些过激。儒家讲"恕"道，佛教讲"放下屠刀，立地成佛"观念，都讲求对别人甚至对敌人都要宽恕。基督教也讲宽恕。所以在前几年曾经掀起过对鲁迅的重新评价，其中最多的便是对鲁迅这种语言暴力的批评。鲁迅的根本问题在于，他打倒了孔家店之后却不能告诉中国人应该走什么样的伦理道路。张承志的心理与尼采、鲁迅后期的思想颇为相似。张承志在写《心灵史》之前，他曾说："我也写了几本书，蘸着他人不知的心血。但是我没有看到过读者对我的保卫，只看到他们不守信用地离开。在我对自己的生命作抉择了以后，我不能不渴望读者的抉择。当我觉察到旧的读者轻松地弃我而去，到书摊上寻找消遣以后，我便认定了我真正的读者，不会背叛的读者——哲合忍耶。一想到这部书将有几十万人爱惜和保护，我的心里便充满了幸福。这才是原初的、作家的幸福。为了夺取它，任何代价都是值得的，任何苦楚都是可以忍受的。我举了意。"这使我们想起鲁迅对自己文字的态度："速朽"。他一方面大概是与张承志有共同的心理，看到人们"不守信用地离开"，对民众极度失望；另一方面，却与张承志有着截然不同的心理，那就是鲁迅前面的路是虚无的，他在《过客》那篇文章中已经写得很清楚了，但张承志却选择了宗教——这一对他来说非常真实的道路。所以，张承志对文学的态度与一般人不同，他要让人们忠实于他，不背叛他。他觉得自己的文字是真理，而他则是要"几十万人爱惜和保护"的圣人。这不仅仅是中国儒家知识分子的心理，而且是一切宗教写作者和宗教领袖们共同的特点。他不愿意接受（或者难以接受）非议和非难，而这种心理一方面是与他的文化信仰相冲突的结果，另一方面也是其性格所致。自从接受了伊斯兰文化信仰，张承志就已经不再是一个单纯的中国传统文化观念之下的张承志，而是一个糅合了中国传统文化和伊斯兰文化的张承志。在这种情况下，凡是与伊斯兰文化相对立的社会现象、文化观念都将成为他所批判的对象。同时，在他身上，中国传统文化和伊斯兰文化也将进行一次大的综合和融汇。这可以从他的《清洁的精神》中看出。他对中国传统文化并非全盘否定，从他后来在临夏的演讲录中也可以看到，他对目下流行的伊斯兰文化也并非全盘接受，而是强调改造。

正是从这样一个心理背景下走出来的张承志，在后期才写出了更具魅力的散文集《夏台之恋》《鲜花的废墟》。从这两部作品中可以看出，张承志已经由 20 世纪 90 年代的激愤、凌厉逐渐转向沉郁、深邃、浑厚，虽然其抵抗强权文化的立场不变。这是值得人们去研究的。

看到这样一个张承志后，我们再回过头来看看他到底怎样看待自己的红卫兵心理。他在接受美国学者 M. E. Sharpe 的采访时分析道："红卫兵最宝贵的事情就是他们的造反精神。这里面有好的和坏的一面。好的就是他们彻底攻击已经建立起来的教育制度，坏的就是他们坚持'成分论'。批判坏的一面、保留好的一面是困难的。因此，简单地肯定或否定红卫兵并不困难。困难在于当每个人说它好的时候，你指出它不好，反之亦然。""在中国，红卫兵的事情还没有拿出来讨论，还不能自由地那样做。原因是，在'四人帮'的日子里，没人敢说'文化大革命'是坏的。因此，也就没人敢说红卫兵是坏的。连讨论这类事都不做。同时，在目前，中国知识分子痛苦地责备'文化大革命'中的一切事情，因此，使人们产生了对红卫兵的恐怖想象。"

这段话仍然是在他处于激愤阶段的 1995 年讲的。可见，在那个时候，张承志那样"自豪"地说自己是"红卫兵"一词的创造者时，他并不是完全的沾沾自喜，而是充满了一种理性的态度。他在一篇文章中这样写道："20 世纪是个发生了许多革命的时代，我本人只是一个这个时代的婴儿，就本质说并不是它的参加者。即便如此，我觉得，我们在追寻革命后果给我们的教训的同时，也要究明革命的原因。"事实上，这种理性的分析早在 20 世纪 80 年代就已经产生了。学者锁晓梅在其博士毕业论文《张承志论》中对这一方面有充分的论述，她写道：

在早期作品《刻在心上的名字》中已显露出他对红卫兵原则与精神的深刻反思。这篇作品由两条线索构成，第一条线索为：小刚（红卫兵知青）想要一个红卫兵一样的名字，牧民桑吉阿爸则给他讲述了传说中的吉尔格拉为寻求吉祥的名字而将自己的一腔热血洒向草原，草原得以滋润，人民因而得到幸福的传说故事，他也因此获得了追寻的吉祥名字。通过这则富有启迪意义的故事，阿爸启发小刚：只有为人民谋求幸福才可以获得理想中的名字。接着第二条线索出现：草原上刮起肃清"内人党"的狂风，乌力记大哥也被卷入狂风之中，小刚由此陷入自己信奉的革命理想与个体的现实生活体验之间的冲突之中，最终是红卫兵精神压倒了朴素的情感，使乌力记蒙受不白之冤含恨而去，这使他与牧民之间产生很深的隔阂。在深刻反省的同时，他通过行动为自己赎罪：他与其他知青一起卖力地打井以弥补对桑吉一家造成的伤害，井终于竣工，他也得到桑吉一家的原谅，主体心灵也因此得以救赎并获得"阿拉丁夫——人民的儿子"之名。至此两条线索归至一处，主体此时顿悟到了革命的前提和原则：红卫兵的前提是人民的利益和对人民的尊重与信任。若失去这一前提，红卫兵精神犹如无弓之矢，只能是无方向的乱射，将会造成不良后果……他强调红卫兵的错误之处是失去了"为人民"的原则和人道主义的精神。

从以上分析可以看出，张承志对红卫兵精神并非很多人批判的那样充满了执拗，但其在 20 世纪 90 年代处于与中国大众文化对抗阶段时，恰恰与其宗教情绪相结合，其狂热的宗教情绪和义愤的文字给批评者留下了话柄。当然，尽管一些批评者对张承志的批评往往是站在流行文化的立场上，但也并非完全没道理。从张承志后期的变化可以看出，那些批评他虽然不会接受，但在心理上或多或少地有了改变。尤其是后期皈依宗教后，他的心绪明显地走向了宽容。这使人不难想起罗曼·罗兰的《约翰·克利斯朵夫》：克利斯朵夫在青春时期对上帝充满了怀疑和反叛，发表了很多让他后来觉得不可思议的言论，也做了很多让他后来难以置信的事情，但他一直在追求真理，从未放弃过，最后，在经历种种心灵的磨难之后，他重新回到了上帝的身边。皈依上帝之后，克利斯朵夫的内心充满了热爱、平静和宽恕，被称为圣者。张承志虽然没有写过类似于《约翰·克利斯朵夫》这样的小说，但他个人似乎一直在不断地完成这样一种心灵的转向。他早期的草原系列小说充满了忏悔之意和感恩之情，是因为他接受了草原民族的佛教文化。后期，他接触到了自己的母族文化伊斯兰信仰，还没有完全皈依宗教时，他成了一个文化和道德的斗士。也许人们没有注意到张承志力图皈依的那种迫切愿望。这在《心灵史》的代前言里面就有表现："长久以来，我匹马单枪闯过了一阵又一阵。但是我渐渐感到了一种奇特的感情，一种战士或男子汉的渴望皈依、渴望被征服、渴望巨大的收容的感情。""我找到了。"这是一种心向宗教的心理，一种终于摆脱"恶"，一心向善的感念。最后，他在逐渐皈依宗教后，他的灵魂有了依附感，开始走向成熟和平和。

假如把张承志放在心理学的背景下来分析，他无疑是一个典型的案例，而他的红卫兵心理和中期的狂热激愤不过是他想实现自我和要求社会承认的正常的心理而已。这种心理趋向在基督教和佛教信仰世界里是常见的，它常常表现为一个人从彻底的怀疑主义到崇尚自我最后终于皈依的心理轨迹。

为谁写作：从"为人民"写作到为一切无援者代言

古往今来，"为什么写作？""为谁写作？"始终是一切写作者必然要面对和解决的终极问题。无论是孔孟之教，还是老庄之作，抑或摩西的《旧约》之诗和《罗摩衍那》之叙事，都有其终极目的：为天下人立德行。这是最早的写作者，也是最早对人进行解释的创立者。此后的写作者便只能在他们的跑道上进行，要么顺着跑，要么改道跑，但条条大路通罗马，其终极目标是一致的：为天下立正言。然而，此时的写作者已经有了另一重目的，即为自己写作。倘若说"为自己写作"这一目的在初创者那里还比较隐晦的话，那么，后来这一目的越来越成为突显的终点。莎士比亚、歌德、曹雪芹、托尔斯泰、陀思妥耶夫斯基、黑塞、泰戈尔等的写作，几乎都有两个共同的特点：既为当下大众写作，又为自己写作。在他们所处的时代，道德伦理与日常生活之间的冲突、信仰与人性之间的冲突、个人与社会之间的冲突、灵与肉的冲突等越来越突出，成为他们不得不用文字来辩解的命题，在这方面，莎士比亚、歌德、曹雪芹、托尔斯泰、陀思妥耶夫斯基的作品最有代表性。同时，他们也通过写作寻找自己的终极信仰和价值，黑塞、歌德和泰戈尔的写作是这方面的典型。他们都是诗人或诗人气质极度浓厚的写作者，他们的每一部作品都代表了他们在写作之时的内心蜕变。比如，歌德在写作《少年维特的烦恼》时，他就几乎在写他自己的信仰危机。他在自己的小说中自杀了一次。这个命题在这部小说中没有解决，但在40年之后的《浮士德》中却基本解决了。《浮士德》代表了他一生都在彷徨和解决的一系列问题。鲁迅更是如此，从《彷徨》到《呐喊》，非常直白地告诉了读者他的内心道路。

　　但是，在古往今来的写作中，还有一种写作也慢慢地诞生，并在今天成为主流，这就是娱乐写作，或者叫流行写作。凡是不为时代立言，不为自己的终极信仰而写作者，皆可以纳入这一行列。在今天，流行的杂志、地摊上的通俗小说和大量的以文字为赚钱目的的写作，都是以满足人们的各种欲望和娱乐为目的，恰恰让严肃作家忧虑的是，这些文字太多了，压过了真正的写作者。这就是张承志在20世纪90年代初所面临的困境，也是他极力批判的文学现象。

　　人们常说，80年代是一个理想的时代，同时又是一个文学的时代，实际上，也是一个哲学的时代。在那个时代，凡是大学生，都怀揣一个诗人的梦想。而凡是写作者，又都有一个哲学家的愿望。那是一个每个人都想为时代立言的时代。张承志就是那个时代的弄潮儿，《黑骏马》和《北方的河》充分地表现了这种色彩。前者更多地表现了诗人的气质，后者则更多地表现了其哲学的思辨。毋庸置疑，张承志在那个时代的写作目的非常明了：为人民写作，为大众立言，为时代立行。在那个时代，个人的追求与中国集体的信仰是一致的，所以那时的写作既为他自己，也为大众。这个大众便是他所说的"人民"。

张承志在自己的散文《心火》中写道，他虽然在一出生就有了自己的经名赛义德，但他生活的时代是一个彻底消灭宗教的时代，他所生活的环境是一个流行文化纵横的大都市，他对自己的母族文化仅有一点儿时的记忆而已。后来，他参加红卫兵，再成为知青，然后返回大都市，成为一个知名作家和学者。他一直都在中国文化的历史长河里游走，最重要的是，他与时代政治的关系极为紧密。在红卫兵刚刚兴起之时，他虽不是头目，但他是重要的参与者；在知青时代，他也热情地参与，并怀着忏悔之意改造自己，最后还认同了草原文化；在改革开放之初，他又是时代的弄潮儿，大谈理想，并写下那个时代最美的诗篇——《黑骏马》《北方的河》。可以看出，他始终都是幸运儿，始终都是顺着潮流。在其处女作《骑手为什么歌唱母亲》中，小说通过主人公"我"思考有关"人民的利益、人民的命运、人民的团结"这一命题，引出了他早期创作的目的："为人民而写作。"在这里，"人民"与"母亲"又是同一的。

但是，自从接触伊斯兰信仰之后，张承志的创作目的开始发生转移。他把读者慢慢地从漫无边际和目的的大众移向了少数人，最后定位在伊斯兰文化影响的群体，或他的追随者们，甚至按他的说法，就直接圈定在哲合忍耶教派内。在他的《心灵史》代前言"走进大西北之前"中，他这样写道："我便认定了我真正的读者，不会背叛的读者——哲合忍耶。"他不愿意让人们选择他，怀疑他，甚至批判他，他想使他的文字像《古兰经》那样不朽和坚实。这大概是每一个真正的写作者最初的信念。但是，每个人都有不同的思想，他也许会赞成你，也许会反对你，反正他始终不会是另一个你。所以，读者在阅读文学作品的时候就有了再创造。这种认识在20世纪的西方文论中已经被充分地认识了。除了宗教意义上的文字，不可能再有张承志所说的那种情形了。然而，张承志的内心还是在犹豫，这是他过去所接受的文化所决定的。于是，他又说："还有你们——我并没有忘记你们，我的汉族、蒙古族，以及一切我的无形的追随者们。我没有在任何一个瞬间忘记你们。我用汉文写作，我落草于北京，我远离我的哲合忍耶——也许直接援助我的正是你们。你们不能够因为看见我走进了那片黄尘弥漫的沙沟，就以为我舍弃了你们。不，不应该认为我描写的只是宗教。我一直描写的都只是你们一直追求的理想。是的，就是理想、希望、追求——这些被世界冷落而被我们热爱的东西。我还将正式描写我终于找到的人道主义；你们会在读完后发现，这种人道主义要远比中国那些知识阶级廉价拍卖的货真价实。我借大西北一抹黄色，我靠着大西北一块黄土。我讲述着一种回族的和各种异族的故事。但是，人们，我更关心你们，我渴望与你们一块寻找人道。"虽然在他的内心里，他依然是居高临下，所有赞成他的不过是他的追随者而已，他自负

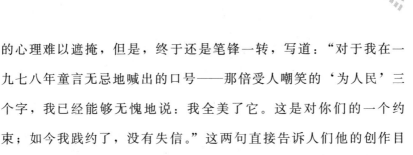

的心理难以遮掩，但是，终于还是笔锋一转，写道："对于我在一九七八年童言无忌地喊出的口号——那倍受人嘲笑的'为人民'三个字，我已经能够无愧地说：我全美了它。这是对你们的一个约束；如今我践约了，没有失信。"这两句直接告诉人们他的创作目的已经转移。他认为以前的他太单纯了，现在他要深刻，所以他宁可选择少数人。然而，他又认为，这种对少数人的选择并非真的少数人，也并非真的只指哲合忍耶，而是广泛的心灵："为了你们——哲合忍耶以外的世界能读得通顺些，我在这篇前言里尽量介绍了一些常识。我和哲合忍耶几十万民众等待着你们。我们把真正的期望寄托给你们——汉族人、犹太人、一切珍视心灵的人。发掘出被磨钝的感性，回忆起消逝了的神秘瞬间，正视着你们经常说到的爱心和人道——理解我们吧。"

他最终解释了后期创作目的：从哲合忍耶走向世界，直到伊斯兰教的起源之一——犹太教那儿。他的目的不再是中国，而是世界。他完成了一次宏大的转移，而这次转移竟然是从一个极小的群体和一个名叫沙沟的地方开始的。

在这次转移中，他的创作与其 20 世纪 80 年代的创作有了很大的区别。那时，他与整个中国主流文化是合一的，现在，他开始走向边缘。他与时代的主流文化不再合流。泛泛的由原来的国家集体意识之下的人民性消失了，由他个人认定的新的民众产生了。

应该说，这是他创作目的的第三次转移。在这次转移中，他个人的信仰与他所认定的目的也是一致的，但与目下中国的主流文化分流了。这也符合 20 世纪 80 年代末以来中国知识分子的心理转向。在此之前，由于单一的价值观、世界观、集体理想观念的影响，中

国的知识分子个人的理想与中国的国家理想相一致，但随着改革开放的深入和几次运动的影响，中国的知识分子接触到了来自世界的多元文化和价值观，并且在改造中国政治、文化、经济等各方面遭遇了一些挫折，中国的知识分子便慢慢地理性起来，一方面，在中国传统的文化价值观中寻找定位，另一方面，又多从西方文化和整个世界多元文化中重新整合自己的价值理想。先锋文学在很大意义上起到了摧枯拉朽的作用和助力。20世纪90年代以来，一部分作家转向中国传统的儒家，如陈忠实的《白鹿原》、张炜的《外省书》和《九月寓言》；一部分作家转向中国传统的道家，如贾平凹的一部分作品；还有一部分则转向基督教，如北村的《愤怒》、余杰的部分作品；还有一部分则转向多元混同的中国传统文化，如余秋雨为代表的一大批文化散文写作者。在这种转向中，转向佛教文化和伊斯兰教文化的则寥寥无几，但张承志是一个异数，他转向了中国文化不怎么熟悉的伊斯兰文化。

从后期张承志的几部散文集《夏台之恋》《鲜花的废墟》以及他在临夏的演讲录来看，他的行踪主要集中在寻访伊斯兰文化的发生、发展脉络，并试图结合他所认同的世界文化的因子来改造现有的伊斯兰文化中一些守旧的内容。在这些文字和声音中，我们不难听出他的一个努力的方向：代表第三世界民众向一切强权文化进行斗争。

他的目光从西海固的沙沟越过中国，越过阿拉伯，又从阿拉伯回视整个被强势文明——基督教文明所浸淫下的其他文明，特别是一直与基督教处于对立状态下的伊斯兰文明。

张承志中后期创作对当代文学与文化的意义

　　对于张承志前期的创作，评论界已经评说得很充分了，也没有多少异议，但对于其中期创作则莫衷一是，其时的作品主要有《金牧场》《心灵史》《无援的思想》《清洁的精神》《荒芜英雄路》等。有些选本里内容有些重复，但大致的作品就是这几部。这些作品因为张承志的宗教精神而受到很多非议。在此之后的作品在数量上越来越少，主要文学作品集中在散文集《夏台之恋》《鲜花的废墟》中。对于后期作品，评论界则注意得很少，对于它的评价也不多。

　　首先来谈谈张承志中后期作品对于当代文学的意义。

　　张承志这两个时期的长篇小说主要是《金牧场》和《心灵史》。这两部作品在评论界有很多杂议。我个人认为，第一部作品正如作者自己所言想把二十多年来的想法集于一体，反而过于沉重而庞杂，有思想大于形式之感和主题先行的缺憾。这也就是后来作者为什么要删减重新出版的原因。第二部作品《心灵史》在文本价值和题材开拓等方面是很有价值的，但因为所载历史之沉重，所负使命之强烈，所在乎的读者太鲜明，以及他所追求的"永恒"功利之色彩太强烈，致使这部作品仍然具有主题先行之特点，反而使作品显出一些狭隘来。但除了以上缺憾之外，这两部作品在当代中国文学中仍然具有不可动摇的文学史意义，尤其是

《心灵史》。其后期作品主要是散文、随笔，这些作品一方面仍然具有其鲜明的诗化审美风格，另一方面又始终保持自《心灵史》以后的斗士的形象，使这些作品在当代文学中仍然独具魅力。它们对于当代文学史具有以下意义。

一是鲜明、高昂，后趋理性的精神向度。在以新写实主义、欲望化叙事为主导的伪现实主义创作和只强调文本形式的创造而不需要精神高地的现代主义创作中，张承志这两个时期的作品是非常独特的，几乎与前两者是对立的。他个人的理解也如此。他认为自己上承鲁迅，下启新的时代。的确，自20世纪90年代以来，能够站在时代的远处而对当下社会诸现象尤其是文学道德现象进行鲁迅式的批判的作家寥寥无几。在《金牧场》和《心灵史》这两部长篇中，作家向读者倾诉和展现的是其鲜明的精神向度——伊斯兰文化为主体的精神，一种伊斯兰精神中鲜明的排外主义倾向和高昂的牺牲精神，还有他在中国传统文化和世界文化那里继承来的"清洁的精神"。关于这种"清洁的精神"，可以理解为荆轲刺秦王式的反专制主义，也可理解为许由拒绝尧帝时的那种绝对的个体主义和道家精神，还可理解为中国儒家和道家共同赞赏的许由、屈原式的"举世皆醉我独醒"的先知精神。总之，这种精神在此后的散文写作中，一直成为张承志的主要精神倾向。但是，这种批判精神因为过分地强调自我，所以遭遇很多人的不快。余杰便是站出来的一个。余杰在《皇帝的新衣——关于"张承志现象"的思考》一文里写道："他越是摆出一副战士的姿态来，越是表现出对无物之阵的恐惧；越是一尘不染的超越性的文字，越是获得极为世俗的发行上的成功。"在这篇文章里，余杰对张承志的批判主要集中在红卫兵这一把柄上。

针对这一点，张承志回答道："他们从来不会完整的引用我的文章哪怕是一个自然段。他们把文学的抒情与政治混淆起来。是不是宣扬一种思想就得为它的所有后果负责，是不是给毛泽东与红卫兵说一点最起码的公道话就得为那场浩劫负责，是不是宣扬哲合忍耶就得为伊斯兰教的一切恐怖主义负责？"关于这一点，在前文中有论述，在此不再赘述。事实上，两者都是思想的斗士，但为什么两者又显得水火不容呢？刚刚成长起来的余杰只是写了一些读书札记，还算不上是研究，对张承志的整体把握也不到位，更何况当时的张承志正是其精神的疯狂期，也是众人批判的主要对象。其实那时他们的批评还有些意气之争。但从根本的文化精神上分析，余杰与张承志的对立是避免不了的，前者后期渐归基督教精神，后者则归入伊斯兰，从文化的角度来看，他们之间迟早是对立的。这是他们所皈依的文化的历史所决定的。

二是丰富了当代文学的题材。伊斯兰文化在中国是一个始终没有与传统文化混同合一的世界文化，中国人对其了解并不多。尽管在近百年来也有不少人写穆斯林的生活，来反映伊斯兰文化，但人们熟悉的很少，霍达的《穆斯林的葬礼》算是一部重要的作品。近年来，宁夏的石舒清等回民作家的作品多反映回民的生活，有一些影响，但这些作品也都是站在目下流行的文化立场上来写作的，只是描摹一些风物、人情，还没有像张承志这样直接站在伊斯兰文化精神的立场上来写作的作品。在"百花齐放，百家争鸣"的今天，张承志的出现无疑是对这一题材的大胆开拓和深掘。在中国，穆斯林生活的区域不仅仅在西北——西北只是他们集中生活的一个区域，还分散在北京、山东、广东，以及西南各地，伊斯兰文化应该有人

去写，去丰富中国和世界的文学。

其次来谈谈张承志的文学对于当代文化的意义。

张承志中后期的文学主题所引发的讨论已经远远超出了文学本身，伊斯兰宗教、中国古代文化精神、红卫兵及"文化大革命"现象、第三世界文化等概念都曾经因为张承志的文学而成为中国文学界乃至文化界的热点，所以张承志的文学对当代文学的影响也是很大的。

一是提出对红卫兵、"文化大革命"及毛泽东的再评价。这是一个非常敏感的政治问题，但同时在当下应该又是一个已然过去的历史文化问题。张承志认为应该重新认识和评价这些现象。不是所有的事物一概都是错的。他认为红卫兵最初的动机是好的，也有进步的一面。这种观点一时引发了人们对他的大规模讨伐，但是，从理性的角度来看，对这些现象的再评价，也就是更为理性的分析和评价在未来将成为可能。这已经超出了文学的范围，将会成为学术界的事情。张承志的文学创作无疑是一个开始。

二是中国文化与宗教的关系。在张承志的文学主题中最让人们关注的是伊斯兰宗教精神。尽管张承志百般辩解自己不是一个宗教的狂士，但他毕竟在写伊斯兰的宗教信仰，而且他后期的生活与宗教也有密切的联系，这使人们不能不议论他的宗教精神。事实上，正是张承志的文学精神，才使人们从更深层次上来认识伊斯兰文化。

在中国近百年的历史中，一谈起宗教，知识阶层绝大多数人将其与迷信、落后、愚昧联系在一起。到底什么是宗教？宗教在中国人的生活中占据什么地位？今后中国人还需不需要宗教？这是近些年来文化界一直探讨的一个热点问题。有人说，中国人没有宗教，过去如此,现在如此。这种说法当然是有误的。先秦儒家和道家虽不谈宗教,但儒家的集大成者孔子对祭祀的态度告诉人们,儒家对宗教或类似于宗教的民间活动还是非常敬畏的。在先秦时为显学的墨家对鬼神的态度就更不用说了。儒家在董仲舒时基本就宗教化了,从那时起,"天人感应"学说便在民间继承了下来。与此同时,道教产生,佛教从印度进入中土。宗教生活便成为影响中国人世俗生活最大的力量。从皇室来看,汉朝信道、唐代的道佛共崇、元明清的信佛便可以说明中国古代人是有其宗教生活的。只不过是儒家的伦理观念与宗教生活混同在一起而已。这种儒释道合一的生活在宋明之后基本成为中国人的心灵生活。自严复的《天演论》开始,中国人的信仰生活渐渐与西方连接,进化论开始影响中国学人,到了"五四"之后,西方各种思想纷至沓来,基督教思想便从各个角度浸染中国文化。自新中国建立以后,马克思主义哲学观念占据统治地位,宗教思想便被定性为愚昧、落后的象征。只要看过费尔巴哈的《宗教的本质》一书的人,便可以知道马克思主义者对宗教的态度。改革开放以来,人们发现,"五四"以来中国人对西方的学习多限于科学和哲学,尤其在哲学方面多限于古希腊哲学,以为这就是整个西方文化的来源,却忽视了西方文化的另一来源——希伯来文明。这便是宗教文明。自西方资产阶级革命以来,神学与科学之间的战争便开始了。在今天,这种战争仍然是人类最主要的战争之一。在科学主义盛行近百年的中国,宗教对于中国人尤其是知识阶层便成为过去时了。

但是,在没有宗教背景的中国现当代,我们到底是靠一种什么道德力量来维持正常的人伦关系呢?有人说,还是最基本的儒家伦理观念。的确，维系整个社会所需要的伦理道德观念的大多数还是中国传统的儒家文化所倡导的仁、义、礼、智、信等。如果连这些基本的道德都失去了，中国人就没有什么道德可言了。但是，这些观念也并非全是传统的，而是在现当代发生了很多变化。男女平等、父子平等伦理观念整个地改造了旧的伦理道德。这种变化来自西方文化的影响。说到底，我们现在的马克思主义仍然是一种从西方引进的文化。也因此，我们现在与西方人面临一系列共同的难题。西方哲学自黑格尔之后，崇尚理性的古典哲学就已经过时了。从叔本华、海德格尔、尼采、萨特、弗洛伊德等开始，西方人开始了一条探索非理性的哲学道路。当尼采宣布上帝死了之后，也就宣布了传统的由基督教精神为依托的伦理道德体系彻底坍塌了。尼采之后不久，有人宣布：人也死了。传统的由宗教或准宗教为基础奠定的道德和人伦由此而彻底崩溃。人是什么？人与动物的区别是什么？人还是这个世界的中心吗？人类还需要道德吗？如果需要，人类的道德应该又是一种什么样子呢？信仰危机由此而产生。

宗教给我们确立的主要是现世与来世的关系，也就是给我们来世一个永恒的承诺。现在没有了，只剩下现世。人也就只剩下一具肉体。肉体又是什么？食、性？它有精神吗？它需要精神吗？如果需要，精神从何而来？如果不需要，人类将变成这个世界最恐怖的力量。在《人类的起源》这部书中，达尔文通过对人与动物的性选择的观察得出，人的精神是人的本能之一，这是人高于其他动物的本能。既然如此，人就无法摆脱自身的本能即精神。可是，我们到底需要一种什么精神呢？这不仅是中国人所要解决的问题，也是整个人类需要解决的终极问题。

张承志的《心灵史》就是在大众文化猖獗、中国人的道德生活逐渐下滑之时的一种努力。他在伊斯兰信仰中找到自身的依托，于是他就想以此来拯救世人（包括他自己）。但是，对于中国的知识阶层来讲，宗教已经很难再成为精神的皈依点了。于是，他便成为批判的对象。然而，张承志仍然给我们一种启示：他个人的皈依是个奇迹，这种皈依与西方一些人士所提出的命题一致——人类还需要从宗教中汲取生活的力量。因此，张承志的文学给予中国人的是一个终极命题。

　　三是中国文化与伊斯兰文化的关系。从中国文化的发展来看，近百年来与西方文化的关系走过了一条全盘接受（"五四"前后）、对话（新儒家兴起之时）、否定（社会主义时期）、再接受（改革开放之初）、再否定（清除精神污染之时）、对话（90年代中后期中国传统文化初步兴起之时）、融合（近年来）的一个过程。在这一过程中，主要是传统的儒释道文化与基督教文化的对话与融合，对于整个世界文化来讲，中国人恰恰缺少的是借鉴伊斯兰文化的优秀文化因子。中国的传统文化和现当代文化也需要一次与伊斯兰文化重新认识、互相借鉴、互相宽容和融合的过程。这一过程不是哪一个人能左右得了的，是整个世界一体化的进程所决定的。中国人可以说对西方的基督教文化了解和学习得够深入了，唯有对伊斯兰文化还缺乏足够的认识与学习。张承志的文学恰恰是用其形象的力量将这一过程推到了我们眼前。也许中国人不一定要去接受张承志的文学和他所引导的伊斯兰文化，但在接受与拒绝之前必定要理性地认识之。更何况伊斯兰文化能够存活和发展1400多年，必然有其积极的一面，是应该去学习的。

近百年来，中国始终有一种声音，说中国两千多年没有哲学，社会制度始终如一，原因在于文化的单一性。这种说法也不对。佛教的引入和北方少数民族文化的混合，使中国文化自汉唐以来呈现出光彩夺目的一面。儒家哲学也并非始终如一，而是在董仲舒和程朱时期都发生了变异。但是，自宋明理学之后，中国文化在各方面都显出衰落之势。原因其实也很简单，文化越来越单一，就像久种的土地越来越没有营养。中国再一次出现振兴是在 20 世纪。在这一世纪里，中国人先是与外来文明即基督教文明对抗，然后引进以科学主义为基础的共产主义思想，但在这一时期，中国传统的文明则处于被打压状态，到了 20 世纪末，传统文化渐渐抬头，并在新世纪渐趋优势。无论是传统的历史，还是 20 世纪的历史，都告诉人们一个道理：文化的兴起需要与异质文化交流、融合。

21 世纪对于中国来说，已经是一个要融入整个世界的时期。改革开放使世界上所有的文化都与中国文化碰撞、激荡。中国要在文化上与西方文化对话，或领先，就要以更为开放的姿态，不仅正视自身两千多年来的传统文化和正在坚持的现当代文化，树立文化自信，还要接受其他各种文化的优秀因子，认识传统文化和现当代文化的不足，取长补短，从而创立一种新的文化。这必然是中国文化的道路。而在所借鉴的文化中，伊斯兰文化肯定是一份重要的力量。

四是张承志的后殖民思想。张承志在后期的行走与写作主要集中在以伊斯兰信仰为中心的第三世界。他认为，基督教世界是目前整个人类的强势文化，也是强权文化，它压迫着第三世界的文化，如伊斯兰文化、佛教文化和中国的文化以及其他一些弱势文化。第三世界的文化需要苏醒、自省和自信，但获得这些的一个前提就是反对基督教强势文化。这种思想与同样是穆斯林的后殖民思想的代表萨义德的观点是一致的。基督教文明与伊斯兰教文明有共同的源泉——犹太教，但是，两种文明在历史上始终处于水火之势。围绕巴勒斯坦，曾经有著名的八次十字军东征，当代又有无数次与中东之间的战火，历史积怨与文化对立太久。张承志在逐渐走入伊斯兰世界之后，也便逐渐走进反对基督教文明的世界，但是，张承志在一些文章中也提出对话、宽容、和平的概念。这是一种进步。张承志的这些文学和观点主要集中在后期的创作中，还没有引起太多的人关注，也没有引起大的争论。近年来，中国传统文化苏醒并渐呈兴盛之势。一方面与中国的经济崛起于世界有关，另一方面与中国人的文化觉醒有关。在这种文化崛起中，后殖民思想将成为一股与主流文化并行或对话的文化。无疑，张承志在这方面便成为一个先驱。

五是精英文化与大众流行文化的关系。自 20 世纪 90 年代以来，张承志扮演的角色是一个拯世者的精英知识分子的形象。他的愤慨之言也是由此身份而出。其时，正是大众文化和流行文化呈漫延之势。改革开放的进一步深化和市场经济的深入，解放的是人的欲望。欲望恰恰是与大众流行文化相吻合的。一时间，流行的杂志、报纸、网络、影视像乌云一样遮住了天空，而原有的试图代表永恒知识的精英文化则退守到边缘。诗人成为疯子或精神病患者的代名词，大学讲坛里很少再有人谈论精神、哲学和信仰。人成为欲望的代名词，人性就是动物性。人是软弱的。道德是虚无的。伦理是可以改变的。一时之间，整个天地都在旋转。

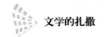

张承志正是在这样的背景下发言的。他呼吁人要有操守，要有信仰。这是这个时代所需要的声音。

以上是张承志的文学对于文化的意义。当然，张承志的文化观念是需要重新评估的，一些是符合人类普遍追求的正面价值的，还有一些是需要商榷的。比如，张承志在文学中始终充斥着的英雄主义观念，一方面有专制主义的倾向，另一方面是男权文化的象征。"英雄"一词本身就是人类社会从母系文化向男权文化过渡时的一个产物，也是人实现自我，要求别人服从的一种本能。比如，对红卫兵、"文化大革命"是应该从文化上深度梳理的，不应该简单地评价。还比如，在对待伊斯兰文化上，到底是用一种什么样的精神来继承，也就是说，应该有扬弃，但要扬弃的是什么呢？这些都需要进一步论述。张承志是一个成长于"文化大革命"时期，发端于改革开放之初，转型于20世纪80年代末的知识分子，他不仅是一个作家，还是一个历史文化学者。他所探讨的一系列文学主题其实都是当代中国所要面对的文化命题。他接受过中国传统文化、佛教文化的浸染，最后又沉迷于伊斯兰文化，应该说其文化视野是深广的。但是，也恰恰在这些时期，中国人对西方文化的认识有些片面，中国人对自身的文化也没有苏醒，身处其中的他自然也带有这样一些时代的缺憾。这些缺憾恰恰就表现为其过分的情绪化的表述，而缺乏必要的理性精神。因此，张承志在其文学中所表现的一系列文化精神是有缺憾的，这是值得注意的。

总之，张承志对于当代文学来讲，是一个异数。他逐渐远离文学主流，实际上是他精英意识的再度升华。他已从文学走向更广阔的文化道路。他终于找到了自己的宗教，尽管这种宗教对于别人来讲是不可思议的，但对于他，则是精神的归宿。他认为自己的文学精神可以用"赛俩目"即"和平"来概括。他在后期所扮演的角色越来越是一个萨义德所确立的自由知识分子的形象——站在主流文化的另一面来审视和批判主流文化，站在缺乏援助者的立场上来援助无助者，站在一切被霸权文化压迫下的第三世界文化立场上对抗强势文化。这种姿态在中国当代知识分子尤其是作家中是缺乏的。无论他有过或讲过怎样"恶"的行为或言语，最终他皈依了和平。这是人类正面价值的胜利。

感性风骨，理性激情

——雷达先生的评论世界

二十年前，评论家白烨曾言："十数年来，'雷达'一直是小说评论文章中出现频率最高的名字。因而，便有了雷达是名副其实的'雷达'的说法。这句不无调侃意味的玩笑话，实际上也如实地反映了雷达小说评论的许多特点，这便是扫描纷至沓来的新人新作及时而细密，探测此起彼伏的文学潮汐敏锐而快捷。可以说，仅此两点，雷达在评坛乃至文坛上就有了别人无以替代的一席地位。"[①] 2013 年 6 月 1 日在兰州召开的"雷达的文学评论与中国化批评诗学建设研讨会"上，同为评论家的李敬泽又一次评价道："他是新时期以来批评家中的一个异数，他属于那些在 70 年代末、80 年代初，为了中国文学的思想解放，为了中国文学在新时期的复苏做出了重要贡献的那样一批批评家，但是，他又是那一批批评家中最年轻的，所以他同时又属于后来 80 年代中期以后进一步推动中国文学不断向前发展、不断开拓新的领域的那样一批批评家。如果回顾一下，我们恐怕很难找到哪些批评家，在他

---

① 白烨：《个性·活力·深度——评雷达的小说评论》，《批评的风采》，安徽文艺出版社 1994 年版，第 232 页。

的批评生涯中几乎贯穿了中国新时期文学从 70 年代末直到现在的整个发展历程。"新时期以来，雷达始终处在中国文学创作的前沿，活跃在文学批评、文学思潮的前沿。仿佛他始终挥舞着那柄巨桨，在新时期以来波澜壮阔的文学潮汐中奋勇前行，并不断地呐喊，一如英雄的奥德修斯在大海上航行，领着壮士们回家一样，颇有些悲壮。也因此，李敬泽说："在这个意义上说，雷达老师的批评生涯、批评成就是非常值得我们认真去研究、去探讨的。"①

在中国文学的历史上，甚至世界文学的历史上，大概也未曾有过中国新时期以来文学思潮风云多变、文学观念频繁更替、文学媒介迅猛变革、文学生态异常复杂的局面。如同这个时代一样，高度缩略，激流飞进，巨浪浊天，能够在这样的洪流中始终立于潮头，除了顽强的意志，还要有过人的本领。就文学评论而言，需要有旺盛的精力、过人的才华以及令人悦服的评论品格。

关于雷达，探讨他在新时期以来文学评论上的成就，尤其是他对于一些作家作品的深刻发见和文学思潮的前瞻引发等方面已多矣，笔者想就他的评论文章的美学风格做一番探讨，以便人们对雷达先生的评论有一种质的认识。

---

① 根据李敬泽在"雷达的文学评论与中国化批评诗学建设研讨会"上的发言录音整理。

宏阔、健朗的感性风骨

读雷达先生的评论文章，尤其是那些重要的长篇巨论，大家都有一个共同的感受：太美了。作为同时代的评论家李星总结得最为准确："雷达的评论绝对是一个美学的评论，他的语言太漂亮了，是散文语言，他打破了中国当代文学评论注重政治思想和文风呆板的面孔，完全用散文的语言、诗意的语言来写文学评论。有时候，同一个主题我们都写文章，全国没有一个人像雷达把评论文章写得这么美。"① 作家李国文也说："我也在琢磨，他和别的评论家同和不同的地方，直到我读到他的一篇散文《冬泳》，我明白了，他首先是诗人，然后才是评论家。"② 在李国文看来，雷达的评论与别人之异取决于他的散文品格的嫁接。

雷达先生出版过一部有影响的散文集《雷达散文》，收集了20世纪90年代发表的一些有影响的散文。这些散文一发表，就被报刊纷纷转载，多次登上过排行榜。那十年也是雷达在评论界的黄金时期，风云一时。他游走于散文与评论之间，使散文带有浓烈的精神气质，而又使评论带有散文的灵动感性。贾平凹说："我一直把雷达当散文作家。"③ 在贾平凹看来，不仅雷达的散文写得好，而且雷达

---

① 根据李星在"雷达的文学评论与中国化批评诗学建设研讨会"上的发言录音整理。

② 李国文：《散文的雷达》，《雷达散文》，浙江文艺出版社1999年版，第2、4页。

③ 贾平凹：《读雷达的抒情散文》，《当代作家评论》1995年第1期。

的评论也像散文。事实上，19岁时，雷达还在大学读书期间就发表了第一篇散文《洮河纪事》，从那时起，雷达的散文就没断过。后来，他把这种散文的"灵性"运用到评论中去，就使评论忽然间散发出动人的魅力，大有开一代风气之气象。

从美学上看，雷达的评论文章具有独特的品质，即宏阔、健朗的美学风格。试举一例，雷达在评张贤亮的《绿化树》时有一篇《〈绿化树〉主题随想曲》的文章，开头如是写道：

> 从西北高原一个荒寂的几乎被人遗忘的村落里，突然射出了一道强烈的、巨大的、照人肺腑的艺术之光。它受孕于60年代初期的饥荒岁月，却辉映于80年代初期的蔚蓝天幕。虽然横亘着二十余年时间和空间的距离，由于它揭示了具有哲理色彩的重大的人生主题，它的艺术力量依然像电流一样，迅速地通向了今天每个富于良知的心灵。但是，也由于它触及了至今仍然极其敏感的知识分子问题，也就造成了人们感受的空前复杂和认识的多种歧异。这就是张贤亮的系列中篇之一《绿化树》所产生的特殊的社会反响。
>
> 它拥有奇异的艺术魅力：它充满着荒原气息和犷悍之美，它绝妙地描绘了难以忍受的饥饿感，也出色地描绘了如火的感情；它以准确的瞬间感觉涂绘出看不见却无处不在的时代低气压，也以雄浑恣肆的笔墨传递出野性的灵魂的呐喊……①

正如李星所言，雷达之评论犹如美文，句句优美，读起来热

---

① 雷达：《〈绿化树〉主题随想曲》，《蜕变与新潮》，中国文联出版公司1987年版，第165页。

烈、开阔，激情澎湃，既不觉得枯燥，又富于感染力。雷达的评论中有一股丰沛的大气，笔力壮健，一般评论家难以仿效。贾平凹形容其评论有两个特点，一是"大"，二是"正"，说的也是这个意思。雷达早年对朱光潜的美学文章极为推崇。他总是讲评论的诗学特质，大概是从朱光潜先生那儿得来的理念。其意思是评论之行文不但要有诗歌般的质感，而且其最终所指也要达到诗歌那样的化境。这正是散文的追求。正是因为对诗学的这样一种推崇，这才使他的评论展现出不同一般理论文章的灵光来。此外，他在评论中还常常谈道，小说的最高境界是诗化境界，这仍然是他的美学理念的延展。

在贾平凹看来，雷达之所以拥有如此之美学风格，除上面所讲的借散文之灵气外，还有一种个人的经验，即来自于故乡和童年的经历。雷达生于渭河之畔的天水，后又成长于黄河之滨的兰州。他常常横渡黄河，其雄力也许来自于此。他文中的那股浩荡之气不正是黄河之势吗？西北的辽阔、荒凉使他的文章也无时无刻不透着一股开阔、苍凉之气。如果对雷达的评论进行一个大致的梳理，就会发现他写那些北方作家，尤其是西北的作家时，这种风格格外明显。比如，他评陈忠实的《白鹿原》的文章，开头如是道：

> 我从未像读《白鹿原》这样强烈地体验到，静与动、稳与乱、空间与时间这些截然对立的因素被浑然地扭结在一起所形成的巨大而奇异的魅力。古老的白鹿原静静地伫立在关中大地上，它已伫立了数千载，我仿佛一个游子在夕阳下来到它的身旁眺望，除了炊烟袅袅，犬吠几声，周遭一片安详。夏雨、冬雪、春种、秋收、传宗接代、敬天祭祖、宗祠里缭绕着仁义的

香火、村巷里弥漫着古朴的乡风，这情调多么像吱呀呀缓缓转动的水磨，沉重而且悠久。可是，突然间，一只掀天揭地的手乐队指挥似的奋力一挥，这块土地上所有的生灵就全都动了起来，呼号、挣扎、冲突；碰撞、交叉、起落，诉不尽的恩恩怨怨、死死生生，整个白鹿原有如一鼎沸锅。在从清末民初到建国之初的半个世纪里，一阵阵飓风掠过了白鹿原的上空，而每一次的变动，都震荡着它的内在结构：打乱了再恢复，恢复了再打乱。在这里，人物的命运是纵线，百回千转，社会历史的演进是横面，愈拓愈宽，传统文化的兴衰则是精神主体，大厦将倾。于是，人、社会历史、文化精神三者之间相互激荡、相互作用，共同推进了作品的时空，我们眼前便铺开了一轴恢弘的、动态的、纵深感很强的关于我们民族灵魂的现实主义的画卷。①

这种文风，是将作品完全地吃透、把握，并内在地成为表达自己思想的一部分时，才会有的一种通达、顺畅，甚至是站在山顶上目睹山下情景的开阔气象。就像李健吾论沈从文时所拥有的那种古今通识、中外皆备的视域，以及与作家心意相通、彼此互印的那种深深的共鸣；又像是钱谷融论《雷雨》人物时怀有的那种人道主义情怀，对每一个人物尤其是对繁漪的同情、深解，令人动容和尊敬。那些评论实在是美文，每一句都是作者饱含着极大的热情、同情、爱以及曾有的深刻的人生体验而写作的，并非简单地对一个作者或一部作品的解读。它们本身就是精湛的艺术作品，充满了对艺术作

---

① 雷达：《废墟上的精魂——〈白鹿原〉论》，《文学评论》1993 年第 6 期。

品乃至宇宙人生的独特见解。雷达之所以在写陈忠实、张贤亮等这些西部作家的作品时怀有强烈的激情，是因为西部正是雷达童年、少年以及青年时代用生命体验过的世界，那里粗粝、荒凉、广阔、悲壮的大美气象始终是他艺术世界的底色与美学意境。是那些作品点燃了他的激情，开启了他的故乡世界，并促使他迫不及待、情不自禁地要表达。

关于这一点，在他的散文中表现得更为明显。李国文在为雷达散文作序时写道："我喜欢他的这两类散文，一类是着笔于人生体验的，代表作为《冬泳》，另一类是侧重于心灵感觉的，代表作为《皋兰夜语》。"[1] 如果说前一类文章更多地表达他对社会人生的种种看法，是属于精神性的追求、反思与批判，是可以通过读书、写作、苦难而得的，那么，后一类文章就是情感、性格与心灵的背景，是属于感性美学的，是在童年、少年、青年时期与故乡世界早已融合烙印在心灵上的。

弗洛伊德曾说过，童年或者说少年时代的阅历构成一个人生命情结的本源，构成一个核心的意象，此后的一生中，这个人的精神永远在追寻童年种下的梦幻，或者在寻找少年丢失了的东西。作家的出生地对作家构成了看不见的影响，这种影响执着地影响他的一生，使他终生苦苦寻觅，终生在迷惘着痛苦着幸福着。在许多时候，他不知所措，许多时候又获得最大的精神性满足。这不仅仅对一个作家如此，对一个评论家也是如此。

罗兰·巴特、新批评派以及德里达等关于作者、文本以及读者的关系发表了许多令当代人深思的观点，从 20 世纪至今，他们的言

---

① 李国文：《散文的雷达》，《雷达散文》，浙江文艺出版社 1999 年版，第 4 页。

论引发了无数的讨论。无论人们怎样讨论它们之间的关系，有一点是肯定的，即作家再也不是古典时代那样高高在上了，再也不是传道者了，读者也不是信众了。在传播的过程中，文本本身以及读者、评论家的参与、再创作显示出比古典时期更为重要的作用和地位。罗兰·巴特宣布一部作品一经产生，便会发生"作者已死"的现象，之后的事就交给读者了。读者完全可以不必再去了解作家的信息，而直接根据自我的经验阅读、创作文本。评论家便是读者中最有创造性的"作家"了。那么，这个作家又会如何去创作呢？显然，他不再是作者的传声筒，而是一个靠这部"文本"去发现自己、创造自我、创造新的"文本"的读者或"作家"。当然，这样的创造也许与原来的文本之间离题万里，甚至毫无关涉。所以，后来的新批评派及其他的学者便修订这种间距，但仍然认为，读者尤其是批评家将按照自己的理解来解读、创造文本。这也就是文本活着的意思。这些理论解释了存在主义以来文以载道的文学生态逐渐消亡，而以多元价值论为基础的"文本至上"的解构主义文学生态在渐渐生成，文学必然面临众声喧哗、主流溃散的坍塌局面，以及大众主义、消费主义洪流无情冲击下改弦更张的恶俗形象，个体的读者便"唯我独尊"、毫无羁绊地自由阅读与创造了。这在网络、新媒体时代尤其如此。显然，它是消费主义时代和信息传播时代的产物。我们暂时不去讨论它的价值，单就说在这样的时代中，作家、文本、读者显然是平等的地位了。那么，一个优秀的评论家必然是既能够打通作家、文本与自己之间的种种障碍，又能以"作家"的方式重新去解读和创造文本的读者。

　　假如以这样的方式来解读雷达为何与西部作家构成上面所述的

"亲密"关系，也许就顺理成章了。也只有那些用自己的故乡情结、童年印迹去解读文本——实际上构造自己的作品的评论家，才可能成为有品格、有深度、有感性的评论家。雷达便是。

澎湃、深沉的理性激情

刘再复曾说，雷达的评论拥有一种"理性的激情"①。这是一个很有意味的判断。激情是感性的，但刘再复说的并非感性，而是理性。这种激情，我在罗曼·罗兰的《约翰·克利斯朵夫》中遭遇过，罗曼·罗兰称其为"欧罗巴精神"；我还在尼采的众多哲学论著中激动过，人们称其为"强力意志"。从上面所举的关于张贤亮和陈忠实的评论，我们不难想象雷达的文风与《约翰·克利斯朵夫》和尼采哲学论著文风之间的某种联系。我称其为"理性激情"的继承。雷达的大学时代，受的多是苏联文学和19世纪俄罗斯现实主义文学的教育，屠格涅夫和高尔基等的散文、普希金和阿赫玛托娃等的诗歌、托尔斯泰和肖洛霍夫等的小说以及别林斯基的评论深深地影响过他，俄罗斯文学那伟大的胸怀打开了他的心胸，俄罗斯文学中那高贵、庄严的理性激情开始在他的胸中不断地奔涌。到了20世纪80年代，整个中国的学者和大学生都受到存在主义哲学的激荡，尼采、萨特、加缪、海德格尔等的哲学著作一度成为青年写作者的"必修课"，雷

---

① 文中观点引自刘再复信《致雷达文学批评研讨会》，"雷达的文学评论与中国化批评诗学建设研讨会"召开时刘再复在美国，该信2013年4月8日写于美国科罗拉多州。

达也不例外。在这个时候，尼采的哲学犹如一把斧头将他理性的栅栏砍去，他那澎湃的激情便一发而不可收拾。贾平凹说雷达的评论文章中有一种"强力"，那不就是尼采强力意志学说的振动吗？似乎在雷达的笔下，始终裹挟着 20 世纪 80 年代那浩浩荡荡的激情，始终有一场暴风雨被他的理性梳理为一种叙述的激情。在陈忠实的《白鹿原》中，我们不曾看到过雷达评论中的那种激情和那样的文风，似乎雷达比陈忠实更为激动。在张贤亮的《绿化树》等小说中，我们也不曾看到那样的热情。似乎评论还压抑着他，于是，他用散文的方式继续来渲染连他自己也按不住的理性激情。他不仅评论小说、散文、戏剧、影视，还评论足球、彩陶、化石与电脑。

从今天来看，雷达评论的这样一种理性的激情不正是 20 世纪 80 年代那一代文风的典型代表吗？当我们重新去读李泽厚的评论、张炜与张承志的小说以及徐敬亚等人的诗评时，我们就不感到惊讶了。那种文风在今天呆板的学院派批评为主的时代显得格外新鲜，但也孤独了。

现在让我们回过头去看看雷达在那个时候的评论。

"历史有没有呼吸、有没有体温、有没有灵魂？历史是一堆渐渐冷却的死物，还是一群活生生的灵物？它是随着岁月的流逝而终结，还是流注和绵延到当代人的心头？它是抽象的教义或者枯燥语言堆积的结论，还是一代又一代人的心灵不断温热着、吸纳着因而不断变幻着、更新着的形象？人和历史是什么关系？人是外来的观摩者、虔诚的膜拜者、神色鄙夷的第三者，抑或本身就是历史中的一个角

色?"① 这是雷达关于莫言"红高粱系列"小说评论的开头。排比递进式的、存在主义式的天问使这篇评论显示出非同一般的理性气质。

很显然，雷达在这里要阐述的绝非莫言的思想，而是他甚至是整个 20 世纪 80 年代知识分子的集体历史诘问。历史到底是什么存在？当"五四"新文化以来所引进的西方马克思主义以及黑格尔主义的历史观充塞所有的知识空间和精神领域时，历史到底是什么？先祖的历史是死的文字？还是活着的灵魂记忆？历史是已经早已死去的另一个空间，还是人神鬼混居的一个多维存在？那么，当代，也就是当下的存在，只是一个我们用感官感觉到的平面的存在，还是一个历史与当下、人神鬼多维存在的世界？这显然是一堆充满了冲突的问题。但它们恰恰构成了莫言与雷达之间的评论张力。很显然，在这里，雷达的这样一种理性建立在阅读莫言小说的感性认识与其拥有的理性世界的冲突之上。

谁都看得出来，"红高粱系列"小说与我国以往的革命战争题材作品面目迥异，它虽是一种历史真实，却是一种陌生而异样的、处处留着主体猛烈燃烧过的印痕，布满奇思遐想的历史真实。就它的情节架构和人物实体而言，倒也未必奇特，其中不乏我们惯见的血流盈野、战火冲天，仇恨与爱恋交织的喘息，兽性与人性扭搏的狂撕；即使贯穿全篇的传奇色彩浓厚的农民自发武装的斗争形式和内容，也算不上多么新鲜。但是，它的奇异魅惑在于，我们被作者拉进历史的腹心，置身于一个把视、听、触、嗅、味打通了的生气四溢的独特世界，理性的神经仿佛突然钝化，大口呼吸着高粱地里弥

---

① 雷达：《重建文学的审美精神：雷达文学评论精品·上卷》，北京师范大学出版社 2010 年版，第 217 页。

漫的腥甜气息，产生了一种难以言说的神秘体验和融身历史的"浑一"状态。……这样奇特的艺术效果，仅仅用莫言奇诡的"艺术感觉"无力说明，仅仅指出它扩大了视野、糅合了意象、魔幻、荒诞之类手法也不够用，深刻的根源还在于主体与历史关系的变化，在于文学把握历史的思维方式之变革……莫言毕竟以他富于独创性的灵动的手，翻开了我国当代战争文学簇新的、尝试性的一页——把历史主体化、心灵化的一页。①

　　这篇评论可以成为今天解读莫言最权威的文章之一。它是我们还能够站在唯物主义历史观的视角下来解读莫言的最为准确，同时又极大地激活了人的感性思维的评论。这在那个时代要算是很前卫的评论了。时隔二十多年，当莫言获奖时披露了他的信仰之路时，我们当然可以做另一番理解。莫言在他的获奖演说中说，他小的时候是一个有神论者，整个世界对他来说都是有灵的，但随着他走出故乡后，他的信仰发生了很大的变化，后来，在他尝试过先锋小说的种种命途之后，他开始走向传统，又一次走向故乡。他写自己的母亲，写故乡的很多人。他还发现了佛教。无论他后来是否是一个真正的佛教徒，但他的《丰乳肥臀》《生死疲劳》等作品是受到了佛教的很多启发。也就是说，他又一次向着有灵世界前行。也许他再也不可能像童年时那样去体验这个世界，但是，那个时候的体验却一直在他心中生长着。

　　从莫言上述精神经历来看，他写"红高粱系列"时的精神体验显然是复杂的，也正是一个与唯物主义的历史观相互冲突又相互确

---

　　①　雷达：《重建文学的审美精神：雷达文学评论精品·上卷》，北京师范大学出版2010 年版，第 217—218 页。

认的时期，是一个将有灵世界的体验当成魔幻存在的时期，是一个想将历史存在与当下存在混杂于一起的充满张力的时期。然后，我们再来看雷达的评论，与那个时代的精神气质多么相符！

这样的理性激情还可以从他另一些重要的评论中发现。如《诗与史的恢弘画卷——〈平凡的世界〉》《福临与乌云珠悲剧评价——〈少年天子〉沉思录》《心灵的挣扎——〈废都〉辨析》《废墟上的精魂——〈白鹿原〉论》《生存的诗意与新乡土小说——读〈大漠祭〉》《〈狼图腾〉的再评价与文化分析》等。在这些评论文章中，我们仍然能看到一如他评价"红高粱系列"时的那种澎湃、深沉、有力的激情。

读这些文章，我们会被一股强大的理性激情所推动。在尼采、萨特、黑格尔、卢卡契以及鲁迅等众多哲学精神的鼓荡下，雷达自然形成了一种崇尚生命强力，崇尚内在自由意识，突出主体精神的美学观和人文观，这影响到他整体评论的气质面貌。这使他不仅能够有效地运用散文家、诗人的艺术直觉，同时在此基础上又能理性地探讨文学的精神与价值；不仅使他能够准确地把握具体作家的精神气质，还能够从整体上把握一个时代与一个民族的灵魂。这方面的典型代表是写于 1986 年 9 月的《民族灵魂的发现与重铸》。他找到了新时期文学真正的内在生命，"对民族灵魂的重新发现和重新铸造就是十年文学划出的主要轨迹"。"这股探索民族灵魂的泱泱主流，绝非笔者的主观玄想，它乃是从历史深处迸发的不可阻遏的潮流，是中国历史、中国社会、中国文学汇流到今天的一种必然涌现。"[①]文章回答了一个重要问题，什么是艺术作品价值更替和魅力浮沉的秘密？什么是通向获得艺术生命和不竭艺术魅力的道路？

---

① 雷达：《民族灵魂的重铸》，中国工人出版社 1992 年版，第 380 页。

现实主义的精神追索

对于 20 世纪 80 年代上大学并成长起来的一些批评家来说，他们是在现代主义的主潮下成长，同时又以西方现代哲学滋养并为根本。这些批评家所熟悉的是新批评、存在主义、精神分析学、后现代主义、结构主义、后殖民主义、符号学，依赖的是弗洛伊德、海德格尔、荣格、弗洛姆、柏格森、德里达、福柯、萨义德等人，雷达也是在这样的文学场域发展并成熟的，但是，他同时还有更大的一个传统，那就是伟大的现实主义文学传统。这也是他能够横跨几个评论时代的原因。从前一部分的论述中，我们已经看到，存在主义和新批评以及精神分析等西方思潮对他有极大的影响，甚至直接构成了他的强力生命哲学。但是，我们仍然会发现，他的一生谈论最多的仍然是现实主义文学。他不断地在强调宏大叙事、民族灵魂、时代精神、正面价值等这些现实主义的元素。这是为什么呢？

只要我们想想他的童年与故乡经验以及青年时代所受的核心教育就可以回答这个问题。在第一部分中，我们解决了他的感性经验的来源，苍凉的大西北以其辽阔的背景几乎决定了雷达一生必将与一系列宏大的主题相关。在第二部分中，我们论述了他的理性激情的来源，基本上由两部分构成：现实主义文学的伟大传统和存在主义的哲学激情。但是，其青年时期主要接受的是前者，

即现实主义文学的伟大传统。这就使我们不难得出一个结论：尽管在雷达的成长、发展及成熟期有着多种不同的美学及哲学的影响，而且尤其是存在主义哲学影响了他整个评论的气质，但是，他与现实主义的关系仍然是最近的。这也与中国当代文学的主潮有关。

于是，我们看到，雷达所热情评论的作家大多也是现实主义作家，如陈忠实、路遥、莫言、贾平凹、张炜、张贤亮、刘震云、杨显惠等。他总是第一时间对这些作品发出热情的评论。也是因为有现实主义的经典理论支撑，他曾构建过他自己的现实主义理论，影响大的观点有："民族灵魂的发现与重铸""现实主义冲击波""历史需要灵性激活""新写实主义"，等等。他似乎对先锋派等现代主义兴趣不大，这倒不是因为他不懂——他对莫言"红高粱系列"的评论足可以说明这一点——而是他所接受的理论、他所经验的世界以及他所希望的艺术，基本上都与他宏阔的灵魂相适宜。他那苍凉、辽阔的视域不容他去关注技巧，只允许他关心一系列堪称伟大的主题：人类命运、民族灵魂、时代精神；也排斥他关注风花雪月和江南小调，只能去欣赏大漠孤烟、长江黄河。

慢慢地，他的现实主义的宏阔立场竟使他与那些"小众"艺术分道扬镳，而使他与文艺复兴以来汪洋恣肆的人文主义、现实主义甚至浪漫主义、存在主义的洪流汇合了。他以散文家的敏感来感觉一切他所翻开的文本，以其强大而执拗的心性来判断眼前文本的优劣，但又正如贾平凹所说的那样，他有大局意识，有古往今来浩浩荡荡的文以载道的主流思想，所以，他的感性再丰沛，也是有理性的主心骨在里面撑着，这使他的评论充满了强大的主体意识。也因此，他的判断便中正而又不失其风骨。比如，在《废都》遭遇强大的批评时，他如是写道：

> 《废都》是一部这样的作品：它生成在 20 世纪末中国的一座文化古城，它沿袭本民族特有的美学风格，描写了古老文化精神在现代生活中的消沉，展现了由"士"演变而来的中国某些知识分子在文化交错的特定时空中的生存困境和精神危机。透过知识分子的精神矛盾来探索人的生存价值和终极关怀，原是本世纪许多大作家反复吟诵的主题，在这一点上，《废都》与这一世界性文学现象有所沟通。但《废都》是以性为透视焦点的，它试图从这最隐秘的生存层面切入，暴露一个病态而痛苦的真实灵魂，让人看到，知识分子一旦放弃了使命和信仰，将是多么可怕，多么凄凉；同时，透过这灵魂，又可看到某些浮靡和物化的世相。①

毫无疑问，这样的批评话语只能出自一个具有强烈精神追求的批评家，也就是贾平凹所说坚守正道的批评家。"他是个黑脸包公，办的是大案，坚守的是正道，举的是铡刀。所以，他的威信是这样形成的，文坛的地位也是这样形成的。"②

也是基于这样的批评精神，雷达先生在新世纪以来发表的一些重要文章，仍然对中国文学的大势紧追不舍，如《新世纪文学初论——新世纪以来中国文学的走向》《我们时代的文学选择》《新世纪十年中国文学的走势》《20 世纪近三十年长篇小说审美经验反思》

---

① 雷达：《心灵的挣扎——〈废都〉辨析》，《文学活着》，人民文学出版社 1995 年版，第 144 页。

② 贾平凹：《从雷达说文学评论》，《文艺报》2013 年 6 月 10 日。

《民族心史与精神家园》等。在这些评论中，我们发现，他仍然强调能够抒写民族灵魂、深刻反映现实生存的现实主义的大作。同时，他还多了一些对当前文坛的批评，如《当前文学创作症候分析》《地气、人气、正气》《真正透彻的批评声音为何总难出现》等。在这些文章中，他对当下文学精神缺钙、原创力匮乏、宏大叙事丧失、叙事欲望化等现象进行了有力的批评，而所有这些批评，反过来又构建了他宏大的现实主义文学精神。

切中时弊，重谈修身治国

——读著名作家卢新华《财富如水》有感

在复旦教工餐厅里，我第一次认识了大学时代就如雷贯耳的作家卢新华先生。新时期伊始，他以一名大学生的身份，以一部7000字的《伤痕》引发了一场思想运动和"伤痕文学"现象。那时的卢新华比今天的韩寒要更令人振奋、尊崇，因为他是以一个"天之骄子"的身份发出了正面的且是正义的呐喊之声，数辈人挥泪呼应。然而，不久，他就淡出文坛，不知所踪。此后，虽也有一些他的消息传至网上，也有一些作品被人谈起，但他几乎成了一位传说中的人物。就是在那天的餐厅里，他，陈思和老师，还有一位同门，和我四人坐在嘈杂的大厅里，隔着三十年的钦慕、尘烟和混乱，我向他请教当今文学的问题。我们聊起了他新出的书《财富如水》，并且谈到了传统复兴、人类和平、修身养性等主题，相见恨晚。

大眼睛，瘦高个子，谦虚而温和，言谈中一股忧时伤怀之气，将我感染。这个新时期文学史上的开篇人物，在时隔三十年之后从海外归来，又一次带着他的"伤痕"，究竟要告诉中国一个什么声音呢？

　　从他向记者述及的一些履历中，我看见，这一次的伤痕并不仅仅是他在美国发财梦的一次次破灭而形成的心灵伤痛和反思，而是一位早知天命的知识分子看到了关乎人类幸福的大伤痕、大伤痛。那就是欲望时代如何修身治国。

　　用了整整两个下午，我读完了他的《财富如水》。三十多年前，他以短小的故事揭开了一个时代，今天，他变了另外一种形式。谈财富，且是杂文，或是政论文，整本书谈的是同一个主题。我在网上看到，评论家张炯、白烨、李建军等都盛赞本书。他们都从文学的角度称赞本书的价值。然而，我却看到卢新华分明不是冲着文学而来的，而是冲着他离别近三十年的祖国而来，是冲着飞速发展而又让他忧心忡忡的大时代而来，是冲着整个陷入欲望中而不能自拔的人类而来。他想告诉读者的是，财富，对于一个国家或一个人固然重要，但要取之有道，用之以道，衡之以道，否则，道亡，则财亡人亡国亡矣。他似乎已经不再简单地满足于当一个作家。他仍然想像三十多年前那样站在时代的浪尖上，做一个思想的急先锋。

　　我想起战国时期的一系列短小的时论，甚至在看《财富之水漂浮的血腥》时，仿佛重读《过秦论》。在每一篇文章里，我都几乎能看见传统的声音。老子、孔子、管子，佛教甚至基督教、犹太教。古老的警钟不停地敲响，在我心上轰鸣着。合上书时，"财富如水"的形象便跃然纸上，仔细思量，不禁感叹作者用心良苦。这部书似乎在彰示这样一种道理：当今天下，财富当道，国执其道，民也茫然，若欲治之，先财富始。

　　于是，我们会看到作者如何地用心。书分三部分，上卷"水性篇"谈财富如水，能流动，能蒸发，能冻结，能滚雪球，也能藏污纳垢。水性杨花，朝三暮四，制造祸端，其势乃小人之本性。这岂是谈财富？财富与人的关系可见各端。中卷"水患篇"谈财富不仅能毁灭一个人的本性乃至生命，而且能使人类迷失方向，使国家覆亡。财富与国家的关系始见。下卷"理水篇"大谈个人乃至国家如何理财。作者试图以水道一以贯之全书，但是，我们分明看到，他时而讨论的是个人，时而谈论的又是国家。水道，老子倡之，曰："上善若水。水善利万物而不争，处众人之所恶，故几于道。居善地，心善渊，与善仁，言善信，政善治，事善能，动善时。夫唯不争，故无尤。"此乃大道。

这使人不得不回到中国古人的传统，"修身、齐家、治国、平天下"。古人有格物致知，有一日三省，有宗教信仰，纵使如此，古人尚且觉得贪欲丛生，迷失自我，以至于提倡"无欲则刚""存天理，灭人欲"。从最后的结果来看，古人对欲望看得确实过了，对人性的限制也有些过了。然而，一个清楚的事实是，人类一百年来财富的创造和积累，要远远超过以往所有时代的总和，但现代人似乎不怕，还将那欲望赞扬，将身体膜拜，将贪欲放大。何耶？

这就是人们所说的现代性。现代以来，科学发达，理性至上，宗教解体，个人兀立。众神离去，斯人独存。于是，尼采喊道，上帝死了；萨特说，存在即合理。人文运动的结果导致人性至上，但是，何为人性？中国古人说，人与动物有异，君子又是人中之人，因为君子有道，君子乃士。古希腊神话也说，人与动物不同。上帝说，人是以上帝的形象创造的。连佛教都认为，人畜有别，六道轮回中人属于上品。然而，现代人以为，人就是动物，人性与动物性无异。人性有善恶，恶也乃人性不可分割之一部分，圣人非人，于是，扬恶之论从此生矣。动物，最大的特性乃无伦理道德，无正义理性，乃非理性之存在。在各种实验室里，我们看到科学家在研究着人的细胞、DNA、精子和卵子的结合，将人当动物或身体。这样一种纯科学的研究却被社会科学界当成真理。于是，真知代替了真理，价值观混乱乃至丧失，心理学不再与善为道，哲学不再以道为统，文学也尽情地描述欲望，艺术在放肆地赞扬身体。非理性、潜意识、梦境成为艺术新的迷信。

而在这样一场人的变异之中，人类还创造了一个庞然大物，即看不见的一台机器。它操纵着整个人类的秩序，它使城市越来越大，使大地消失、伦理失纲，使国家与国家之间疯狂地竞争，使人与人之间鸿沟丛生，越来越冷漠无情。这台机器就是贪欲。在这台无人管理却威力无比的机器操纵之下，生态环境被一再地掠夺、破坏，人自身的生态环境也日趋恶化。人们已经渐渐失去生活的目标和意义，只是机械地竞争，积累财富，然而欲壑难填，身体早早地被累倒。古人崇尚道德，一个人被人尊敬多半是因为其是义人，其道德完满。孔子认为人的成功就是成为君子，完全是一个道德的追求者。可是，今天，这样一种追求会被当成笑料，会被当成非人的冲动。在今天，财富成为一个人成功的最大标准。西门庆那样的人成为极品男人，潘金莲成为妇女运动的先锋。作家比的是财富，教授比的也是科研经费，就连学生，也要找身价4000万的相亲。嗟乎！世风如此，君子当何以存在？

一百多年来，中国有无数的仁人志士都在为国家的繁荣富强而振臂呐喊。今天，国力终于强盛，国家财富和个人财富都有了相当的积累，也正值重新思考理水之道的时机了。应该重新来认识几十年的发展道路。书中有一句话值得我们警醒："'彻底的唯物主义者'——如果他同时还是一个辩证唯物主义者的话——其实还是应该有所畏惧的。至少应该对'自然的报复'有所畏惧。有畏惧才会有反省，才会有检讨，才会有进步。"是的，快速的发展必须伴随着不可克服的种种盲目与破坏，反省还远远不够。

　　从这些意义上来说，《财富如水》当又是一声呐喊，也是一声警示。但愿能引起世人的广泛重视。

学吧，从她开始

一天，我将一本书拿到我的研究生们面前说，好好学习这本书吧。几天之后，一位研究生来告诉我，这本书写得太好了，不但使他了解了当下文坛上活跃的 16 位大作家的创作状况，而且使他了解了这些作家的精神谱系、创作特点、思想深度以及文学的影响。但是，他告诉我，因为他之前是学习新闻的，对这些作家了解并不够，所以觉得这本书写得非常深刻，他一时还不能完全掌握。

我说，那就从她开始吧。不论是做一个了不起的记者，还是想对文坛进行深入了解，她都是最好的范本。

2012 年，我到西北师范大学传媒学院执教，并开始带新闻传媒方面的研究生。2014 年，我办起了一个微信平台，开始培养我的研究生去深度采访那些文化名人和学术大腕。但是，他们不知道怎样才能去完成我安排给他们的任务。我对他们说，现在就以这本书为例来告诉你们怎样做一个真正优秀的记者。

首先，告别娱乐和浅薄。我们常见的新闻采访是见诸各种大众媒体的。因为是大众媒体，其阅读对象和观众便是大众。大众显然不是知识分子，更不是精英知识分子。大众也不是文盲。大众水平很可能也不是社会的平均文化水平，而是可能还要低一些。这来自于我们对大众和媒体的双方误解。比如电视这个大众媒体，一般都受到收视率的影响，而收视率来自于哪一个群体呢？人们调查发现，这个群体大多是晚上无事可做的中年妇女、退休人员和极少数的青年。中学生是没有时间观看电视的，大学生喜欢的是网络，不是电视，更何况大学宿舍里的电视也一般闲置着。青年人晚上多在网络上看电影和电视剧，以及聊天、刷微博、发微信。这种现象我在大学里常见。比如最近电视剧《红高粱》正在热播，我让他们中看过这部电视剧的同学举手，只有极少数的同学看过。各种因素，使大众这一概念往往把精英知识分子和研究生、大学生们排除在外。感觉上大众也不会是农民。但事实上，每天盯着电视看的人群中农民一定是占了绝大多数，尤其是在中国。于是，我们可以简单地得出一个结论，目前的以收视率为唯一评价指标的电视是给那些中年家庭妇女、贩夫走卒、农民工、离退休人员看的。哪些节目大众喜欢，收视率就高；哪些节目大众不喜欢，收视率就低。所以，电视绝不会给高级知识分子们看的。百家讲坛本来还是讲一些精深的知识与思想，后来就只讲故事了，于是，精英知识分子们便拒绝去看。百家讲坛的编辑们也会对知识分子说，我们本来就不是办给你们看的。电视的水平不是随着物质的发达而升高，而是拼命地在降低。电视的编导们不是在考虑如何提高大众的水平，而是在一味地迎合大众的娱乐和欲望品位。

事实上，其他的大众媒体比电视也好不到哪里去。网络的出现又一次将它的水平降低。网络编辑多是标题党和欲望党，什么最能吸引人，他们就把标题往那里靠。所以，网络上最初一段时间最吸引人的是与性相关的内容，现在它们仍然占据着榜首，这是因为人们的欲望中性是最重要的。后来一段时间内负面内容占了上风，恶性事件似乎突然间增多似的，对社会的各种不满情绪急剧上涨。最近一段时间是反腐内容，微信中流传着各种耸人听闻的故事。后来发现，有些东西是假的。但人们看得多了，也就不以为然了。微博和微信的出现，使所有的新闻传播再一次向娱乐化方面发展。比如兰州的水污染事件，刚开始是骇人听闻的大事件，微博和微信中铺天盖地而来，兰州的市民们人人都在转这方面的新闻和言论，慢慢地，人们似乎习惯了它，开始以看热闹的方式对待之，大家开始将其娱乐化，编了各种批评政府和兰州不良现象的段子，结果使严肃的各种诉求都变成了娱乐的内容，时间一长，大家也不愿再转了，对这件事的娱乐也暂行一段，所以，当新的事件发生后，人们又以微博和微信的方式娱乐新的事件了，兰州的水污染事件就这样被人们淡忘了。在这种微博、微信的娱乐中，传播和娱乐成了最主要的，而真相和结果往往变成了次要的。这就是传媒时代的特征。

　　但是，也有对抗这个大时代的人，也有拒绝将新闻传播娱乐化的人。这本书的作者便是一个。我们在报纸上看到的作家都在对一些事件和自己的创作发表着让大众共鸣的言谈，稍微深一些的谈论都不会展现在大众面前。而这位作者所写的文章与我们平时看到的采访绝不一样。报纸似乎也没有那么大的版面来供她深刻剖析。比如首篇对阿来的访谈，近三十页内容，她采访了阿来写作中被大众所关心的一些话题，如藏族身份、有关一些奖项的消息、最新出版作品等，但是，她的访谈远远超出这些。她对阿来的故乡、童年经历、重要作品的创作来历以及从前媒体未曾报道过的内容都进行了深入的访谈。所以，这部访谈是很精深的，是写给精英知识分子们看的。甚至可以说，她就是写给作者和她两个人看的。正是这种反抗浅薄和娱乐的精神，使她的文章卓尔不群，这在今天是稀有的。

其次是广泛的阅读精神。我一直对我的学生们讲，做一个记者才是真正的知识分子。一方面要求我们是一个博览群书者，文史哲和科学方面的经典是必须要通读的，这是一个新闻人获得可靠的世界观、人生观、价值观的最佳途径，只有这样，他的新闻价值才不是网络流行的什么思维，才不会是大众喜欢的娱乐价值和欲望价值，而一定是与人类伟大传统想呼应的伟大精神；另一方面，也要求我们对每一个采访者进行深入的阅读和了解。仍然拿对阿来的访谈来说，阿来的《尘埃落定》《空山》《格萨尔王》《瞻对》是大家所熟悉的，是要了解的，但是，阿来还有一本著作《草木的理想国·成都物候记》我们不一定熟悉，但这个作者对其是进行了认真阅读和思考的，所以，对阿来的访谈也就有了让我们陌生的内容。这部分，恰恰给我们展现了一个陌生的阿来。陌生化效果不仅仅是文学和艺术的美学原则，也是一切创造性行为所遵循的原则。再比如对张炜的访谈。张炜获得茅盾文学奖的巨著《你在高原》长达四百多万字，在今天这样一个刷屏的时代要读完这些内容简直是神话。它至少是一件艰苦的工作。我们不能要求采访者都通读完这部巨著，但对它进行必要的阅读是需要的。同时，张炜在几十年创作中，创作量巨大，要读完他的所有作品也是非常艰难的，但对这些作品了解后有一个顺畅的把握是需要的。需要说明的是，本书的作者并非一时间对张炜进行阅读的，本书的作者长期在《中华读书报》工作，长期采访这些成名的作家，所以对张炜的了解和阅读建立在长期的基础

上。这也就是说，我们要做一个好记者，就必须长期坚持阅读。正是在长期阅读的基础上，对张炜的访谈就显得从容不迫，张弛有度，深入浅出，非常自然。

最后是深刻的思索精神。这是一个大记者真正的品质和精神。在报纸、电视、网络、手机等这些媒体没有产生之前，作家是大地上最重要的传播者。我们之所以在文艺复兴时期对一些"百科全书式"的作家充满赞扬，之所以对《红楼梦》所蕴含知识与思想的丰富性一再地评论，就是那时的作家充当着传播知识与思想的双重任务。他们是大地上真正的思想者。人类的精神也是他们的名字串起来的。但是，到了报纸、电视和网络等媒体出现后，作家就不再是主要的传播者了。他们让位于记者。记者才是大地的真正"漫游者"，是人间万事的真正亲历者，也是人类的真正思想者。但大多数记者在经历表象的事实后就终止了，只有那些有抱负的、有着人类大情怀的记者，才会翻开事件的表象，从而一层层剥去伪饰，最后找到真理层面的真相。那已经不是简单的谁是谁非的问题了，而是价值的终极判断。这本书的作者长期从事文学方面的采访，中国大地上关于文学的所有事件，都是她所关注的，大多数事件她都是亲历者，而所有这些作家及其文学都是她所思考者。读完本书，你能看到作者不但阅读了大量的文学、史学和哲学甚至科学方面的书籍，而且进行了长达二十多年的思考，才成就了这本书。

这不是轻易就能成就的一本书。这本书的书名是《说吧，从头说起》，它的作者是著名的记者舒晋瑜。事实上，她已经超越了记者，成了一位真正的作家。

我见过一个人
——致米克

我见过一个人，风尘仆仆，只身穿过兰州，坐在我的对面，说，我叫米克，我从汉中来。那是 2005 年的春天，一个傍晚。黑夜已经暗暗袭来，稍稍模糊了路面和那个小饭馆。我们坐在一张桌子前，面对面。我看见他是一位男士，面目清瘦，谈吐不俗。

我的好奇戛然而止。他是我见的第一个网友。没有任何目的，只为见一次面。后来我才知道，他原来是一个农民，某一天，他叛逃了亲人，到了西安，然后等待他的便是残酷的命运，用他的话说，便是"六年里我搬过无数次家，换过无数次工作，卖过报纸，搞过推销，当过矿工"，但是他始终有一个梦想，那便是写作。也因为这一无用之理想，我们在那个傍晚相识。

那一天，我真的要感谢文学，感谢这一辛酸但又让人弃之不掉的虚妄之梦，它使我感到人生还是可以纯粹的，人生可以不需要利益的引诱而华美，壮大。

自大学期间写诗开始，我见过很多以此为马的人。我多已忘了他们从哪儿来，又去了哪儿。他们都把我当成了驿站。匆匆地与我一会，或在黄昏，或在漆黑的夜晚，或在入定之时突然破门而入，问道，你是徐兆寿吗？我说，我是。有人听我弹吉他，有人能背我的诗稿，有人用刀子扎破自己的手，用鲜血和我盟誓，今生是兄弟，有人打着诗歌的名义骗我的一顿饭，有人在黑夜里把我掳走为的是让我朗诵诗篇……后来我们几乎不再见面，恍若隔世。人生的这些音符常常使人产生虚妄：文学便是粮食。这是我命运多变的缘故，这也是我常常傲然视世的缘故。

我深知梦想是一剂鸦片，一旦吸上便无可救药，一旦吸上便如神仙。米克跟我一样，也吸上了这"鸦片"。他在兰州见过很多人。这是我在他的博客里看到的。让我感动的是，有那么多人在骂我的时候，他为我挺身而出。虽然我根本不需要向那些人发出一个字的辩白，但我还是感动于此。他也因此写下了一些文字。

然后，不知何时，他又匆匆回了汉中。我从他的博客中发现，他又做起了另外的一些工作：教育、电影。有一天，他打电话说，他要出版他的散文集，让我给他写几句话。他发来了他的作品。当我读完那些文章后，只有一个感觉，米克原来是这样一个有梦想的人。

一个农民，一个想用教育济世的青年，一个妄想做电影明星的小跑堂，一个十足的文学狂。

我见过这个人。

是为序。

拯 救 灵 魂

——读《夜夜舞蹈》有感

在当今这个物欲横流、信仰坍塌的时代，迷失自我是再容易不过的事了。不要说普通人，那些真正具有坚实信仰的知识分子都常常会迷失自我。其实，人的一生是在不间断地寻找中走完的。萨特认为人的一生是一些偶然事件的相连，比如他认为自己的生命就是自己的父母在公园里相会时突然间激情来临的产物，并非有意蓄谋。与他相对的是加缪。加缪发现的是日常生活的荒诞性。这荒诞来自于人们对日常性的漠视和不自觉。比如，西西弗斯如果忘记了他每天搬运落石是神对他的惩罚，而对罪恶再也没有知觉时，西西弗斯就不会感到生命的沉重，而每天搬运石头便成了他的日常生活，犹如我们每天看着太阳出来一样，那么，他所有的价值和生命的意义也就消失了。所以，加缪为我们准备的是沉重的价值和信仰。于是，也就是说，生命必须是沉重的，唯有其沉重才是有意义的。但是，对于价值崩溃、信仰沦陷的当代人来说，日常性已经将生命的重量不知不觉地挪移了，甚至无端蒸发了。

那么，我们如何来拯救这日渐坍塌的信仰大厦？这大概是每一

个知识分子的必备功课，尤其是诗人和那些自由知识分子。为何是这两种人？前者是这世界的痛苦者。假如诗人没有痛苦的呻吟、呐喊和涅槃，此诗人定然是伪诗人。诗人者，是那些对世界本质睁眼就能看见但又无力挽救的人，尤其是今天这样一个物质为先的时代，本质已然遁匿，这是无法言说的言说，可诗人偏偏要言说，于是诗人成了这世俗世界的弃儿，流浪者，成了痛苦的质问者，但诗人也成了对这个时代进行审判的最后的法人。后者则是这个现实世界神秘的叛徒，他们从不苟同于当世，对当世总是有遥远的距离。正是因为这距离，才使他们看清了历史和现实的本质。他们说了出来，可是，没有人理解他们，于是，他们成了这世上的疯子。前者代表感性，后者代表理性。而一个诗人很可能会成为一个自由知识分子。

这是我对当世那些仍然以诗为剑者的尊敬与爱戴。这也是我要与我的朋友"夜夜舞蹈"进行的最深入的一次对话。

夜夜舞蹈原名王晓振，比我小两岁。大概是2002年的一个晚上，我读到了他的信，并读出了一个山东人的坦荡与豪情。记得他是看了我的《非常日记》后与我联系的。是诗和痛苦的思考击中了我们。他立刻发来了他的诗。我仔细地读完后，认真地写了读后感。就这样，我们开始了交往。从他那时候的诗和给我的信来看，晓振是颇为痛苦的，而我偏偏只对痛苦感兴趣，并生出友爱。我也经常在想，假如我不写诗，不好文字，我也许早已像有些人飞黄腾达了，可是，也很清楚，那是在丧失了清澈的良知和天赋的才能之后。我和我的文字注定是要荣辱与共的。我注定与当世的达显和富贵无关，也注定与贫穷和痛苦相伴。这是早已选择好了的。所以我看到他时，就自然地心痛，以为那是先前的自己。人生不能复制，否则，我就不要他痛苦了。也恰恰如此，人生拒绝复制。这正如晓振的诗中所写的那样：

　　给我一张纸

　　……

　　让另一个符号重新定义我吧

　　因为我已经不想再复制自己

　　我愿意活得抽象一点

　　因为我离具体已经很远

——《定义》

　　我们真正多的交往是在 2005 年底开始的博客上。我也大量地读到了他的文字。此时，他似乎有些快乐了，痛苦已被他压在心底里，至少他呈现出来的文字里已经轻了。但他仍然在思考。他说：

　　在一个虚拟的世界里

　　我是自己的王

　　幸福着自己

　　悲哀着自己

——《遁》

　　一个安静的下午

　　从车窗外看到一个老人

　　倚在墙角——一动不动

　　胡须白了

往事是不是堆积的很多

有多少往事值得回忆

在一个午后

我突然想问问自己

——《有多少往事值得回忆》

他还强调：

我愿意坐在角落里

想一些事情

那是我一个人的世界

——《听一首老歌》

他注定是要思考下去了，但也许并不再有先前的痛苦。这痛苦的重量变成了快乐的重量。因为他已经发现，思考使他快乐，使他真正地富足。"我思故我在"，是的，他是在场的。那些千千万万的快乐的猪们，表面看是在场的，但实际上，他们是不在场的。他们的生命因为没有重量而早已被风吹走。思考者也被风吹着，但思考本身就是巨大的砥柱。

那么，就不能放弃诗、放弃思考。晓振是这样的人。他自白道：

诗是我生命的一部分。

它是我胸膛中流出的一条小溪。

透明、诚实、坚定。

或悲、或喜、或歌、或舞。

它是我的呼吸。黑暗中，阳光下，感受生的跳跃，心的咆哞，梦的诱惑。

诗是我的眼睛、我的手足、我的血液。

歌者快乐着！

——《我的自白》

爱思考的诗人往往是重质而不重形的。晓振是这样的诗人，他说：诗歌应该是纯净的。它不该需要太多的技巧。有思考、感悟，自然就有好诗产生。灵感可遇不可求，它有时来自落日，有时来自黑夜；有时来自一首老歌，有时来自秋天的一棵树。能写出一首诗的时候，就是最快乐的时候。是诗歌把我带入另一个世界，是诗歌拯救了一个迷失的灵魂。感谢诗，它使我重新认识了自己，也使我更热爱这个现实存在的美丽的世界。

他道出了一种本质：诗的本质。诗的本质就是世界的本质，所以，当诗歌向他袒露本质之一角时，他就有些忘情忘形了。诗歌拯救了他。

写到这儿，我已然从内心深处对我这个深交数年的朋友禁不住地伸出了手，想再一次真正地握住他。

远足与冒险

——写给《旅行》

很小的时候，我常常一个人看着高空中翱翔的苍鹰，莫名地跟着它跑，往往跑到小路的尽头，在那里失神张望，感到世界高深莫测，远不可及。青春来临时，我觉得头顶上有一股鲜血始终要冒出，常常觉得自己应该生活在马背上，然后驰入古时战场，建功立业。

人生应该去冒险。然而，我第一次走出家门已到了18岁。我去了祁连山腹地。那也是我第一次登上高山，在盛夏遥望雪峰。那一次的远行对我的人生充满了玄机。有时候，我觉得我的人生就是从那时启开了新的里程。因为那一次在高山之巅，我看到了新的世界，无限广阔的天空。有一种憧憬就是在那时展开。我的文学世界也许就是那一天神秘地被打开。

之后，当我一次又一次远足，一次又一次看见陌生的世界时，我就常常在想，总有一天，我要走遍世界。这样一个梦想其实是难以实现的。即使我拥有无限的财富，甚至能买到去月球的船票，也仍然难以抵达。一方面，我们需要时间；另一方面，我们需要心力。心力是靠知识与体验汇聚。很多时候，我们并没有去哪里的冲动，只想待在屋子里静静地看看书，或者在向阳的斜坡上一个人发呆。那时，一个人的世界其实很小很小，但已经足够。有时，我们甚至希望它更小，小到没有任何烦恼与喧嚣。我们满足于那小。然而，当我们心力充沛，便有一种冒险的冲动。

有了车以后，我常常会和家人或朋友突然出门，没有任何目的，也没有任何方向，就是想看见陌生的风景，就是想让心灵冒险。于是，我们去那些乡间小道，去那些荒山野岭。我们满足于那种孤独但不孤单的行走，我们往往满载而归。

我们的精神

——写给《先锋》

说起精神，人们往往想起艰苦奋斗、勤学严谨啊什么的，很少往个体方面想。这使我想起西方精神的来源之一——《荷马史诗》——这部口头文学，使我想起我们上大学时在睡觉前常常谈起或怀念的往事。在一个诗人或作家来看，民间的、口头的、民俗的东西，可能才是最内在、最人性的精神渊薮。

西北师范大学有没有口头往事、口头文学？有没有在入睡前大家谈起的往事？有，在那些真正热爱文学的青年人中间。

不过，有些是忘却了的。比如，在 20 世纪 60 年代，西北师范大学物理系有位同学创作了一部长篇小说，在当时的《青年文学》上连载，影响巨大。为什么忘却了呢？大概与人有关，那个同学后来没有成为名人，没有人把他拿出来追忆。

有些却流传了下来，甚至用笔记录了下来，或正在记录。还有一些，需要我们自己来赞颂。

20 世纪 60 年代，诗人何来在大学期间发表了一组《我的大学》的诗，是当时开风气的作品。诗刚发表，就有人在《甘肃文艺》上批评他，说他诗的情调不对，方向错了。而这次批评，正是何来的起点。

70 年代末，一个叫栾行健的中文系学生在墙报上发表了一首名为《雪花》的诗，在当时的西北师范大学吵翻了天。大小字报贴满了校园，后来引发了整个甘肃省文艺界的思想解放浪潮。栾行健后来不再写诗，但他的"雪花"却年年如是地飘落在西北师大文学青年的心田，融进他们的青春。西北师大青年诗歌学会，即现在的西北师范大学大学生文学联合会，就是在那时诞生的。

张子选是一个传奇式的人物，他的西部诗曾经独树一帜，他的阿克塞之行一直是西北师范大学文学青年一笔富有人性的笑谈，更具有文人的特点。他是西北师大二十多年来第一个文人。

叶舟和唐欣所处的 80 年代中期是一个绕不过去的时代，感性的叶舟和稳健、感伤的唐欣倡导了口语诗，他们把西北师大也举到了一个高峰。那时的《我们》成为和于坚、韩东等办的《他们》南北呼应的很有影响的民间诗刊。我曾在大学生杂志上看到，有人把唐欣定位为当时北方学院派诗人的代表人物。

接下来是我当会长。请各位不要介意我自我吹嘘，这是文人免不了的坏毛病。中国人的特点是不讲自己，我偏要破这规矩。我在大学时候做了四件事。一是组建了甘肃省大学生文学联合会，并担任会长，只可惜学潮刚结束，这个学会很快就消亡了。我只记得我领着西北师范大学的"七剑客"到兰州大学等学校到处演讲，作报告，在大学时候我们就给同龄人签名。二是重新把《我们》推向全国，当时的《诗歌报月刊》《诗神》等杂志不仅向国内诗歌同仁介绍了西北师大的诗人，还连续数期转载《我们》中的诗歌。三是创办了雪原文学社和《先锋》民刊。记得第 1 期《先锋》百分之九十的作品都被省内外的刊物转载了。四是举办了西北师大"十大学生文化名人"的评选活动，这在当时影响非常大。出发点是出于义气。当时很多人都在骂西北师大，我不信这个邪，我觉得北大能出人才，西北师大一样能出人才。当时北大举办了"十大学生文化名人"的活动，我想，为什么我们就不能办呢？我给当时的团委书记张俊宗一谈，他很支持。这几件事情实际上暗示了我的一种抱负：把眼光不要放在学校，也不要放在省内，而是要放在国内，把西北师大放到国内的大学里比一比。

这使我想起 1996 年前后的一些事。那时，严文科担任西北师范大学文学联合会会长，我和中文系的叶知秋任指导老师。我们对当时的文坛极为不满，尤其对当时的诗歌充满了批评。我们发起了一场诗歌改革运动，这场运动主要是从理念上批判中国近十几年的诗歌盲从西方的倾向。我们也在《我们》上发表了自己的诗作和评论。也许人们还记得我的拙作《那古老大海的浪花啊》，发表在《我们》第 19 期和第 20 期上。这在当时的校园里引起了很大的波澜。有人当面骂我，说《我们》是一本学生的民刊，不是我们家的；有人直接冲我说，发起这样一场诗歌改革运动，不是西北师大能干的事，师大不是北大；还有人直接把我拦在路上，骂我狂；有的老师在课堂上骂我是堂吉诃德；有的学生骂我是疯子。那时，我真的疯狂了，我从未畏惧过人们的谴责，相反，我倒希望那些谴责来得更猛烈些。那时，我把自己的工资也贴了进去，经常在深夜和学生在我办公室排版。1997 年春天，当我和严文科怀着宗教般的心情从北京大失所望而归时，我在火车上对严文科说："看来，中国的文学还要靠我们了。"现在想起来，我和塞万提斯笔下的堂吉诃德真的差不多了。多年以后，我还是非常怀念那时的激情、无畏、疯狂和纯粹。虽然我们的"运动"破产了，虽然当时的青年团体已分崩离析，但我每每想起那时的情景时，仍然会忍不住要流泪。人生能有几次疯呢？我还能再疯一次吗？

我们用疯狂和失败又一次把西北师范大学举起了一次。

也许无数次的冲击总有成功的一次。1998 年以后，我怀着巨大的失意退出了文学圈，至少我再也不想在文学上有什么成就，再也不想改造中国人的思想，再也不想成什么名了。我想做一个实实在在的普通人。我再也没有在西北师大的讲台上出现过。可是，2001年我又忍不住地写下了《非常日记》。虽然它在甘肃省内褒贬不一，但我却在外省得到了很多支持，特别是全国大学生的支持。它走红了，我也在不经意间"成功"了。当我再一次回想走过的路时，我要深深地感谢西北师范大学。我在这里学习生活了 14 年，我所有的青春和梦想都撒在这里。我不知道以后是不是还在这里生活、写作，可是，我知道，这个在很多博士、教授和本科生眼里不屑一顾的大学校园，是我永远无法背弃的精神故乡。我在这里铸造了勇气、信心和理想，在这里不断地批判，批判，再批判。

写到这里时，我发现自己可能偏题了，说自己太多了，而且有很多话只能以口头来说，不便以文字诉诸。不喜欢骄傲者的人们，当你们耐着性子看完这些文字后，请暂时保持缄默，以示对精神的尊敬，而后再嘲笑我吧！

而这，正是先锋的命运。

而这，也正是先锋的纪念。

第三辑
文学的扎撒

潜龙何以出海 气象怎样更新

——21世纪以来甘肃创作印象及思考

古语云："一方水土养一方人。"一方水土还孕育一方文化。比如中国辽阔之土地诞生大一统思想和农耕文化，而欧洲星罗棋布之列岛则诞生联盟思想和商品文化。不同的文化诞生不同的文学。中国诗歌之意境由农耕文化来营造，而西方文学之悲剧则由希腊列岛上的诸神上演。就目前中国文学来说，南方沿海，都市林立，商品经济发达，都市文学和消费文学极其繁荣，而北方内陆，发展缓慢，农耕经济尚有很大的空间，所以乡土文学和传统的精英文学多占优势。20世纪30年代的京派文学与海派文学之不同依然存在。再从小的区域来说，比如西北，陕西的秦文化和陕北的红色文化相互激荡，产生了路遥、陈忠实、贾平凹等为代表的陕军文学；宁夏以黄河浇灌的银川平原上孕育的农耕文化和干旱高原上隆起的回民文化为特征，生长出张贤亮、张承志和"三棵树"；新疆则以其边疆、农垦军团、荒漠等地理文化元素，派生出周涛、刘亮程、董立勃、李娟、沈苇等的多彩文学；青海高原则捧出昌耀的诗歌。那么甘肃的人文地理和文学呈现的景貌如何呢？

　　打开甘肃的地图，你很难说清她像什么。有人形容她像如意，两头大，中间长，其寄意很好。意念中，整个的甘肃说到底就是一条古丝绸之路从东向西狂舞而去，仿佛一条盘旋于中国西北角的潜龙。只是龙首深藏于陕西，龙尾摆向更为苍茫的西域。古道漫漫，沙海泱泱，这条曾经带领古中国翱翔于东方世界的长龙如今低吟长叹、黯然忧伤。唐诗里的边塞、胡天、美酒、夜光杯以及羌笛、胡笳，都似乎在宋之后暗淡、暗哑了。一场风沙将莫高窟轻轻掩埋。

　　甘肃是甘州（今张掖）和肃州（今酒泉）的合称，是古道上的两个意象。兰州是清代才逐渐崛起的峰峦。黄河这条巨龙从千山万壑间狂奔而来，到了兰州忽然按住潮头，歇下狂念，在五泉山和白塔山之间汇聚，然后迂回曲折再向东去。兰州人就在这两山一水间经营。只是山太高，水太深，大雾常常暗压于冬日之街头，风吹不走，光驱不散。巨龙行至于此，是在韬光养晦，还是有朝一日一飞冲天？

　　深居兰州，你不得不在黄河之侧思索兰州之地理文脉和甘肃之兴衰。兰州是甘肃的中心。兰州兴，甘肃兴。刘震云的小说《一句顶一万句》中总是有人物出入于甘肃，仿佛出入于荒芜之边疆。李佩甫的小说《生命册》中更玄，兰州人仿佛李白来自西域，神秘莫测，诗意无穷。最近，一个叫沈佳音的作家写了篇《兰州，一个最江湖的城市》，将兰州渲染成一个诗意灿烂的边塞之城。但生于兰州、长于兰州的诗人、摇滚乐评人颜峻在新世纪之初发出"走出兰州"的呼喊。不少"兰州人"在新世纪的确在外面有了大的发展，如作家雪漠、杨显惠、叶舟、唐达天等，仿佛兰州成了深潭养鱼的好地方，但要发展，还要走出兰州。

一场沙尘扬自西天

《西游记》中西天之景多来自甘肃。丝绸之路是玄奘西行必经之道，所以，从兰州西的永登、天祝直到张掖、敦煌，一路都有唐僧取经图。向西，曾是中国发展的精神向度。东土大唐虽是世俗文明的乐土，但信仰之路在西方极乐世界。这是中国盛唐时期精神的两极。因此，盛唐之音多弹自长安以西。边塞诗也多描摹甘肃和新疆之风情，不仅大诗人李白、杜甫、岑参、王昌龄等活跃在甘肃一带，而且凉州也出现过李益、阴铿等这样的大诗人。但是，自宋以后，这种精神向度开始发生弯曲。一方面，佛教在中国已经完成自我建设，不需要再向"西天"取经，中国的精神文化已经走向儒释道合一的大一统，理学崛起，中国向内发展；另一方面，海上丝绸之路发现，另一个"西方"与中国开始接触。到了清末民初，"西方"——实际上向东、向南——成为中国的另一个精神向度。此时中国的文脉已彻底移至东南沿海。西北成为考古的战场，敦煌莫高窟被"发现"，列强在中国抢夺文物。黄沙慢慢被扒开，一批文人扑向那里。从郁达夫的散文和范长江的纪实文本《中国西北角》中可以看出西北之风尘弥漫。但在中国现代文学中，几乎未曾见过几个西北作家的名字，甘肃作家连半个影子也未见。

西北作家的崛起得益于毛泽东与陕北。20世纪三四十年代，被遗忘了几个朝代的西北突然间因为毛泽东的到来而红遍世界，从那时起直至今天，陕北就成为一个文化中心，文学则首当其冲。1942年，毛泽东又发表著名的《在延安文艺座谈会上的讲话》，乡土文学从此在西北崛起。此后，几次政治运动又把中国的作家知识分子发往西北，西北文学遂成气候。20世纪80年代，西部文学成为一个显征。甘肃文学就是在这样的背景下渐露身影。邵振国、王家达等在那时是一些突兀的形象，甘肃文学尚无大的气象。

甘肃文学真正的声音来自新世纪，其气势犹如20世纪90年代初扬起的那场黑色沙尘暴。那场沙尘暴起自凉州以北，而甘肃文坛新世纪初杀出的第一匹黑马就是凉州的雪漠。他的《大漠祭》写的正是西北农民如何与风沙斗争的酷烈。而唐达天的《沙尘暴》直接写的就是那场"老天不让人活"的沙尘劫难。《大漠祭》之后，雪漠又写了《猎原》和《白虎关》，意欲为沙乡人立传。雪漠笔下的凉州风沙轻扬，贫困笼罩。这给雪漠带来了争议。凉州自汉代起，就是囤粮基地。唐时为西安之外的第二大城市，犹如今天之上海。所谓"金张掖""银武威"说的就是这个。有人说，雪漠的凉州似乎并非真正的凉州。凉州的另一位作家李学辉似乎是有意要补充"银武威"的历史印迹，花了很大精力完成了长篇小说《末代紧皮手》，写农民对土地的崇拜。然而，凉州的文庙被称为"陇右学宫之冠"，凉州之文化和历史却少有人去写。凉州的精神高地无人攀登。也许是因为这个原因，在"大漠三部曲"后，雪漠突然又抛出众说纷纭的《西夏咒》。他从自然的地理上升到文化的地脉。他意欲揭开凉州的历史一角，而这多来自想象。因为其先锋的笔触和宗教的诡秘使很多读者望而却步，但作者之大抱负不言而喻。然而，先天的不足阻挡了这些作家奋行的身姿，凉州大地那种雄浑博大、浪漫恣肆、天马行空的艺术气质始终没有人真正得要领。凉州，仍然是一种实相的存在，缺乏形而上的"天马"气象。

21世纪以来，甘肃作家群中有影响的作家和诗人凉州籍人占了不少。除了雪漠的"大漠系列"外，史胜荣的"高校系列小说"都曾在全国有过不小的影响。叶舟、古马的诗歌以其新边塞诗和民歌体的特征备受关注。还有写官场小说的唐达天、许开祯。凉州雄风再起。曾经有人以"凉州军团"来命名这支队伍。然而，尽管凉州雄风为甘肃文坛走向全国立下了汗马功劳，但仍然没有塑造出与铜奔马的艺术感染力相媲美的艺术力作。那匹汉朝的天马仍然孤独地飞翔在凉州人的梦里。

除了凉州，敦煌是丝绸之路上另一个重要的驿站。命运之手将一抹黄沙抹去，伟大的敦煌莫高窟被世界发现。从此，敦煌作为一种意象将永远矗立于中国文化中。对敦煌的书写便成为甘肃作家开采的一大富矿。20世纪90年代，王家达《敦煌之恋》算是甘肃作家在此掘的第一桶金。21世纪以来，诗人叶舟的《大敦煌》和作家冯玉雷的"敦煌"系列小说，以先锋的笔触进行书写和想象，都算得上是精品。然而，艺术女神所想象的敦煌文学似乎才是初露端倪，敦煌呼唤伟大的作家献身艺术。

一群诗人聚于黄河之畔

黄河从巴颜喀拉怒发，龙形蜿蜒向海，至甘肃地界时，在玛曲首先形成第一弯，然后过积石，经兰州，下银川。据说，兰州九州台乃大禹分封九州的地方。登临九州台，向下望黄河，始知大禹时的黄河多么凶险，真乃一深潭也。但兰州没有多少文化积淀，准确地说，这是一座移民城市。凡是来过兰州的文人，都以诗、酒和牛肉面、手抓羊肉等概之。的确，在这座黄河穿城而过的城市里，煮酒为诗者居多。高平、汪玉良、何来虽已淡出诗坛，但从天津来支援大西北的李老乡宝刀未老。在他周围，聚集了娜夜、古马、人邻、阳飏、牛庆国等知名诗人，他们的共同特征是恬淡、自然、无为。道家的智慧被他们挥发得有了无限境界，个个都有都市隐者之风。

灯火阑珊之处，兰州的诗人们常常齐聚黄河之岸，朗诵自己的诗篇。诗人叶舟、高凯还请来各地诗人和作家助兴，不觉间，兰州变为一座诗歌的灯塔。"西部诗歌之夜"已持续多年。因为酒和羊肉的缘故，兰州的诗人们多少有些任侠之风。叶舟是最为典型的例子，其诗歌不仅移接西部民歌的浪漫因子和歌唱性，还从黄河里借来一股浩荡之气，故其诗情烈、雄放、壮观。高凯给人的第一印象就有一股匪气，但他的诗歌里却满是天真、浪漫，有出其不意之象。将那种浪漫、雄浑发挥到极致的是王久辛。《狂雪》之后，他又创作了《大地夯歌》和散文集《绝世之鼎》等作品。西部的豪情、黄河的雄放一经与军人的正气相合，其诗中便有了万剑雄发之风和排山倒海之气。如此，兰州便被称为一座诗歌的高原，甘肃也被称为诗歌大省；然而，一座没有大师的高原仍然是贫瘠的。兰州的诗人始终没有自觉的诗风和天然的个性，几乎每一个诗人都是优秀的仿手。

而在渭河附近的天水，同样聚集了一大批诗人。王若冰、欣梓、叶梓等是其代表。天水是陇上另一文化名城，是华夏始祖伏羲、女娲的诞生地，有一卦台山，传说是伏羲画八卦的风水宝地。著名的

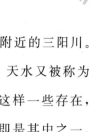

文学评论家雷达和中国道教协会会长任法融都出自附近的三阳川。天水还是李白故里，杜甫草堂也有遗迹，文气尚存。天水又被称为秦城，很显然，秦文化最早也应该在此繁衍。因为这样一些存在，天水的诗人们便不自觉地往秦岭山脉寻古。王若冰即是其中之一。然而，昔日黄鹤杳去无踪，天水也只能是想象中的黄河之水。如今的天水诗歌不仅没有李白之雄放浪漫，也难有杜甫之沉郁顿挫，更没有气接道家之灵气。天水之人文历史还在等待有志之士去探掘。卦台默默，似在等待天才横空出世。

　　渭河又有一支流，便是泾河。泾河流入渭河，清浊分明，是天地间一大景观。泾河附近，便是天下黄土第一塬的董志塬。古云"八百里秦川，不如董志塬边"，这里是天下粮仓陇东地区，陕甘宁三省区的交会处，系黄河中下游黄土高原沟壑区。华夏农耕文明的周祖就在这里稼穑、繁衍。初到兰州的马步升对他生存过的那片土地起初并不在意，写的是诸如《哈一刀》《一点江湖》之类的任侠小说。直到近年来，他才魂归故乡，连续发表《青白盐》《革命切片》《陇东断代史》，试图用笔力翻开厚厚的黄土。显然，他在试图虚构一个他的陇东，一如雪漠的凉州。先锋作家尔雅也有了蜕变，在完成《蝶乱》和《非色》之后也将笔触伸向故乡通渭。就连专写城市小资小说的任向春也把秀笔挥向《河套平原》，大有重拾旧山河的气象。但是，这些乡土作品因为缺乏高蹈的精神向度，还因为作品在情色方面的不节制，致使这些努力归于平淡和平庸，离道尚有一定距离。

一场交响吹亮高原

甘肃文学还有一个高原在甘南。甘肃是一个多民族聚居的地区，民族文学是甘肃的一大特征，但是，在众多的群体中，甘南作家群格外引人注目。甘南是藏族安多文化的一个板块，因为有宗教中心夏河拉卜楞寺而成为藏族人的信仰高地。当汉人桑子、阿信来到一个叫"黑措"的地方，他们开始写诗。那个被称为"藏羚羊奔跑"的地方慢慢地因为诗歌而升腾。到了21世纪初，高原之上已经聚集了一大群诗人，野花盛开，群山响应。然后，更多的汉族诗人到此旅游，回去的时候带着诗歌的鲜花。然后，甘南腹地不断被发现，玛曲、迭部、卓尼到处都有本地和外来诗人的身影。除了阿信、桑子的独吟，这里更多的是诗人的合唱。

与这些汉人相对而行的，是从甘南走出的一些作家，向兰州而去。他们是尕藏才旦、张存学、严英秀等。尕藏才旦的《首席金座活佛》和《红色土司》将目力探向信仰的高地和藏文化的深处，取材和立意可圈可点，但张存学和严英秀还未将笔力挺向高原。

2006年，一位不速之客踏进甘南迭部的扎尕那，并拜谒了高高的措美峰。他就是杨显惠。用了4年的功夫，这位60多岁的老作家踏遍甘南，每年都要住在藏人家里很长时间，终于捧出一部《甘南故事》。有人称其为非虚构写作。我倒宁愿称其为原生态写作。他说，历史是怎样的，我就怎样写。与前面诗人的歌唱不同，杨显惠怀着巨大的同情心写甘南原生态文化的变迁。这是一种新的胸怀和气象。甘南高原因其而生辉。

然而，这座信仰的高原仍然在梦中空无一人，目前的写作离人们想象中的文学高原尚有很大距离。高原上的歌唱仍然缺乏大悲悯、大牺牲，超越民族、地域、时空并富有人性深度的大作品还没有出现。

潜龙何以出海

21世纪以来，尽管甘肃文学较20世纪来说有了大的飞跃，起码有了一支在全国有一定影响的创作队伍。比如21世纪首批荣誉作家和后来的"小说八骏"。但是，除了邵振国、雪漠、杨显惠、娜夜等少数有明显美学特征的作家外，大部分作家在国内读者面前还是模糊的。分布在丝绸之路和黄河两带上的那些或明或暗的艺术之星也在焦虑地锤炼技艺，等待命运之神的垂青。由于经济的落后和社会发展的相对缓慢，甘肃有很多人还对文学怀有强烈的敬畏之心和热爱之情。甘肃拥有庞大的创作队伍，各地常常举办文学活动。这在东南沿海已经鲜见了。但是，如何使这两条巨龙腾飞？如何捧出伟大的艺术？这是甘肃作家群一直在思考的问题。

首先是剖开黄土，显出真身。相对来讲，甘肃作家从20世纪以来一直在充当学徒。魔幻现实主义流行，甘肃作家也魔幻；先锋派和口语派盛行，甘肃也会有诗人立于潮头；海子诗和纯诗被模仿之时，甘肃诗人首当其冲；乡土叙事和家族小说成为主流时，甘肃作家也蜂拥而上。甘肃的作家从来没有过自信。其中的原因之一是很少在形而上的层面上审视足下的土地，潮流性的写作太盛。丝绸之路文明和黄河文明这两个大宝藏，甘肃作家挖得很少，挖得深的更少，所以不能接地气，通灵气。但是，从大的文化范畴来看，甘肃作家只有深挖这两大宝藏，再用时代之炉烘烤、锻造，不跟风、不焦虑，必将有与马踏飞燕相媲美的艺术瑰宝现世。

其次是跃出深潭，更新观念。现在的时代已经不是康德与福克纳的慢时代，可以一生足不出户即知天下事。时代的更新和淘汰极为迅疾。在这样的时代面前，甘肃作家需要走出家门，到外面去，甚至到世界上去，开眼界，长见识，更新观念。21世纪以来，雪漠、马步升、王新军、唐达天等都是借各种机会到外面去学习、交流，甚至长期寄住在发达城市。他们便成为最早走出去的几位作家。相反，有一些作家是走进来，用审视的目光考察甘肃，终成正果。如李老乡、邵振国、杨显惠等。要写出伟大之作，必须要以人类的大视野来深刻地思索历史资源和时代生存，必须以新的美学精神和形式去创造。唯有如此，才能飞龙冲天，一鸣惊人。

最后是精心策划，重点培育，大力推广。不可否认，近年来甘肃文坛用了大力去推出诗人、作家，尤其是"小说八骏"用力最甚，但是，就全国来说，谁能数出八骏之名？宁夏有"三棵树"，这三棵树少而精，人人皆知。甘肃"小说八骏"本来就多，现在还常常换人，如此一来，八骏只是一个皮相，没了真实。倒不如"河西三才子""陇东一匹马"等来得好、叫得响。甘肃文艺方面的重点培育项目也应该往丝绸之路和黄河文明这两条大道上引，有可能的话，可以邀请省外甚至国外的作家来带动甘肃创作。

　　总之，甘肃的文学要更多地借丝绸之路的宝气、雄气和黄河的大气，一定要走出去，与时代交气，便会有腾飞之机。

浪漫骑士　行吟歌王

一

1988 年的秋天，黄河开始泛滥，落叶铺满北岸的校园，一个长头发、矮个子的男人推开我们潦草的宿舍，对着一群同样潦草的文学青年说，我是叶舟。他背着一个黄色的帆布书包，里面装着普希金的诗集，像是刚刚从上帝那儿旅行回来，又要带一个人去旅行。我便追随他了。

他告诉我关于海子的故事，他总是唱一句"每个少年都有热情燃尽的一天"，我的忧伤便被他点燃了。在我的感觉中，叶舟始终是一位少年，而我已老气横秋，但即使如此，他仍然有凌厉的"霸气"，使我心甘情愿与他为伍。那时，我能弹一曲极为伤感的吉他曲《彝族舞曲》，他每次热泪盈眶地说，这是杀人的音乐。经他的宣传，天底下只要路过兰州码头的诗人都会来听我弹一曲忧伤的吉他曲。然后，在一场忧伤中，他们的心复归平静，继而再去瞻仰天上的青海湖，或游历浩大的敦煌高原。几乎所有的晚上，我都默默地跟随着他。有时我们相对而坐，沉默不语。有时我们醉酒当歌，但我从不喝醉，因为我是他忠实的兄弟。整个大学时代，他就是我诗歌中的国王，而我就是追随他的将士。

非常奇怪的是，大学时候我几乎不读他的诗。读他的诗已然到了大学毕业，那时，我开始独立成长。作为评论家的师弟杨光祖曾评价说，我与叶舟之间有某种天然的继承，都属于才子型写作。我不敢枉称才子，但叶舟身上的那种浪漫精神曾深深地感染过我，至今还在我的血液里燃烧。

不仅仅是我，还有颜峻等一众诗人，都曾经被他的浪漫精神所洗礼。在兰州，我们共同拜"少年"叶舟为大哥。他与高凯在高原上的兰州点了一盏灯，黑夜里我们诗酒不归。每一次，我都会献上一首歌。他将那些燃烧的黑夜命名为诗歌之夜。

二

我所认识的诗人叶舟，是西部这座高原上还在"行侠仗义"的仅剩的骑士。之前有昌耀、周涛、张承志、章德益、杨牧、张子选……现在漫游于这个荒原上的精神骑士，唯有叶舟了。这一叶小舟从兰州一个叫一只船的地方孤独地出发，访问过唐朝的敦煌，游历过"花儿"浸染的国土，朝觐过黄河的源头，也歌唱于青藏高原。我一直觉得，他是 20 世纪 80 年代自由精神与诗歌精神交汇而成的一个流浪者。是的，他是一个精神的流浪者，一个当代的局外人。这正好应了他的名字。他一直不满足于逼仄的兰州码头，他的身躯里装着一腔澎湃的热血，似乎整个辽阔的西部都不够他喷洒，所以，他不断地从这个码头出走，突围。他试图与那个时代的大潮流汇合。所以，在整个的甘肃，甚至整个西部，他的诗歌乃至小说没有鲜明的地方特色。他一点都没有乡土的特色，但他也不是都市的。他属于另一个特殊的地域：庄严、热烈的西部精神高地，自由、浪漫的

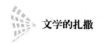

诗歌精神王国。

他似乎始终接不上地气,因为他本身就不是泥土里生长的。他是由诗歌养大的。所以,在后期的写作与生活中,叶舟更像一位精神的堂吉诃德一样,赶着羊群,唱着花儿,与现实这个巨大的风车不断地战斗。张承志认为,这是叛逆的鲜血,而它恰恰是大西北骨子里的精神。就连评论家李敬泽也有这样的感慨:"仅就小说而言,我怀念十几年前的叶舟,那个大胆狂徒,那个醉鬼和侠客,那个'十步杀一人,千里不留行'的少年。"

因为怀有高贵的呼吸,所以,他从不希求低俗的热捧。似乎也少有人能够理解,当然,作为西部高原上最后一位浪漫的骑士,他怀揣悲壮的秘密。这一点,也许连他自己都不得而知。世人自然难以知晓。

三

我一直在想,假如没有了激情,叶舟会如何?这样的想法在我们逐渐衰老的岁月里总是会有人神秘地发问。我的回答是,用理性筑起一座庄严的大厦,让衰老的激情有足够的空间继续飞翔,且裹着理性的庄严更为雄壮。这是伟大的约翰·克利斯朵夫给我的启示。

但对于比我长两岁的兄长叶舟来讲,他似乎一生都有用不完的激情。在世俗与名利场上,他是一位诗人,但在骨子里,我更认为,他是一位歌者,一位浪迹于西部高原之上的歌者。

他曾经为我唱过很多让我难以忘记的歌。海子自杀后,他在一个黑夜唱道:"你走过漫漫长夜,没有伤感,没有诅咒,也没有眷恋。这世界总要迈步向前!"多年后,我们在大西北的码头——兰州共同唱着这几句。每一次，我们都强忍住快要迸出的热泪。

事实上，从唐朝以来，李白、李益、岑参、王昌龄等诗人就开启了这样的歌唱，人们称之为边塞之风。他们几乎都是从兰州这个码头向西探去的。漫漫丝绸之路是一条精神的大河。它造就了人类的精神高地。西域、青藏高原、天山、佛国……多少神圣的山脉和湖泊啊！老子、苏武、张骞、玄奘、鸠摩罗什……多少圣者都在这里传道，开启鸿蒙！王洛宾、王蒙、杨牧、周涛、昌耀、马丽华……今天，仍然有多少诗人来西部抒情！秦腔、花儿、贤孝、陇东道情、藏戏……多少古老的歌唱都未曾喑哑！向西探溯，成为古今中国人的精神圣途。也许，就是这样伟大的传统，促使叶舟禁不住地唱歌。他甚至常常听到，在辽阔的西部，有一首伟大的交响曲在不停地轰鸣。从《大敦煌》到无数西部歌谣式的诗歌，从传唱花儿，到花儿剧本，叶舟履行着诗神交给他的神圣职责：将一切古老的歌唱传给后人。

这不禁使我想起很多伟大的诗人，他们不也是大地上的行吟诗人吗？因为命运，也许就是前世的命定，叶舟的行吟之途还很长很长。我深信，他的最后一滴血仍然会高悬于天上。他渴望那样的命运。

诗歌扎撒

——由胡杨诗集《绿洲扎撒》说开去

　　夜读《诗经》，浩茫岁月横亘于心，只觉得古人之情之心悠悠然哉，与我等现代人大异。然也正是悠悠之心，才有永恒之念，才有信誓旦旦，才有高山流水。野蛮埋于人心，文明之旗也招展于人心。所以，古之诗纯粹简朴，乃人性之花。叫人常生向往之意。今日之网络、手机发达，情思不再如古人在心中发酵数日数月数年才成的文字，而是一触即发，显于键盘。野蛮之性和文明之道皆露于天下，人心之禁忌全无，魔鬼与上帝同行，人不知该追随上帝，还是该服从魔鬼。更何况通讯之发达使人心再无错愕顿悟酝酿想象发酵之机，致使自古以来一切伦理道德信仰悬于一线。我们已然来到某悬崖危楼而不觉，或者说已然困于某深渊死海而无知。故读今日之诗歌，白骨森森，欲念浩荡，人心犹如荒漠。人类不敬文字久矣。诗歌之命途危哉。

　　三年前，我于上海读书，在那里读了很多南国诗人之诗歌。原以为从杂志上和网络上读到了普天之下所有诗歌，到那时才知道一地有一地之诗歌。地理风水仍然犹如血液一样影响着现在的地方文化。南京新一代的诗人已经在寻找属于"本我"的气质、丰韵，仿佛从杜牧等诗人那里得到一缕灵魂，其诗古典味十足，日常、幽明、雅致。我所读到的那些诗人并非被整个诗坛广泛关注，之前我甚至从未听说过他们的存在。上海之诗人们稍杂一些，但都有领风气之先的意气。在那里，在遥远的上海，我作为一个熟悉的陌生人重新来看西部，来看西部的小说、诗歌，竟然是另一种苦难、边缘和蛮荒。这种感觉在北京很少有过，但在上海竟如此强烈。国际化、商业化使这座城市从中国不断地隆起，随着中国的日益开放和经济的不断攀升，它已经成为中国在世界上的另一个坐标。在那比西部要快几十倍的时间中，我阅读了中国西部这首独特、悠远而又难以言说的大诗。

在上海读西部，正如夜诵《诗经》，悠悠然哉。三年后回西部，重读西部朋友之诗，已有恍惚之感。感觉一个魂魄仍在上海独行。第一部读的是高凯的乡村诗，还与几多好友共同发起了讨论会，讨论诗歌在新媒体时代的传播问题。第二部便是胡杨之诗《绿洲扎撒》。这部诗集在我案头已放数月，每有空余，我便翻上几页，每次都是感慨、迷茫。我不知从何处来解这部诗歌。我所说的"解"不是一般的评论，正如解读高凯之诗是从当代中国诗歌传播的困境出发。胡杨之诗作为当代西部诗歌之一种，其诗能为中国诗歌乃至当代人类之诗歌寻找何种出路、法则乃至存在的一切？之所以选择胡杨之诗来做这样一种思考，一是因为胡杨是当代西部诗坛中一位不可或缺的诗人，他从 20 世纪 80 年代开始发表诗歌至今，一直坚守在当代诗坛，可以说是历经当代诗歌的各种风潮而始终如一地坚守自己诗风的人；二是因为他的诗代表了西部诗歌中那股淳朴、自然、清新之风，这股诗风自 20 世纪 80 年代的林染等诗人开始，直到今天仍然在持续，这股诗风比周涛、昌耀等诗人之诗风要更纯朴一些，更加靠近人心自然的真实，但在诗坛上一直未得到必要的重视。

观《绿洲扎撒》，实乃一部生态诗歌。诗人或站于嘉峪关与敦煌之高，目睹四野之风光，兴之所至，想象所及，意念所达，皆为天地魂魄，是为诗。诗人或至于沙粒与昆虫之微，品读生命之奇妙灿烂，情之所念，感之所到，悟之所思，皆为造化之象，是为诗。诸多迹象，又塑造出一个诗人之形象：独行于天地之边疆，似在解读天地之秘密的方外之士。

西部之空旷，西部之辉煌，西部之微茫，都是这部诗集的诗眼。假如从这部诗集出发来看整个西部之诗，这大概也是西部诗的龙睛。从 20 世纪 80 年代的新边塞诗开始，雄健、激昂、抒情、壮阔的诗风就一直是西部诗歌的性格和气质。从今天来看，那更多的是军人般的气质，像西部一场豪放的风，天马行空，汪洋恣肆。此后，西部诗几经突变，终究无大气象。及至今日，西部诗歌几乎名存实亡。何也？原因有很多。一为学院化。20 世纪 80 年代以来成名的诗人多为大学生，从大学时便接受诗歌之传统，虽然吸收了古代和现代甚至当今世界的诗歌营养，但都深入时代诗潮之中，失去了独有的个性。二是外来的诗人少了。新边塞诗之所以引人入胜，原因在于有外来的诗人参与，周涛、昌耀、杨牧等都受到西部地理之影响，诗思大开，然本土诗人无外来文化影响，难以打开诗界。三是城市化。更多的诗人住在高楼大厦里，接地气的少了。西部需要重新发现。

之所以说需要重新发现，是因为在我看来，西部之天地蕴藏着一种亘古的大气，从文化上说，是中国传统文化之精魂；从地理上说，是宇宙天地间之神妙。此种精魂，此种神妙，是不可言说之言说，是城市文明、商业文明所不能有的。昔日老子之五千言、庄子之寓言正是言说这些难以言说的言说。是为道。陶渊明、王维、李白等为之诗。现代诗接西方文明，与古之诗道有异。现代诗自产生起，便言说人性、抒发激情，之所以未产生大诗人者，原因是顾及人道，而未及大道也。大道者，乃包容人类与世间万物之至道，乃宇宙天地之至理。此乃中国诗歌之大传统。因此，在笔者看来，西部诗人在壮阔的天地间容易接受道，容易发现天地之神妙。如果西部诗能在此发掘，必有新气象，大气象。胡杨之诗，乃始焉。胡杨长久地在嘉峪关以西的广袤戈壁与大漠中跋涉，与亘古的风月对话，与斑驳的古迹对话，更与大漠中那些坚韧的生命对话。大概也因为此，他故名胡杨。胡杨者，千年不倒，千年不朽。作永恒之念。

　　胡杨之诗还让我想到诗之法度，也即胡杨诗中所说的"扎撒"。此乃蒙语。国有法度，家有家规，诗也当有自身的法则。那么，诗歌之法何如？

　　一乃禁忌。世界上第一部史诗《吉尔伽美什》中言道，文字与诗乃天神创造，是以整个古典阶段，世界上所有民族都对文字与诗歌充满敬意。诗之禁忌便是文明之禁忌。诗所表达的就是神的意志和对天地伦理的歌颂。是故真善美之美学立焉。自文艺复兴以来，神学渐退，人学升起，然而，人学之伦理并未建起，是故人学时代的禁忌也无从建立，这就使得所有人之所想所欲所行都成为诗学所允许。因此，恶言欲念魔行也便成为诗歌所要表达的内容。人们称之为人性。中国古人尚辩人性善恶，今人不辨，通盘接受。所以，诗之禁忌全无。禁忌丧失，犹如大堤崩溃，洪水来临，便一望无际，只留下人性之荒芜。今之中国人不正面临人性之洪荒？表面看，这与诗无关。其实不然。诗之国度丧失，犹如人心之文明之堤崩溃。因此，一个国家之诗学意味着一个国度之心法。它决定了一首诗的立意之高低。《诗经》之诗，孔子曰："一言以蔽之，思无邪。"这便是诗的最高法度之一，也是人心之最高法度。

二乃修饰。孔子言，文质彬彬，然后君子。只有文与质达到中庸之境才是完美，也就是说文与质都不可太过。这也是诗歌美学之境界。从文学史上来看，文饰过者往往也是诗歌精神衰落之时，便是质衰。而质过文弱者，也有，如白话文中有一段时期将村野之语全部入文，各种欲望描写过于夸张写实，便是文衰。诗歌乃语言之精魂，是天地不可言说之言说，因而诗之语言往往要经过心灵的千锤百炼，要经得起时光的磨砺，而且好诗愈是久远，愈发会焕发出异彩。比如《诗经》，比如《古诗十九首》。此外，修饰也有一定要法。现代白话诗自诞生以来已快百年，但白话诗的修饰之法始终没有人完成。戴望舒、闻一多、朱光潜等都曾在此倾心尽力，许多论述值得今人思量。20世纪80年代以来的诗人和美学家在此却少有建树，这是更值得我们思量的大问题。

此二法，乃当今诗歌主要之法，若不解决，诗歌之路便荒草丛生。20世纪90年代以来，很多诗人渐渐地失去了写作的能力，基本上没有出现过大诗人。原因何在？恐怕还是上述二法不再成为诗人们所追求的至要所致。

从上述二法回头来评胡杨之《绿洲扎撒》，也许其长短优劣便顿显纸端。胡杨之诗，在立意上还是颇有高度，其诗多有"大漠孤烟直，长河落日圆"的境界，其诗风清新、雄健、质朴。但在"文"与"质"方面，应该说还要再多一些磨砺更好。其质有些过于虚，其文有些过于随意。

捍卫文学的价值

——评唐翰存《文学与天堂的距离》

　　我与翰存交往多年，对他的批评既了如指掌又抱有极大的希望。对他的精神世界、阅读视域、价值立场可以说是交流得极为深入，因为他所关心的问题正是我长期以来探讨的命题。因此，我认为他将成为一个不可多得的有着明确价值立场的青年评论家，至少在西部，他是罕有的。理由如下：

　　我一直以为，在当代要搞评论，必须有两方面的学养：一是中国传统文化的诗化哲学修养，二是西方文化的理性哲学和宗教底蕴。因为我们面对的已不再是单纯的中国当代文学了，而是世界当代文学。评论一本书，也不再是放在当代中国文学的视野里，而是要放在当代世界文学的视域中。这是评论的难度。但是，目前大多评论者都只是熟悉当代中国的文化，说来说去只是一些没来由的吹捧，稍稍有些性格的评论家也只是发发牢骚，显示一些真性情而已。一旦有人问，为什么这样评论？你的根据是什么？你的价值是什么？你凭什么批评别人？就傻眼了。很多作家不读书，靠一些经历和天赋写作，也许能说得过去，但评论家就不同。评论家应该站得更高，方可发言。虽然作家往往看不起评论家，动辄说，你写写试试。评论家却不敢说，你评论评论试试。原因是什么呢？评论家的文化层次不高。

翰存当然也存在学养方面的问题，如他亲自对我说过，他在上述我所说的两方面的修养还远远不够。他上大学时学的是经济学专业，研究生时才学文学，后来又做过一段行政工作，直到前年才开始真正地踏上教书做学问的大道。说起来他是走过一些弯路，修养不够是自然的事，但是，我从他近年来的评论来看，他非常努力，且不但有成果，而且是真成果。《文学与天堂的距离》第一部分"思想的命题"我颇为喜欢，尤其是第一篇《文学的终极价值》和最后一篇《我们为什么要坚持"人的文学"?》思想含量极高，价值立场也颇为清晰。

在当代评论界，不断有人提出要解决作家和评论家的精神资源问题，但是，这精神资源究竟到哪里去寻找？在后现代思想不断冲刷人类精神传统的今天，作家和评论家都丧失了基本的立场。市场需要什么就写什么，作家喜欢听什么就赞扬什么，人们说，我们喜欢性，作家便写性，评论家也大声说，看，他们写得多好，多人性。但什么才是真正的性？人的性与动物的性有区别吗？性需要价值判断吗？如果需要，是什么呢？似乎没有人回答。不仅如此，人类赖以存在的一系列正面价值在今天也受到怀疑、抨击甚至颠覆，正义、善良、牺牲、宽容、荣誉、爱等不再成为作家们坚持的精神立场，相反，自私（被说成是人性）、恶（也是人性的一部分）、嫉妒、暴力、战争、欲望等成为作家们津津乐道的内容。在这样一种情况下，评论家干什么？就是清理这些负面的价值，树立正面的价值立场。

也许你这样做的时候，很多人会嘲笑你是道德主义者。在这个虚无的时代里，仿佛你越是反动，越是反人类，你就离艺术越近，相反，你越是讲人道，越是讲公义，你就离艺术越远，甚至离大众都越来越远。真是一个荒诞透顶的时代。

但唐翰存的精神世界没有这些。在中国作家普遍对终极价值淡漠的今天，他开篇就谈文学的终极价值，使人有醍醐灌顶之感。其实都是些常识，可为什么在今天就成为怪谈？在一些作家鼓吹暴力的当下，他又提出文学的非暴力价值观。在《"非暴力"与文学的使命》中，他说："文学应该表现人的'灵魂的深'，探究灵魂深处那些激烈冲突的魔鬼和天使，罪与爱，堕落与拯救，并且，借助于新的精神资源，用信仰的力量，去观照人世，将罪洗刷，让爱升华，将仇恨化解，让真理得胜。文学要有悲悯，为人生而寻找超越，获得一种幸福的体验。"他还说："文学不可宣扬暴力，包括任何形式的暴力；不可用话语杀人，也不可去帮忙杀人；不可赞美杀人者和暴君。文学要做的，是用自己所秉持的爱与真理，用非暴力的精神，去正面覆盖中国目前仍然盛行的那些东西。真的诗人和作家，都应该是非暴力主义者。"

这可以说是他的文学价值观。我们不仅要问，这些文学观来自于哪里？所凭什么？是东方还是西方的文化传统？我们可以从上述的叙述中和他的其他文章中看出，这些观念一些来自于东方式的儒、释文化，一些又来自于西方的基督精神，而它们又天衣无缝地融为一体，仿佛天生如此。当然，从他对甘地、基督的热爱，到对刘小枫、余杰、摩罗等人的推崇，再到一系列作家和文本的具体分析，可以得出，他目前的精神世界里，至少基督精神是他所依凭的主要力量。这使他清晰地能够获得爱、牺牲、正义、人道、善良等正面的价值立场，使他的文章显得博大、清洁，还有些锋芒。这是他与很多当下的评论家不同的地方，也是他的可贵之处。

但是，我以为这样还不够，还应该有更为系统的价值观，还需要对中国文化进行体认与重估。作为一个当下中国的评论家，一个真正有分量的评论家，应该有世界文化的背景，还应该有中国传统文化的深度。假如真的能做到，翰存前言中的野心便可变为真实，这也是我所期盼的。其实这野心，不是他有，每一个真正向学的人都应该有。但野心与野心不同。有些人是丧失了价值立场的野心家，而有些人不是，他的野心是为捍卫文学的价值。我赞赏后者。

静以致远

——序林恒《隐喻的镜像》

无论何时，当我推开 307 教室的门时，总是会有一个人从昏暗的角落里站起。事实上，大多数时候，整个研究生教室里也只有他。我说，你在干什么呢？他笑着说，在编片子。对了，他是编导专业出身。他就是我和朱卫国教授共同的研究生林恒。他拍的照片很沉静，视频也极稳定。所以，我本来是希望他能拍一些微电影和纪录片什么的。

然而，有一天，他给我邮箱里发来了一篇文章，是看过我的小说《非常日记》的读后感。准确地说，写得一般，但很诚恳，实在，实在到你觉得他的词句毫无才华，但是，我喜欢这样的老实，它让你觉得踏实。我给他回了邮件，赞扬他写得很好。一周以后，他又发来一篇，是写我的另一部小说的评论。使我诧异的是，他竟然有了进步。那时，我正好出版了长篇小说《荒原问道》，也开通了微信公众号。第三周的时候，他是学生中第一个写我小说《荒原问道》评论的，我就更为惊讶了。他读书的速度、写作的速度都极其惊人，而这篇文章又明显地超过了前两篇。于是，我将这篇文章在微信公众号上推出并赞扬了他，研究生们纷纷在手机上议论他。一年后，有同学告诉我说，当时看过林恒的评论后，觉得写得也一般，虽极为诚恳，但并没有觉得好到哪里去。然而一年之后，当他们再读林恒的文章时，包括论文，就觉得已经离那篇评论有了天壤之别，文风依然坦然，但已经是那种极为自信的笔调，而且其充满理性思考的风格已经初现端倪。

应当说，我与这位同学的感受差不多是一致的，林恒的进步是有目共睹的。他从一个从来不写作的人，硬生生地将自己培养成为一个超能写作的人。现在，他比任何人出手都快，且稳定。一如他当初拍照片和视频一样。我总是以他和我的另一个学生金鑫为榜样来激励其他学生。金鑫是我中文系的研究生，常常写一些小诗，但从不拿给人看，到现在我也未见过他的一首诗。他非常低调。但我希望他是一个能够进行任何写作的人，将来做作家、诗人、学者，于是，我每天规定他只睡觉五个小时，其他时间全都用在读书和写作上。只用了一周时间，他每天只睡三个小时，他就完成了自我塑造。他大概连自己也未曾想到，他的写作能力长期被禁锢着，现在，终于释放了。

我一直希望能把金鑫培养成甘肃"80后"批评家的代表性人物，但因为很多原因终于未成，这是很大的遗憾。但在这个时候，我的另外两个学生多少弥补了这种遗憾。一个是吴婧雯，她已经出版了两部电影评论集，现在正在写作第三部。我总是希望她能够把文学与电影打通，所以拼命地要她读文学和文艺理论方面的著作。另一个便是林恒。我原本希望他能在毕业时将自己写下的东西结集出版，形成一部自己的作品，以总结和纪念这飞翔的三年，可是，前不久，

他突然告诉我，他已经完成了这部书。我惊讶了很久。

我在电脑上一篇篇看他的作品时，便想到一个词：宁静。是的，他一开始给我的感觉，是一个宁静的小伙子，脸上干净得一点歪邪都没有。他使人感到踏实。我以前很喜欢一些有才华但也有点邪气的人，对他们狂妄的纵才肆意和乖张情性毫不在意，但是，慢慢地就不大跟这样的人交往了。大概是年龄使然，到我这个年龄的人早已被生活磨得老实了，当年的那份邪气早就散去，而年轻人中这样的人接触得也越来越少，再加上过去岁月中被那些性格乖张的朋友和学生刺激过，所以更希望交往的安全。林恒是那种从不多言的人，如果有一群人说话，你很少能听见他有什么声音。即使是三个人，也大概听不到他的几句话。但他与我在一起时，我发现他能滔滔不绝地讲下去。有一次给本科生上课，我让他先按自己的想法讲一遍，我再接着他讲的内容往下讲。那一次是我重新认识他的一刻。他毫无惧色，一上场就仿佛有无数的话要掏出来，越掏越多。他对电影的熟悉使我愣了片刻。

我开始请他帮我做些事，我发现他是那种时刻能在你身边等候的人，于是，我便开始慢慢地起用他。他越干越好，越干越令我放心。我外出的时候，总是会带他帮我照相什么的。他一般在回来后的第三天不仅把录音发给我，而且还将其整理成文字稿发给我。这不但令我惊讶，还使我感动。他是学生中第一个如此做的。也是因为他的缘故，我从那时才开始把演讲的内容看得格外重了一些。我会认真地准备每一次演讲，而每一次演讲的内容也会由他和其他同学给我整理成文章。

因为放心，便开始请他来做微信公众平台"六艺传媒"。他几乎每天都做，起初他问我要稿件，我也给他找，后来，我便对他说，你自己找吧。于是，他从那时候就开始在网上拼命地找电影方面的好稿件。用那样的方式，他阅读了大量的电影评论。我总是告诉我的学生们，也许再也没有比这种方式更能培养人的学术能力的了。

可能正是应了我这样的话，仅仅在研究生二年级开学时，他便拿出了沉甸甸的一本书。

我用如此长的篇幅来描述他在这一年内的成长过程，是想说，林恒就像他书中所写的那个阿甘一样，是一个天赋异秉的青年。他最好的才华就是诚恳，这是老天赋予他的，其次是宁静，这也是上天赐给他的，然后才是别的东西。他靠诚恳立世，靠宁静致远。当别的同学在拼命地玩游戏、看韩剧的时候，他一个人在教室里看那些经典电影，在写那些诚恳的句子，在看那些他过去没有读过的书。他就这样改变了自己，完成了新的自己。

关于他的书，我要说的第一点仍然是诚恳。他说出的那些感觉没有一点点的虚假，完全是他个人的想法，当然也可能是我们共有的。他就像现代作家郁达夫一样，真实地表达了他对电影的诸般感受。然而，我还要说几句的是，现在诚恳在这个世上是多么稀缺啊！很多人在成长中就不知怎么将其丢弃了，或者上天当初也未曾赋予他这样的品质。我见过太多的学者一旦踏上学术之路，就开始丧失了这种品质，被其他人的风格带着走了，最后，你看见他能说出所有历史上的学者对一件事物说过的话，但他就是忘了自己的感受，他也不会说出自己最真实的想法，因为他训练了一种所谓的学术能力，即忘记自我。于是，他们也就在学术的跑马场上慢慢地被踏为泥浆。我希望林恒不要将这样最宝贵的财富丢了，当然，我想他也

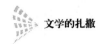

永远不会丢弃。

其次是宁静。在我半生的写作和治学生涯中，我曾经认为才华和学识对一个人是至关重要的，但慢慢地我发现，一个作家在40岁以后还凭借才华的话，他就基本上干涸了。他只有不断地重复自我才能活下去，但是，他创造的路自然断了。那条他曾经觉得不会干涸的河流终究在他面前消失了。学者也一样。我慢慢发现，其实一个人的德性会在他40岁或者50岁后真正地支撑他的学术，或者可以这样说，一个人后半生是要靠德性来活着，学术中更是少不得这样的力量。如果没有德性，那么，这个人从事的学术与其做人将毫无关系，充其量他的学术能为他挣点名利，但对他的灵魂是无益的，甚至是有害的。当我发现这样的力量时，我在我的学生中就总是会强调德性的重要性。一个宁静地写作的人，要远比一个夸夸其谈的人更让人信赖和尊重。其实，我要说的是，只有拥有诚恳的生活态度，才能拥有宁静的心境，也才可能无视身边的喧嚣，做自己喜欢和愿意做的事。林恒自然是拥有这两样的。他所有的文字都透着这样一股宁静的气象，仿佛春天的牧场、夏天的森林、秋天的河谷。

当然，最后是热爱。我不清楚林恒对电影到底有多热爱，我也不清楚他对学术到底是怎样的感受，但是，我很清楚的是，他热爱用文字的方式或影像的方式去倾诉——也许是他表面的宁静下有一座热情在火山在燃烧，所以他不得不去找个山口将此生命之火迸发。

写到这里，我得收笔了。我不能太把他娇惯了。所以，我还得说说他文字的缺点。这也是我一直希望他努力的方向。一个人的优点往往也是一个人的缺点所在，所以，他的诚恳使他缺乏一定的狡黠——不，大家别以为我在怂恿他做坏人，不是，我是觉得那些文字过于直白了，还少了一些文艺腔。对，我终于找到这个词了，文艺腔，就是还得装腔作势一点，故作深沉一点，拿腔作势一点，多愁善感一点。呵呵，这是我希望的吗？当然不是，我是说在这样的装饰下，其实要培养一颗更为敏感的灵魂。

那就完美了。文字就曲折了。自然，那也是由命运来完成这样的塑造了。

大众媒体时代的知识分子声音

——吴婧雯新书序

从早上六点二十起床，送女儿回来七点，然后看微信、微博、新闻等。坐到书桌前写作时，已经九点钟了。心里懊悔不已。日复一日，懊悔天天持续，虽数度停博客、微博、微信，想与时代掰手腕，奈何生活已成这样。这就是媒体时代的生活与写作，谁也不能逃免。

我常常想，如果在两百年前，我肯定是一介秀才。用今天的话说，就是小众的精英的知识分子。读圣贤书，敬畏礼乐，替天行道，教化民众。虽苦命，心忧伤，然心存大义，存在有意义。那时，我发出的声音、写出的文章，都在传达一种公共的精神。虽渺小，然能体会伟大，延续伟大，在伟大中死亡。

然而，今天我们如何发声。世界一夜间坍塌了。知识分子终于未能守住那方神圣的天空。他们自己革了自己的命，将众神从人间驱走，留下理性、科学等他们自己搭建起来的新的天空。大众被解放了。这是恐怕连普罗米修斯也不能想到的结果，因为连他自己的神位也被砸碎了。于是，一个喧哗的、无主题的、欲望的时代轰然降临。这原是人类多么期望的大同世界和乌托邦啊！可我们竟然不喜欢它。在这个时代，每个人都在发微信、写微博，或者在新闻的评论页上写下自己的愤怒或赞同，对时代发出微弱的声音。这些微弱的声音或许会像那只非洲森林里的蝴蝶，它轻轻地扇了几下翅膀，不久之后，遥远的美洲或亚洲便掀起一场龙卷风。今年的鲁迅文学奖效应便是一例。人类在今天开始消费一切了。

那么，我们真正需要的声音在哪里？如何去分辨那些代表了正义、良知的声音？这世界还需要知识分子吗？还需要良知、正义吗？

这是我拿到吴婧雯这部书稿时所产生的第一个思考。在泛写作化的时代，人人都可成为作家，人人都可代表上帝来宣示自己的声音就是真理，人人都可以闭上眼睛、塞住耳朵，不去听整个世界的声音，只发出自己的声音。从表面来看，这是多么伟大的时代。然而，越是在这样的时代，我们越是要询问：我们的声音是不是噪音？我们的声音对于我们自己和整个世界来说，是正面的还是负面的？是正义的还是邪恶的？是自私的还是无私的？我们的声音是会形成邪恶的龙卷风侵扰大地，还是会融入那自古以来就有的伟大传统而形成阵阵习风抚慰人类的忧伤？甚至用传统的方式说，你是想做一个魔鬼，还是一个上帝的使者？

这是今天写作的一个尺规。在中国，现在每年单是长篇就出版近四千部，加上诗歌、散文、学术著作，文学方面应该上万部。如果把其他领域的书都加起来，可能会十万部以上。这样一个数字是多么恐怖，它可能抵得上一百多年前整个人类出版量的总和。从这样一个臆测的数字可以看出，我们身陷一个知识与思想的海洋。那么，我们需要倾听谁的声音。所以，传播就成了这个时代最大的学问和需要借助的力量。谁都在说，郭敬明、韩寒不能代表"80后"，他们至多代表了流行的"80后文学"，但是，不流行的声音在哪里？能盖过他们的传播吗？我们没有看到。也有人会说，不要急，真的声音总归是会水落石出的，让时间来评判一切吧。也许这样的声音过去还有一定的可靠性，但现在它已经失去了效力。在"上帝死了"之后，善的声音就一直在减弱，而恶的声音在不断喧哗，不断侵占人类的良心，所以，恶的力量已经远远越过了善的力量。也就是说，过去，善的声音会借助上帝的力量而闪耀，但现在，恶的力量正在借魔鬼之力发出耀眼的光辉。传播已经被魔鬼所控制。君不见，广大的与浮士德一样博学的博士们已经把灵魂交给了魔鬼吗？欲望、非正义、仇恨、自私、恐惧、贪婪等这些曾经令浮士德疑惑的魔鬼的引诱，现在正成为媒体所依赖的粮食。每天的头条，媒体都会放出令大家大快人心的丑闻，日久天长，它培养了人们的仇恨之心和对恶的喜爱；每天的广告，都是那些酥胸美腿和令人欲望膨胀的色相，日复一日，它使人们适应了乱伦、疾病、性欲弥漫的人间天堂；每天的网络新闻后面，是无止境的唾液、仇恨，它在打开潘多拉的魔盒时，也就认同了这些曾经令人类的心灵恶心的东西，它在激发人们去以恶的方式对待一切。

我们如何应对这个世界？知识分子当如何发声？在我看来，我们至少可以用以下几种方式存在和发声：

首先是保持一种小众情调。在一个强调大众至上的时代，小众将是一个迷人的存在。它绝非人们所说的小资情调，也绝非那些单纯地强调个性的非主流形态，更不可能是那些令人恶心的所谓的"性少数"者的乱伦。小众指的是一种拒绝大众欲望、对抗大众低俗消费的情怀。小众者可能常常是孤独的忧伤者，可能是不受人欢迎的诗人或持保留意见者，可能是沉默的极少数。吴婧雯的第一部书《借一对青眼》出版于大学时代，那是我刚刚到传媒学院的时候。一个学生能出版一本书在今天这个时代已经不鲜见了。我曾经帮助好几个大学生出版过他们的诗集或小说，但是，在电影评论方面我倒是觉得不容易。我翻开那些不太长的评论，不自觉地就被吸引住了。最吸引我的是她的小众情怀。在我看来，电影从产生起就成了大众的东西，因为它产生于工业时代，制作的高成本使它不得不向市场讨回投入，这就使它总是有一种媚俗的倾向。它不像文学，只要有时间，只要有一支笔、一沓纸和一张桌子，作家就可以向世界发声。文学的成本就是一个作家个体的成本。可是，电影不同，它可能是一个群体的成本。在国家投资时代，电影虽可能不去献媚于市场，但它往往可能也成为政治的传声筒，而在市场时代，它便成为市场的献媚者。所以我们的电影自从 20 世纪 90 年代以来就一直在市场的指挥棒下不断地挥汗如雨，但又收成微薄。我们的市场还缺乏公共精神，我们的市场还有很长的路要走。在吴婧雯的影评中，不断地闪现着她的不满，和她的喜欢，以及她的坚守。这是非常可贵的。

其次，自愿选择做一名知识分子。在人人都成为传统意义上的拥有知识的知识分子后，知识分子这一概念便倍遭质疑，因为知识分子不再是与知识为伍，而是与情怀、正义、道相关。我不能完全地赞同萨义德所说的知识分子立场，我更容易理解班达所说的知识分子。萨义德的知识分子立场充满了仇恨，充满了被殖民化后的文化愤懑和对抗的情绪，这些仇恨、愤懑使他对一切权利都充满了批判、对抗，导致他在更高价值上的虚无主义化。相对来讲，班达所

讲的知识分子就充满了对传统的续接，充满了先知的精神。我所讲的知识分子不是所谓的公知，也不是所谓的体制内的大学教授、博士，而是更为稀有的对人类自古以来那些伟大情怀充满敬畏，能够牺牲自我而成就大义大道的仁者精神的拥有者，是能够化解时代仇恨与戾气，并将善、友爱、和平作为他们至上的追求的求道者，是能够始终自我反省，对自我、民族、国家乃至人类精神采取谨慎的态度，从而形成一种超越自我之上的大我精神的持有者。这样的知识分子已经超越时代、体制的限制，超越一切概念的束缚。他们必将成为人类心灵的守护者。但这样的知识分子并非体制或团体的他者力量能够化分和促成的，而是自我的一种选择，一种修行而得来的道的存在体。它自然也超越了小众情调。

吴婧雯的第二部书比第一部的进步就是在向这样一种道路的一次进发。虽然是小步，但是明显的。在这部书里，她已经公开地对一些电影之外的传播形态发生了质疑，与大众传播有了果断的距离，同样，她也试图保存那些生命感知到的善的美的真的一切。我要赞许这样的态度。虽然她离我所说的知识分子还有十分遥远的距离，但选择是第一步。现在，她似乎已经做出了自己的选择。这是难能可贵的。

最后，知识分子如何发声。章太炎在其弟子 40 岁生日时赠言，要他开始著文发声。太炎先生说，拥有大的学问却不著作，算是不仁，而拥有仁德却不对时代发出影响是为不义。90 年代以来大部分知识分子对时代选择沉默，在我看来，他们并非真的知识分子，不义，不是知识分子的选择。因此，他们是一群伪知识分子。假如太炎先生生活到今天这个传媒时代，他又会如何做呢？古代知识分子有一种选择，有道即显，无道即隐。显与隐，皆为知识分子的方式。可是，在今天，在信仰、价值混乱的时刻，在时代需要知识分子站出来的今天，隐虽然也是一种方式，但显更为知识分子的正义行为。佛教有小乘与大乘之分。小乘往往赞赏个体的修行最为重要，拒绝对俗世的关怀，但是，大乘则赞赏知识分子积极入世，牺牲自我，拯救受苦的众生。这就是菩萨产生的原因。我尊敬前者，但我更赞赏后者。举世皆浊我独清，自然是君子，但君子与其孤独地存在，不若逆流而上，激浊扬清，做中流砥柱。婧雯后来成了我的研究生，随我学道。我无以赠，在出书前，就赠这些美言吧。

是为序。

生活在别处

——读杜娟的诗

在诗歌面前，我们能说出什么？可羞愧的事我们总是一做再做。诗歌何为？诗人何为？不会有答案的问题我们也总是一问再问。

不久前，当我读到中国文化史上第一首有证可考的古老情诗时，无言了。那是涂山氏唱给大禹的情诗：《候人歌》，只有一句歌词："候人兮猗！"在荒蛮岁月旁，在草长莺飞里，还过着游牧生活的美人涂山氏唱着这首情歌。听到她歌声的人再把这首歌传得很远很远，最后，连风也在传唱。正在治理黄河的大禹终于抬起头，仔细地又听了一次。他怔住了。他终于找到了心爱的人。诗神就此诞生了。

我同样也不禁想起六世达赖喇嘛仓央嘉措唱过的那首情歌：那一夜，/我听了一宿的梵唱，/不为参悟，/只为寻找你的气息。//那一月，/我转过所有经筒，/不为超度，/只为触摸你的指纹。//那一年，/我磕头拥抱尘埃，/不为朝佛，/只为贴着你的温暖。//那一世，/我翻遍十万大山，/不为修来世，/只为路中能与你相遇。//那一瞬，/我飞升成仙，/不为长生，/只为佑你平安喜乐。

诗是神的忧伤，神是诗的主人。海子大概是深深地被感动，所以也不禁热泪盈眶：姐姐，今夜我不关心人类，我只想你。

只能又一次无言了。在存在的最深处，埋藏着阳光、黑暗、时间，还有诗。诗是整个宇宙生命存在的声音、心灵和精神，没有诗，宇宙也将死去，生命不复存在。所以诗也就是宇宙和生命的本质。我如此来解读诗，定然是感性的，但假如我不如此来解读诗，诗定然会被亵渎。

我已经有十年不写诗了，但并非这十年就离开了诗。相反，在我再也不想成为一个诗人时，我分明找到了诗——那在存在深处浮游着的阳光、色彩、空茫和爱。我无力来形容它。当我也是一位诗人时，我读别人的诗时很少被感动，我自以为天底下我是最好的，可是，现在，虽然也很少有诗能感动我，但感动我的诗是真诗，这感动也是那样的真切，一点做作、嫉妒都没有。我也曾说过，诗是流落在人间的神，是不可言说的言说。由于这种认识，我也慢慢地不再读当代的诗歌。

也许我现在要说的诗人杜娟是很多人都陌生的，正是因为这种陌生，很多人也会挑剔她的辞藻，但我还是要说，杜娟的诗使我感动，让我真的看到了诗神的存在。

　　草原上有一朵

　　苏鲁梅朵

　　六月

　　随风摇曳

　　　　　　　　　　　——《苏鲁梅朵》

是谁在摇曳？苏鲁梅朵是谁？时间是谁？我们无言以对。我以为这首诗中应该只留下这四句，让我们闭上眼睛，轻轻地吟诵。诗神就会出现。

我来自躁动　肆无忌惮的一个城市

我高尚而缠绵的阿角啊

你欠我一次八百年前的约会

还给我一面沐浴的镜子

我的眼睛能接近你的眼睛吗

我碰到贫穷　碰到荒芜　碰到黯然失色

今天你突然向我涌来

如你凄美的花瓣和波斯松叶

我的声音柔弱　弥漫芳香

现在　我需要一只鸟把我带动

需要峡谷的水锻炼我的心

水酝酿色彩　鸟重叠声音

我开始赤裸　一丝不挂

我看到了尘世的罪孽

触摸过一个人的干枯

我要尽量把自己点缀给这些绿色

我的身体包括我的心脏准备遭遇胁迫

我不能说不

我需要阿角的血正式喂养我

喂养我的思想

我为什么要承受明天的离去
现在就告诉阿角
它要保证给我断奶的家赠送乳液
和一对飞腾的蝴蝶

　　　　　　——《9月8日　卓尼阿角沟》

　　这是一颗尘世的心灵在寻找诗神的过程。从一种躁动的、庸俗的生活出发，向幽静、神秘、崇高的山花烂漫的山坡上跋涉，只让心去，你定然会发现诗神就在那里等你。把你的肉体的外衣脱下，把你心灵上的尘垢除下，把你所有的羞耻都让风吹去，留下那颗原始、纯朴的灵魂。当你真的看见了诗神，你就会慢慢地脱离尘世。这是真的。我总以为，诗人生活在另一个世界。虽然诗人在尘世里穷困潦倒，虽然诗人满面尘垢，但他应该有世间最为圣洁的灵魂。

　　诗人生活在别处。这才配一位诗人。

　　因为这些原因，在我没有读到杜娟的诗之前，我只能说她是一个写诗的人（这世上自称为诗人的人都不过是一些写诗的人或打着诗的幌子的人），我还没有将其纳入诗人的行列。恕我孤陋寡闻，我不知道今天能纳入诗人行列的人有几位。自从放下诗歌的那一刹那，人世间的名利已经在我心中不存在了，我只愿寻找真正的诗神。因为我知道，当我写诗的时候，诗神可能就离我而去了。但是，在我读到杜娟的诗时，在我一首首往下读时，我发现，诗神在晃动，在闪耀。

　　那些诗几乎都是2007年写的一些诗。

羌人的羊群，沙沙乱响的云

要允许怎样的速度

才能追赶一只羚羊的情书

羚羊是黑措早年爆发在水草滩的一场爱情

盗来秦汉的一张狼皮取暖

两千年的一只乌鸦善良地歌唱

一朵格桑是西羌的，也是我的

要告诉格桑奔跑的地方

怎样的道路才能共同作一次飞翔

西羌的马帮煽动着羚羊的心

许多年羚羊把嘴唇咬紧

后来有一天把梦收拾干净

当最后一只羚羊遁入北山坡时

桑烟高出天空

一座寺院为羚羊的尸骨而建

黑措寺是羚羊固定藏匿的地方

黑措的风先吹过寺院

再吹过羚羊白色的雕像

一个脚印向月亮致意

月亮是黑措寺一件孤单的大衣

——《黑措寺》

她要赶在第一场雪的前头

去借一粒天堂的火种

——《从山坡走来一个尼姑》

黎明不能死

直立的人不能死

我需要一支笔

需要一支笔胁持我，养活我

——《埋进土里的光明》

在处女的羞涩中开始西行

——《甘南的黄河》

我已无言解读，解读诗是一件蠢事。总之，在 2007 年，我肯定杜娟遇到了诗神。她生活在了另一个世界。她找到了与所有事物相通的那条道路，她打破了一道又一道界限。她是幸福的。

因此，我要说，杜娟是一个正在飞行的诗人。诗歌对于她，是幸福的。而那个曾经屡屡询问"我是谁"的人也将是幸福的。

第四辑

困境与超越

诗歌改革刍议

我非常赞赏我的老朋友唐欣说的一句话："自'朦胧诗'以来，诗歌领域一直是最激进、最先锋、最极端的文体实验场所。"以至于这种实验到了20世纪90年代成为一种为实验而实验的玩笑。一位文坛上很有名的诗人曾给我介绍一位新人时说："他的诗很不错，很新。"我拿来一看，简直就是为新而新，一次玩笑而已。这种闹剧的结果，使诗人失去了其自身的特质，使诗成了一种流行的"街上的裙子"式的玩意儿，成为一种表面上高尚而实际上低俗的边缘时尚，更准确一些说，成为一种画地为牢的丑陋的顽劣时尚。街上的古惑仔大概最喜欢也擅长这种东西。作为一个曾经热爱过诗而现在把诗仍作为一种生命珍视的人，心中的悲痛和决绝不言而喻。因为不屑于与那样的诗和诗人为伍，只好罢笔归山，忍不住的时候只好自我欣赏。由此而孤独，而自怜，而愤怒，进而呐喊。

从1996年始，我和一些文友以《我们》为阵地，提出文学改革的粗糙意见，形式上提出"摒弃一切颓废文学，开一代健康之文风"，内容上提出"先天下之忧而忧，后天下之乐而乐"的口号。其后，又发表《患白血病的当代诗歌》《一场疲惫和杂技——略论当代中国文学和世界文学的发展》《重论文以载道》等文，主要从理念上做了一些批评，时隔三年再来看，这些批评充其量只是一些批评，过于空泛，软弱无力，并没有提出具体的、切实可行的方法来。

这几年来，觉得有了一些较为成熟的建议。现主要侧重于诗歌论述如下，以供同道参考。这里顺便说一下，我的很多诗人朋友不愿去读枯燥而政治味浓烈的文学史和理论书籍，更不愿去进行哲学的研究，他们对这些东西不感兴趣，进而流露出对这些史论的对抗情绪。但我以为，在这个各种实验凸起、价值混乱的加速度时代，只有适度的研究才能使我们在洪流中昂起头来，扎稳脚跟，做一块中流砥石。同时，使我们的生命和诗具有形而上的内质（这是最重要的）。

其实，早在20世纪三四十年代，诗人和理论家们就已经探讨过现代诗歌的很多问题，如朱光潜和闻一多等讨论了现代诗歌如何继承古典诗歌的优秀特征，即内在的音乐美和外在的形式美；如胡适等讨论过现代诗歌如何走向民间，如何更能贴近生活，还有如何借鉴国外诗歌的优点。这意味着我们又一次重蹈覆辙。这种悲剧和浪费似乎也是不可避免的。中国诗歌从程式中的文言文诗歌转向平易自由的白话文诗歌的发端，虽然有"诗教"本身的衰弱引起诗人们不平而发起"我手写我口"（黄遵宪语）运动的原因，但更多的来自外国诗歌的影响（"诗界革命"就是梁启超在海外发出的呼声）。一批从东洋（郭沫若等）和西洋（胡适、徐志摩等）归来的穿着洋服的学子们把新的诗歌带到了中国，从而引起中国诗歌的巨大变革。几十年过去了，一个闭关自守的年代一去不返，洋诗又一次漂洋过海来到了中国。冬天里死去的小草又开始歌唱。这个时候的诗人显然是自觉了许多，他们不再是洋味十足的留学人士，而是土生土长的诗人，他们的控诉、声讨、愤怒都是在中国的大地上长出来的，或是中国的天空中炸响的。诗歌的年代又一次来临。然而好景不长，当国外败落的艺术被一群大学里的学子们看到时，他们的眼睛亮了。又一次大规模的模仿终于在 80 年代中期出现了。历史以另一种姿态重复着。但这种重复显得极端愚蠢和令人悲哀。白话诗的先驱们对传统的继承是显而易见的，也就是说他们没有盲目地拜倒在洋人的脚下。倒是这些没能走出国门而学着国外诗歌的形式而制造诗的后生们跪在了洋人的脚下。实际上，对于洋人一词，我是不得已才用的。"洋人"一词并不是意味着错误和败坏，而是意味着不同，意味着隔膜，意味着不平等。今天，我们在很多诗人的口里可以听到这样的借口："诗歌的冷淡是必然的，是无能为力的，整个世界诗坛和我们一样。"多么的堂而皇之！多么广阔的眼界啊！但实际上，这种说法是多么懦弱、卑陋。持这种观点的人根本就不是一个诗人。一个真正的诗人并不在意冷与热，并不在乎世界上流行什么。他只在乎"我的是什么样的"。外国诗歌脱离大众，就意味着中国诗歌也要脱离大众吗？这种孩子式的逻辑真是荒谬到了极点。

那么，再一次重复就显得更为重要了。（但我仍然觉得这是浪费，虽然有人说这是不可避免的。）

1917 年，胡适发表了著名的《文学改良刍议》，提出"八不"主义，揭开了新文学运动的序幕。他发表的第一首白话文诗——也是中国文学史上的第一首白话诗《蝴蝶》，借鉴了美国意象派诗歌的特点（如庞德的《地铁》等，用意象来取胜，并不直接表达什么确切的意义），描绘了两个生命的精神存在。它具有强烈的现代诗特点，在美学上保持了与文言诗的绝对距离。正是因为这种距离，它似乎也不被中国人理解。中国人习惯了古典诗歌的意象和表达方式，习惯了一种中国式的诗意境界，不能接受这种纯粹的意象派诗歌。因此，人们从形式上给予其肯定，认为这就是白话诗，即现代诗，在谈及它的内容时却总是嘿嘿一笑。即使胡适自己在20世纪40年代检讨自己的诗歌创作时，也对这首诗抱着"不成熟"的"尝试诗"的评价。这首诗的遭遇正好说明中国的诗歌与西方诗歌的不同。中国的文化和生存意境造就了中国诗的美学特点：一种生存意义被自然化了的意境，重点在强调一种感性的空灵意境；而西方的文化和生存意境促成了他们的美学特点：理性与生存意境条理化，重点在强调理性。几十年来，中国的诗人不断地学习西方的形式特点，也有很多诗人学习西方诗人状写理性的特点，但似乎都未被中国人完全接受。

实际上，《蝴蝶》在用韵方面还是沿袭了古典诗歌的传统。四年后，到了他的《一笑》诗时，已经显得非常自由了。他虽然还注意韵脚，但已经没有先前的刻意。另一方面，《一笑》的写实手法已经完全不同于古典诗，与西方现代诗极为接近。很多诗人摹仿着胡适的诗写作。相对文言诗来说，这些诗已经摆脱了"律诗"的樊篱，在用韵方面也只是注重一些韵脚，而且这种韵脚已经是白话文的了。徐志摩和戴望舒是最为典型的代表。很明显，《再别康桥》的大部分章节不但有韵，而且意境也是中国古典诗的意境。《沙扬娜拉》虽然只有几句，但手法和审美意境也全是古典诗的。可以说，徐志摩是继承中国古典诗歌优秀传统最成功的诗人。戴望舒的《雨巷》已经更加具有韵律，并且在章节方面也有明显的特点。闻一多则是在创作和理论上都坚持要继承古典诗优秀传统的诗人之一。20世纪40年代，朱光潜的《诗论》产生了重要的影响。朱光潜从诗的本质出发，探索了古今中外诗歌的内在规律和外在要求，提出诗的本质之一是音乐性。音乐性主要是从用律和用韵方面来讲的。他认为，世界各民族的诗歌都走过了一条同样的道路，即诗歌在音韵方面的发展分四个阶段：一是有音无义时期，二是音偏重义时期，三是音义分化时期，四是音义合一时期。音乐性是诗的生命，也就是说，汉语诗具有独特的自身美感，这是与其他语言的诗不同的一面。朱光潜还认为意境也是决定诗与非诗的重要特点。这种唯美的倾向，使他与胡适站在了对立面。胡适认为什么语言都可以入诗，只要能表达意思就行。朱光潜不同意，他认为入诗的语言一方面具有音乐性，另一方面是这些语言本身要具有诗意，即意境。他反对胡适的那种粗糙的新诗理论。似乎是韵律诗占了上风，老百姓也喜欢这种朗朗上口的诗。从20世纪40年代开始，押韵的诗又风靡诗坛，解放区的诗红了，这时的主要代表是何其芳和郭小川。郭小川还独创了一套形式：梯田诗。这种诗的实践表明，它符合当时中国人的审美趣味，很对中国人的宣传口味，因为它具有中国语言形式上和音乐上的美感。

　　80年代中期，从美国引进了一种诗：口语诗。于坚、李亚伟实践并成为主要代表人物。他们在大学里成了明星。一种平民化的、世俗的、反传统的意识迅速成了诗歌的主要指向。最初的口语诗人们还强调：他们的口语诗具有内在的音乐性，即在朗读时具有流畅感和美感。这显然继承了传统的一面。同时，他们的诗的平易与流畅深入人心。这种创新在今天看来，其大半无疑是成功和可喜的。

可惜他们并没有坚持。这种悲哀应该来自于最初的摹仿。数年之后，李亚伟在诗坛上终于不知去向，而于坚也迷失了方向。于坚又一次摹仿美国当今的流行诗，当然也是美国白话诗的派生物。如今的于坚已经脱离了他的读者。大量意象的堆积，甚至可以说是杂乱无章地堆积，使他的诗失去了原有的韵致和意境。看来，走向孤独甚至失败是必然的。

另外一些口语诗人并没有跟着于坚走下去。他们坚持着自己的本来面貌，但他们的前景也不大乐观。诗歌杂志上已经很少能看到他们的作品。这是让那些 80 年代成长起来的大学生十分伤感的事。他们怀念那些个性四起、理想缤纷的年代，那时的口语诗正好是这些品格的写真和歌颂。所以，个别诗人的坚持是可贵的。不过，他们后来对浪漫主义和想象力以及修辞的极力反对，使他们抑制了激情与创造力。很明显的事是，他们最辉煌的岁月已经过去，他们最美的诗正是在那时创造的，现在不过是他们的余晖，是一种不得已的惯性生产，这些诗已经没有了光彩。

后来，有一位获得诺贝尔奖的诗人内莉·萨克斯的作品被翻译到中国，还有一些早期的诺贝尔奖获得者的诗歌也大量涌入中国。一种短促的、有些怪异的、晦涩的诗歌一时间成为被摹仿的对象。本来是伟大的帕斯，后来就派生出个人化的难懂的中国诗；本来是杰出的白人代表萨克斯，后来就生出平常的难以理解的黄人诗歌。总之，他们来到中国时已经是另一个面貌，而被摹仿之后就完全变样了。再也不讲诗的音乐性，因为在很多诗人看来，押韵诗是一种落后的象征，而流畅易懂的诗不单是落后的代表，更是没有诗意的诗的象征。再也不追求诗的意境，新、险、奇成了诗歌的主要追求。

无论是代表正统的《诗刊》，还是代表先锋的《诗歌报》，都是一个模样。让人初看起来，肯定大吃一惊：怎么中国出现了一个生产怪诗的工厂？它在哪里呢？在整个中国大地上。这仿佛出自血脉中的从众心态，出自数千年专制生活中的习惯心态。个性的缺乏仍然是这个追求个性的时代突出的表征。

这些诗的审美特点显然与中国人相背离，虽然它们也是中国的诗人们创造出来的。在这个时候，我们很容易想起 80 年代诗人和评论家埋怨中国的读者水平低的事情。这是文学史上的怪事。如今，在市场经济中跌打了若干年的中国人明白的一个简单的道理就是，消费者的利益最高。同样，读者的利益也是最高的。诗歌的好坏不单是诗人自己说好就好的，也不能靠评论家的广告来定性，还是得靠读者的心。要知道，对艺术的嗜好没有任何功利目的，只有取悦于心。伟大的艺术是经得起不同时代的读者的心的考验的。现在有很多诗人和评论家认为中国的诗歌已经赶上世界水平，甚至超过世界水平。这是可笑的。艺术的生命在于独特，在于对真理本质的个性化的表达，恰恰与流行是相对的。这种"赶上"和"超过"是针对形式而言的，根本不是就诗的整体来说的。且就形式来说，不同语言的诗歌应该有不同的形式（虽然它们在音义的关系上有相同的地方）。或者说你正赶上了，而中国的读者却根本不喜欢你的世界诗，你难道真的成功了？假如你真成功了，我仍然会不屑一顾：为赶潮流而"成功"的诗人根本就不是诗人，充其量是个诗歌的小贩。

某本杂志发表过一篇大学老师的文章，说的是他在不久前进行了一次粗略的现代诗的调查，结果发现，绝大多数的大学生对现代

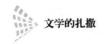

诗不感兴趣。这大概是所有大学里会发生的事。这与以前的情景是不能相比的。

几年前，我认为诗歌的不景气主要是因为诗歌自身的原因（以上所述），现在必须得承认：社会对诗歌乃至对整个文学的低调处理占了一半的原因。

应该说，生活在20世纪的诗人是幸运的，因为对中国人来说，除了前后两个十年外，几乎是在诗人的激情鼓荡下过来的。20世纪是一个社会变革、思想纷争、知识爆炸的世纪。启蒙，民族独立，社会主义建设，改革开放，对自由、个性的强烈追求及在整个人类文化中重新定位，以及对传统的摒弃与重建，等等，构成这个世纪中国人精神生活的历程。诗歌是最敏感的神经、最嘹亮的号角，是最痛苦的呻吟、最忧伤的眸子，也是爱的嘴唇、美的影子，甚至是平凡人生的自言自语，纯粹人生的另一种存在状态。20世纪是一个诗的世纪。很多诗人得到社会前所未有的尊重和拥戴。可以这样说，无论诗人遭到过怎样的非难，但对诗来说，他仍然是幸运的。

90年代来临，"市场经济"成为最流行的词汇，渐渐成为一种秩序。思想的迷醉成为过去，诗变得不再重要了，经济成为时尚。似乎是生存越来越艰难了，剩余的时间越来越少，活在精神中越来越成为一种苛求。实际上，最后是生活方式发生了大的变化，整个社会越来越实际。这未尝不是件好事，但对诗来说，的确是被冷落了。因为人们没有那么多时间来看你写了些什么，何况是不知所云和无病呻吟呢。这虽然是不可逆转的事，且在有时想来，诗的被冷落也是正常的事，但我还是坚持着旧时的梦，更何况在我看来，诗歌本身存在着疾病。我想，人们并不是不需要诗，而是需要更贴近现代人的生活的诗。要用最简洁的明快的语言，写现代人的生活和感受，而不是用艰涩的难懂的语言写不知是哪个时代哪个民族的人的生活。

我以为，诗的改革应该从以下几个方面着手：

（一）语言

前面我们已经有所探讨，白话诗的发展经历了一个曲折的过程，最终迷失在西方诗歌中。过分的语言欧化破坏了汉语诗的语言习惯。汉语诗的语言的最大特点在于意境，而欧化语言的最大特点是理念。这与中国人的思维习惯与生存意境以及审美特点都有些距离。因此，发挥和发扬汉语的优美特点，是改革诗歌语言的首要任务。

这里顺便说一下，近十年来一些诗人借鉴了西方一些理论，从而在语言的歧义和多义上大下功夫，他们扬言：要使死去的语汇重现光芒。应该说，这些探索在最初是有所贡献的，但后来就使得诗歧义丛生，晦涩难懂，失去了诗性。

其次，要运用当代语汇，特别是当代口语，不避俗词俚语。诗是写给当代人看的，就要和当代人的语言习惯相适应。有人也许怕当代语汇破坏诗的意境，这是错误的。只要我们看一看80年代中期的口语诗就可以相信，当代语汇入诗是最能表达当代人的情感和生活的，也最能引起共鸣。

（二）形式

中国的诗从四言到五言、七言，再到现代诗的无序，每一次变革可以说都是一次解放，但如果解放到"无政府状态"，恐怕就是

"乱"了。诗的形式应该遵从三个原则：

一是诗的运行中应该体现音乐性。二是意境。不流畅的诗不是好诗，没有意境的诗也不是好诗。现在各种杂志发表的诗大多缺乏这两种特性，读起来非常难受，所以老百姓不愿意读是很自然的事。要体现音乐性，要么就是适当地用韵——这是语言本身的有序美所致，要么就是非常流畅，从而体现语言的无序美。用韵简单，不用韵而又能体现语言美是很难的，就像练太极不容易一样。要体现意境，就要藏锐收锋，含蓄深沉，充分发挥灵性，蕴意义于情境中。这是很不容易的。现代人写诗多不注意这一点，所以徐志摩的《再别康桥》和戴望舒的《雨巷》至今无人能超过。

这里要批评一种现在很流行的诗风，就是西方翻译过来的诗为了押韵而把前一句的后一个或几个词移到下一句，甚至成为另一段的开头，而中国的诗人们却硬是摹仿着这样写，目的并不是为了押韵。大概后来的青年习作者以为这是流行的诗风，便不管三七二十一地摹仿着写，形成了一种坏的风气。这种风气危害极坏。

三是与目前人们的生活对诗的要求相适应。现在人们的生活节奏极快，没有时间坐下来读你的长诗，因此，更为适合的应该是一些小诗，而且是容易理解的小诗。这就是说，简捷生动的短诗应该是这一时期的主角。这是就人们的时尚而言的，与一些诗人构建鸿篇巨制并不矛盾。

（三）内容

现代诗要能充分抒发当代人的情志，也适应于当代生活。这是诗的内容所要求的。下面我们看看当代人的生活和情志有哪些特点，当代诗反映了哪些主题。

北岛的《回答》是适合那个时代的，而于坚的《尚义街六号》和李亚伟的《中文系》是适合 80 年代中后期大学生的生活的。这些诗也有意境，但它的意境与古代人的意境不一样，也与徐志摩和戴望舒的意境不一样。这些诗的意境是当代人生活的意境。

当代人的情志，既与古人不一样，又与西方人不一样。中国古人在思想的开掘上不外乎儒释道三家而已，属于东方文化，而今人则更多地接触了西方文化，因此在思想的开掘上复杂于古人。尤其是东西方文化正处于碰撞交融时期，当代诗便更多地倾向于反映这种思想和文化的变化。但因为对西方文化的过分推崇和对传统文化的鄙视，诗人在这种思想的变化中渐渐地迷失了自我，既丢了传统，又拿来了别人的糟粕。这是应该关注的最深远的问题。诗人虽然不是思想家、哲学家，但应该具有他们的深邃品质，才能写出深沉的中国现代诗。

与古人不一样的，还有另一种情志。人们称此为"现代病""后现代病""世纪末情绪"，等等，据说这是工业文明所带来的，实际上是信仰的寂灭所造成的。古人有信仰宗教的，有依托于迷信的，即使不信这些，也并没有对人类生存产生现今这样的危机感，还想着"留名青史"。现今不一样。工业文明所造成的生态危机，电子、生物技术对人类全方位的挑战，被夸大了科学主义对人类幻想、思想和信仰的扼杀所导致的信仰危机，使现代人承受着古人前所未有的精神恐惧。所有这些都反映在诗歌中，于是，我们看到的大部分诗都是表现哀愁、伤感、迷茫和歇斯底里的发泄。80 年代后期和整个 90 年代的诗，基本上表现的就是这些主题。这一主题的诗，由于

表现得不够深沉，也由于思想的力度穿透了诗的云裳，使诗性淡化，再加上晦涩难懂的风气，基本没有出现过好诗。

中国近现代文明所提倡的生活的解放和改革开放后西方文化带来的生活的变化，是当代诗所反映的一大主题。这主要表现在追求个性的独立和生活的更加开放、自由上。80年代的诗集中表现的就是这一主题，其中特别引人注意的是几位女诗人对性的大胆追求。那个时期的诗大胆、平易、直接，甚至接近口语，直接切近生活，很受欢迎。到了90年代，这一主题逐渐淡化，诗风也大为改变。实际上，90年代的生活最大的变化莫过于市场经济所带来的生存方式的变化，由此而产生的价值重估。应该说，这是90年代最大的生活内容。相比其他文体，诗人似乎在这些方面显得颇为迟钝。我们现在看到的诗，还是90年代初延续下来的那种诗。很多杂志都开办专栏，极力倡导贴近生活的诗，但诗人们不愿听从指挥，依然我行我素。其后果便是，诗人们越来越孤独，越来越远离生活和读者，而读者也同样远离了诗。市场经济没有教会诗人们去写更有个性、更有品质、更有"卖点"的诗，似乎教会了诗人们反抗。他们反抗的不仅仅是这些，还反抗一切政府行为，一切传统行为。如国家发生了很多大的震动，国家主权也曾几次遭受欺凌，但诗人们无动于衷，这与传统的诗人风气截然相反。这一方面也许说明诗人的自我意识增强了，另一方面则说明诗人失去了精英意识，失去了传统的价值观。过去人们说"诗人是一个时代的灵魂"。现在是否可以说"诗人是一个时代被人遗弃的但又自以为是的孤独的文字游戏者"？

因为不去关注时代和生活中最有价值的（实际上，原有的价值在诗人们眼里已经抹去了）事件，只是乐道于自己的情绪，诗人的神经已经变质了。不再阐发价值，不再去关注终极问题，不再刺时伤怀，这是诗人吗？这是庸人。

从这些方面来看，诗人应该加强各方面的修养，从迷失中寻找自我，关注时代生活，才能写出饱满的深沉的具有现代美感的诗。

患白血病的当代诗歌

——略论中国新时期诗歌的迷失及其拯救

　　常常有这样的感觉：中国新时期的诗歌（几乎所有艺术）像个脱衣舞女一样，每天晚上换一套衣服，然后一件件地脱下去，每次脱完后剩下的还是那堆苍白无力而又痛苦的肉体。灵魂是那样空洞，虚无占据它。真正的诗歌应该是一个什么样子呢？有人说得好，应该如一位舞蹈着灵性与美的芭蕾舞女一样，纯洁而超卓。灵魂是晶莹的、高洁的。这种观念也许使很多人觉得陈旧，但它是永恒的。这就是本质。然而当代的那些自得其乐的"风骚"者们却不以为然，一件件地换着并脱着衣裳，便认为诗歌进步了。形式主义在这个时代的任何角落都格外走红。我却以为诗歌早已患病了，那是灵魂深处的疾病。

　　还是用那古老的中国医道：望、闻、问、切吧。

　　乍一望，新时期诗歌何其繁荣，何其多元，已经大踏步地走过了好几个历程。（人们总以为，走的路越多，变化得越快，就是进步。可笑！）首先，从一种虚假的低层次的以外在感受为主的思想情感为主题的诗歌（主要指从"大跃进"开始到"文化大革命"

结束以前的诗歌，几亿人民都是诗人，而诗人们都是抒发一种无关于己，没有任何独立思考的思想情感。诗歌被当成了庄稼，被可笑化了），走向带有内在感受但仍然以外在感受为主的诗歌（这就是朦胧诗，以北岛、舒婷为代表。外在感受主要指还是对国家民族的感受，有意无意地忽视了人的内在感受，或者压抑着人的内在感受，虽然有那么多的诗人喊出了这样那样的声音，但仅仅处于强调之中，并没有从理性上——或者说理性层次还很低——来把握那声音，也就是说没有把外在精神转化为内在的独特的与个人体验相联系的思想情感，它是感人的，但它是局限于那个特定时代的一种愤怒。它确实也成了那个时代最强有力的嗓子，但它喊出的声音是那样短暂），紧接着走向要求个性的时代（这就是以于坚、韩东、李亚伟等诗人为代表的诗，他们拒绝倾听那些大的声音，拒绝那种模式化的总是抒发对祖国民族的思想感情为主的诗歌，拒绝理性，进入了书写以个人体验感受为主的诗歌阶段。由于拒绝理性，就像一个人失去了主心骨一样，变得六神无主，一片茫然），已经开始书写诗人内在的感受了，然后是从理性上进入书写个人内在感受（这就是以海子为代表的诗歌，它还非常注重外在转化为内在），最后直接进入纯粹的封闭式的个人内在感受的死胡同里，而这种内在的思想情感尚无能力将外在的感受转化为内在，因而诗歌的现状就是一个个迷茫的灵魂吟唱着无聊而绝望的歌（到了这时候，每个诗人都将自己封闭起来，整个诗坛又将自己封闭起来，于是诗坛处于空前迷茫、混乱的现状，处于没有主流的"无政府主义"现状）。

因而，当前诗歌的成功之处就是真正地开始注重诗人的心灵独白，注重诗人的内在感受。但是正因为走入了死胡同，当前诗歌才表现出一种想后退又觉得脸红，而往前走一步又不能的尴尬处境。像一个不虔诚但又不好还俗的和尚一样硬着头皮作诗，都挤在一个被世人遗忘的角落里，比苦思冥想、比痛苦、比迷茫、比情思枯竭，甚至比性体验，表达着一些微不足道的苍白的情感体验，表达一些新奇、怪异的病态的情思。他们"自私"地抛弃了自己的民族、国家和人类，把自己和这个世界隔离开来，而他们自己也被抛弃了。但问题是，诗歌在人们心中的神圣光辉被玷污了，诗歌所一直担负的人类精神的责任消失了，这对社会和整个人类来说是严重的损失。它再也不是诗人们自己的事，而是整个人类社会的重大事件了。它不仅仅表现在中国。世界各地的诗歌都处于苦闷、迷茫之中，都处于将死和不死之间。诗歌的脸色是那么苍白。

再闻闻现在的诗歌，什么臭袜子味道（于坚的一些诗）、床头的骚味（一些性解放诗）、灵魂萎缩后肉体的腐败味（大部分诗歌都有这样的气味），和其他一些乱七八糟的声音。都是一些萎缩的灵魂。我们很难闻到一些灵魂里面散发出来的高洁的香醇，很难闻到那些狂放不羁、汪洋恣肆的个性之风气，和超迈于世俗、纯粹于极致的性灵之妙香，以及那些雄壮有力、恢浑豪迈、高蹈超绝的英雄大气，更不用说有那种既微妙动人又深沉邃远，既纵横驰骋又和谐统一，既能至于渺小之精妙又能及于广大无穷之奥秘的世界之体香。

下面，我主要从两个大的方面论述这一问题。

（一）严重的迷失自我，是诗歌走入迷茫、彷徨、无助、苦闷
　　　等虚无主义的主要原因

朦胧诗刚刚兴起之时，自我的影子还是存在的，那是整个中国
的一种封闭式的跟世界还未相融时的自我，纯粹属于中国人自己，
虽然它未经理性的疏通，虽然它还处于蒙昧之时。可是当中国跟世
界各民族的文化相接触时，特别是跟西方的物质文明相比较之时，
那种属于中国的自我的影子悄然隐去。一种崇洋媚外的心态和一种
在世界文明大背景下寻找全新的自我的可贵的精神之下，原来的自
我被抛弃了，而真正寻觅的自我又尚未寻到。不但诗坛如此，整个
中国的思想界和艺术界都是如此。不难理解，在这种不愿后退又无
未来的情况下，诗人们能说些什么？什么都说不清楚，但还在硬着
头皮说着。虚无主义产生了，虚无主义的尘烟缭绕在整个中国的
上空。

第一，从内容上模仿西方后现代主义的颓废、平庸、变异的思
想情感，是诗人迷失自我的开始。大概从于坚、韩东等诗人起就开
始了。他们主要从个性解放这一角度来模仿或借鉴出发，开始书写
平凡的生活，书写现代人的那种渺小、微不足道但又非常真实的体
验。他们的真诚是可贵的。但这种模仿带来的后果是可怕的，不可
阻挡的。这就是崇洋媚外。先前北岛式的英雄主义遭到了蔑视。一
种平面的个人式的但骨子里是一种崇尚西方式的平庸的诗歌出现了。
直到中国的诗人们大喊"中国的后现代主义诗歌出现了"的时候，
旗帜也换成西方的了。甚至有诗人还叫喊"后殖民主义诗歌也出现
了"，这已经"病得很深了"，已经愿意做西方物质文明的"走狗"

了。精神文化上的"走狗"和卖国求荣没什么两样，但血液里流淌着的中国式的精神和气质使他们的模仿总是力不从心，表现的正好是中国诗人们迷失自我后的"不良反应"——恶心、呕吐、眩晕等症状，因而表现为苦闷、彷徨，不知所从。只要稍稍留意，我们就可以发现，当前诗歌中多有疑问，比如诗人们总是问："谁在什么什么？""为什么什么什么？"等等。这都是在寻找着自我，但怀疑使他们总是在否定自己。他们总是拿西方对比，认为西方的就是好，因为人家比咱们有钱，而文明的标准就是以拥有钱的多少来衡量的。在这种可笑、可悲、可气的思想支配下，他们总是不由自主地怀疑自己的许多思想情感是错的，是跟不上时代的，总怕"被时代抛弃"。他们也像中国的服装师那样，看见一个新奇的就跟着学，三天一个花样，其实都是一样的，都是些空洞、无聊的苦闷，是他们在被物质文明打垮时的一些颓废、孤独的情思。殊不知西方的后现代主义早已被西方人所抛弃。就这一点，有些诗人和评论家还提出"高论"，以为西方人就是远远地走在中国的前面，我们的诗人三天一个花样正是飞快地跟上西方步伐的体现。真不知道这些评论家居心何在？

　　另一方面是诗人海子的影响。这是一个不容忽视的问题。自从诗人海子自杀以后，中国的诗人们因为对诗人之死的敬重和震撼，又一次在情感和理性上迷失了自我。诗人们种植着大片大片的麦子，道说着麦芒，乍一看，使人疑心整个中国的诗人都是农民，或者又在上山下乡，他们的心情竟那样好，而诗人海子是悲伤的。这是情感上的迷失。海子一直想在理性的高度上寻找到自我，因而他的所有诗都是理性的，尽管那理性还是凌乱的、苦闷的、孤独的。可是中国的诗人们又在理性上模仿他了，一个个进入哲学的沉思之中，其实不过是进入一种思索不清的故弄玄虚。比如诗人们总是写道："骨头被扔在什么地方""血砍在什么地方""多少匹马什么什么"。在这里，"骨头、血、马"等一些意象都是诗人们哲思的结果，是代表诗人们思想的原材料。这都是诗人海子创造的意象，可是被另外的诗人们用滥了。他们根本无法达到诗人海子所思考的深度，但是诗人海子却还处于正在寻找自我的时候，也就是说还没有找到真正的自我的时候，更进一步说是处于不成熟的时候。在这种情况下，自我的迷失是不可避免的。海子无疑写出了惊人的诗篇，但几乎整个中国的诗人都跟着他写，因为整个中国的青年诗人们都没有找到自我。

　　第二，形式上的模仿和走投无路是诗人迷失自我的最终结果。内容上的迷失自我和虚无主义必然影响到形式，用形式主义来弥补内容的空洞。毋庸置疑的一点是，诗人们在字词上下的功夫远比在思考和体验上下的功夫要多得多，像一个虚荣的流行女郎精心地粉饰着苍白的灵魂，更像一个天真的孩子，以为可以给一个已经死去的尸体穿上一件新衣服就可以救活那尸体。先是白话诗，用常人的语言入诗，然后诗人们跟着西方人排列诗的方式在形式上狠下功夫，最后直接进入短句的不连贯的排列（这也是受诗人海子的影响，可是海子本身是连贯的，有内在的韵律的）。很多年前出现的那场"白马、黑马、木马"等马的争论，诗人们也许记忆犹新。一个小学生把整个中国诗坛嘲笑了。形式是思考的结果，是个性的自然流露，绝非你想创造就能创造出来的。即使创造了，也是空洞的、无聊的，最终被抛弃的，因为里面什么都没有。就像长久放着的一个空瓶子，但谁会相信里面装着好酒呢？关于这一点，可以从所有伟大的诗人的作品里看出来，他们在革新内在的思想时，形式同时油然而生。那是统一的，是不能被模仿的。几乎从那以后，人们开始慢慢地疏远诗歌了。但正是已经迷失了自我，所以形式上也跟着别人走，总怀疑自己的诗不是诗，因为整个中国的诗人们也许不承认你的特立独行、自成一体，于是硬是跟着别人写连自己也看不懂且纳闷的诗。诗人们最后干脆搞文字游戏，把许多词随意地串在一起，或者把许多句子在一个罐里摇着，让它们自己去组合，越是别人看不懂的诗越是好诗。这种无耻的做法有时竟然被诗人们称道。中国的诗人堕落得已经有些水平了。即使是好一些的诗，即的确是经过痛苦思考但形式上仍然严重地迷失自我的诗，也多表现为呓语式的短句，且多不连贯，仿佛精神错乱者疯狂的声音。失去了音乐性，失去了画面，失去了和人沟通的桥梁。又走入了另一个极端。

还有一点不容忽视的是，中国的诗人和诗论者总认为诗歌是不需要思想的，即应该是诗人的真情流露、自然性灵的流淌。诗人们拒绝着思想，认为人生是说不清楚的，说清楚了就没什么意思了。这难道不是在骗自己和读者吗？说不清楚的诗干嘛要写呢？那不就等于是痴人说梦？没有经过理性梳理的思想是表面化的，肤浅的，经不起考验的；没有经过理性梳理的情感是浅薄的，平庸的，可有可无的。试想想，荷马史诗若没有经过理性的筛选，怎么可以称为史诗，怎么可以经得起几千年的考验；但丁若只注重感情，怎么能写出《神曲》？歌德如果只注重平庸的细枝末节的东西，哪里会有《浮士德》？泰戈尔若没有信仰的理性，哪里能写出那么光彩照人的诗篇？纪伯伦若没有信仰的理性，怎能写出旷世杰作？理性可以有高有低，但不能没有。就是那些口头上拒绝理性和思想的诗人，当他们写诗的时候仍然在进行理性的思索，靠理性把感性的材料组织起来。而这理性，说到头还是必须解决一个自我的问题。

迷失自我的深层次的原因，我这里不做赘述。我的朋友叶知秋先生的《自我的迷失与文学的失落》里有专章论述。

（二）精神的失落是诗人迷失自我后与社会脱离关系的根本原因，造成了诗歌的失落

自我的迷失是因为找不到自己的"精神家园"，寻不着自己的根，是因为崇洋媚外，崇拜权威，必将造成精神的失落，而精神的失落同样也会造成自我的迷失。朦胧诗人们不管怎么说，还是有一种精神的，虽然诗人们和思想家们尚不能从理性的高度上解释它。因为有那种精神，诗人们就不容易迷失自我。但是后来的诗人们在世界进入中国的时候，在追求个性的时候，却抛弃了那种中国式的精神。正是在那个时候，自我的迷失已经悄悄地开始了。病越来越重，又没有思想来治疗它。西方显然救不了中国，传统也救不了。那么，什么才能救中国的精神呢？诗人们和思想者都在寻觅。但是找不到，因为这时候寻找的这种精神，必须是一种既超越了中国以往所有的精神，又超越于西方精神的精神，是人们一直认为的那种东西方精神的共创精神，也就是一种世界精神，一种广博的宇宙精神。西方不能自高自大，东方也不能妄自菲薄。那种精神必将是一种人类的精神，因为我们自然不自然地，也是不可避免地思考着、认识着、接纳着世界各民族的精神。

迷失了自我的东方人，原来一直把西方世界的一切当作理想，

当作一种成功的参照系，可是不久就发现自己归根结底是一个中国人，到底和西方人还是有区别的，发现自己在崇拜物质的同时，失去了更加宝贵的精神世界：最普遍的是失去了人与人之间的信任和联系，失去了家庭的安宁，失去了友谊，失去了一个社会所必须的稳固的内在秩序，因而也就失去了一个人与整个社会的联系，最终失去了对自己的信任，人与自我是分裂的，肉体被麻醉着，而陷入一片空前的虚无主义。他们还发现，西方人也陷入一片精神混乱之中，也在苦苦寻觅着精神的家园。对于西方来说，宗教信仰也无能为力，因为西方人自己把宗教信仰砸碎了，迷失于纯粹的物质、感官享受之中，再也不可能超越于物质之上，来重新建造他们的信仰，至少目前不可能。整个世界是虚无的，失去了平衡，因为整个世界的一种广阔的自我也就是精神还没有被人们找到。人们只相信眼见的物质，其实空气他们是看不到的，却相信有空气，而不相信另一种只有心灵才能感受到的超越于万物的宇宙精神。但它并不是不存在。只要我们回忆一下过去的美好岁月，回忆一下和知己爱人在一起的内心的和谐与安宁，只要我们去考查一下那些伟大的幸福的心灵，如庄子、歌德、泰戈尔、罗曼·罗兰、纪伯伦、爱因斯坦、罗素等这些文学家、哲学家、自然科学家，只要我们到大自然中与其融为一体，我们就能发现无数端倪，能感受到伟大精神的存在。那是一种与宇宙万事万物相联系的"和谐、通畅、完满"的美的精神境界。

但是诗人们在还没有找到这种精神以前，是迷茫的，自我是渺小的，是无根基的。那些伟大的精神在这种平面化的诗人们的身上失落了，他们也没有能力担负起这种精神。于是造成下列结果：

第一，诗歌成为一种精神凌乱者的体验的结果。一种是，因为迷失了自我，还因为接受的太多太乱又无能力消化，"心灵总是被别人的马踏过"，于是说的话写的诗都成为别人的东西，再也没有自己的独特的体验和感受，即使有一些也总是要和别人牵强附会而化为乌有。这样，一个诗人的诗里总是有很多人的影子在闪烁。我们总是在随便哪个诗人的诗里可以找出很多人来，甚至能说出哪句诗是哪个"外人"的，但就是找不出诗作者本身。另一种是还没有完全迷失自我，但正处在苦苦的寻觅之中的诗人。在这时候，这种迷失自我是痛苦的，于是，表现为苦闷、彷徨、无奈、自问等痛苦的情思意绪。因此，诗人体验的只有痛苦，别无其他。欢乐与这些诗人无缘，而即使有一些欢乐，他们也依然把它写成了痛苦，因为尚未找到自我的诗人总觉得自己与社会是格格不入的，那么这种欢乐在世人的眼里定是可笑的，因此诗人在迷失自我的时候既很在意社会上世俗的看法，又强调自己的不同，欢乐自然成了一种痛苦。而这种痛苦的结果，使诗人总感到孤独，且诗人们嗜孤独如命。这就是病态。应该承认的是，这种病态是高尚的，高尚就在于这一类诗人在思考内在的同时，也在消化着对外在的事物的体验，如海子的《祖国》等诗就是明显的例子。但是不能因为它的情感和动机的高尚就认同它，赞同它。诗人们嗜孤独如命的"爱好"，使诗人与社会切断了联系，与普遍的事物切断了联系，与自己的幸福切断了联系，最后便与自己切断了联系。至此，诗人成了一个痛苦的体验者。不难发现，几乎每一位诗人都在强调自己是"最后一个什么什么"，既砍断了自己的未来之路，还使自己和诗歌陷入更大的孤独与痛苦之中。而这种痛苦又使诗人硬着头皮去写痛苦的诗，不再给人带来欢乐，不再给人以淡淡的忧伤，不再将人带入自足的欢乐和思考中。可是优秀的诗人最终是要思考这一切痛苦的根源的，是要寻找回自我的，于是这种痛苦更加深邃，但永远不能彻底。最终的结果只有一条：精神分裂。海子自杀这一事件就是一个典型的例子，甚至顾城事件也是有力的证明。顾城是"患"了严重的灵肉分离、失去强有力的自我而死的。

　　第二，逃避责任。诗人自追求个性开始，到真正进入内在的个人性的体验后，也把一份责任丢了。诗人就是诗人自己，再也不代表时代，再也不代表民族和国家，再也不是一个时代和民族甚至人类的灵魂，而是一个精神错乱者，因为他们毕竟还是这个社会的真正的感受者。诗人就是诗人，再也和别人没什么关系了，再也和整个社会和国家民族没什么关系了。于是，人们抛弃诗人也是自然而然的。诗歌不再为人传颂，而成为诗人们自己欺骗自己的一些可笑的借口。"写诗的比看诗的人还多。"这一句常常被引用来说明当前诗坛现状的话已经告诉人们一切了。因为自我的迷失，因为精神的整体失落，使诗人们都成为一个个平庸的体验者，表达着一些只属于自己且不被人理解或者说诗人根本不想让别人理解的体验。"诗人是一个时代的灵魂"，这一小小的桂冠，已经被人们收回来了，再也不被诗人所有。更不要说"诗人是整个人类的灵魂"这一伟大的赞颂了。诗人们只是一个个苍白的灵魂而已，歌唱着无聊的孤独的歌，诉说着一些细枝末节的情感体验。

　　没有了自我，逃避了责任的诗人，恐怕连自己对自己的责任也难以胜任，因为那些优秀的诗人还保持着一份可贵的品质，尚不愿低下他们高贵的头颅，可是迷失自我后他们对生活同样也会迷茫。

诗人只好钻进自制的孤独且痛苦的壳子里，喝着痛苦，饮着孤独，自己吃着自己，虚无也悄悄地漫到他们的脸上。这种壳子因诗人在自己消耗着自己而变得越来越小，最后凝成一个小小的孤独的"痛苦蛋"，总有一天，诗人们若再也觅不到自我时，就会精神分裂，或者像原子弹一样爆炸，而毁灭的只是诗人自己而已。

没有自我，必然会失去和亲人、爱人、朋友、每一个人、社会以及大自然的有机联系，必然会走向自我分裂，自己和自己也失去有机的统一。因为诗人和社会以及人类没有了关系，他的诗只是属于自己，所以社会也就毫不留情地抛弃了诗人。这就是现在的诗为什么被社会遗忘甚至说抛弃的主要原因。

关于这一点，我们可以从魏晋时文人们写的那些独特个性的诗歌窥见一斑。开始时的诗人如阮籍、嵇康等，是注重内在的感受的，且这种内在感受和整个社会有关，然而后来的文人们就渐渐地钻进纯个人式的感受里去了，再也和社会无关，和他人无关。清谈便由此而来。而清谈是毫无内容的，只是一些无聊文人在那里比"推敲"，比谁比谁虚无。（因为他们不是喜欢淡远吗？）清谈的结果使诗歌进入死胡同，最后一命呜呼了。魏晋文学的完结就是一种迷失自我。只有到了后来，文人们重新开始关注社会，关注诗人与外在相一致的内在感受时，诗歌才重放光芒。

再让我们看看那些伟大的诗人：但丁、歌德、李白、杜甫、莎士比亚、拜伦、雪莱、普希金等，他们的肩上要么扛着人类的使命，要么就是自由的号手，他们与整个时代和社会是同呼吸、共命运的，是直面人生的，且都有强有力的自我。

所以，从以上论述看，诗歌已经患病了，且病得很严重，但可

悲的是诗人们自己还不知道这一切，不知道诗歌患的是什么病。要治好这病，诗人们必须拿出更大的勇气，走出孤独，到人类中间去，到大自然中去，到理性中去，要找到那个和整个宇宙精神相通的自我，使自己真正地在内心中自由起来。只有找到自我，才能摆脱痛苦和孤独，但只有找到和万事万物普遍联系的那种宇宙精神，且担负起大任的诗人，才能成为伟大的诗人，成为人类的灵魂。

为性叙事解密并正名

—— 新时期以来小说性叙事研究之一

新时期以来，特别是 20 世纪 90 年代以后，有关性叙事的文本越来越多，引起的争鸣也越来越大。细耳倾听，对这种写作的判断中，除了无休止的讨伐与谩骂外，也有为他们辩护的弱音，但是，仔细分辨，讨伐也罢，辩护也罢，问题仍然是表面的，而且是流行的。要深入讨论性叙事，不仅对性与文学的内在关系要有深刻的认识，而且要深入到性文化中去进行研究，而不能局限于传统文学观念，肆意谩骂。只有从性文化本身入手，对性叙事的判断才是中肯的，深刻的。

性，这个在传统的中华文明中一再被缩减的概念在 20 世纪有过两次革命。第一次是五四时期一批从西方留洋回来的学者提倡的性解放，第二次是 20 世纪 80 年代改革开放以来逐渐兴起的性革命。在两次革命中，作家扮演的角色至关重要，他们用文字敲开了冰封千年的人性之河，也是用文字描摹了性的种种存在状。丁玲、郁达夫等是第一个时期的代表作家，而张贤亮、贾平凹、高行健、林染、卫慧等是第二个时期的代表作家。

在一般人的概念中，性是两性之间的一种身体接触，是一种原始的生命活动，是新生命的创造形式；在性学家那里，性不仅仅是一种身体的接触，还是一种意识，一种对人类两性经验的科学总结（性科学）和哲学概括（性道德），一种性的自觉；而在文学家那里呢？它究竟代表了一种什么样的理性呢？文学要呈现的是形象，是过程，于是，文学所要描述的恰恰是性的形象。这种形象在不同的作家那里呈现不同的姿态。越是自觉的文学，对性的描述和揭示也越饱满。在文学里，不但要描述性的行为过程，更重要的是作为人的性行为的描述，就是深刻而鲜活地揭示人物的内心活动。所以，在文学家那里，性叙事不仅仅代表了作家对人性的开掘，还表现了对性活动的种种分析，这种分析或明或暗地代表了作家对性的态度，对道德的判断，以及对时代文化的观念。为了这种性存在的饱满，作家把在性学家那里被分裂的性、爱、情、道德、婚姻制度等都融为一体，即把一种不同于动物式的性的存在全部呈现在读者面前。性再也不是游离于情爱之外的纯肉体活动，它要么有文化道德的冲突，要么有情爱的参与。性不再是普通读者所理解的纯肉体活动。巴尔扎克说："情欲就是全人类。没有情欲，宗教、历史、小说、艺术也就没有什么用处了。"①

如果把新时期以来有影响的作家简单地梳理一下，就会理出一个在时下来说还非常鲜亮的名单：张贤亮、古华、贾平凹、张洁、王安忆、高行健、苏童、莫言、陈忠实、陈染、林白、卫慧、棉棉、木子美、九丹等。他们作品中的性叙事不仅是作品不能或缺的内容，而且这种性叙事在当时都引发了或多或少的争议。在这份名单中，

① ［法］巴尔扎克：《巴尔扎克论文艺》，人民文学出版社2003年版，第265页。

古华、张洁、王安忆小说中的性叙事相对隐蔽一些，但实际上这是读者的误读。在我们传统的爱情观和性观念中，爱情与性往往是分离的，认为写爱情可以不写性，也与性无关。比如，古华的《芙蓉镇》，表面上没有写性，实际上呢，写的是性伦理。在张洁和王安忆的作品中，这种现象已经发生很大的变化，性是女性争取自由与平等的武器，性叙事已经占了一定的篇幅，只不过，在她们的作品中，性叙事一直没有被大肆渲染而已。

这份名单是在热炒之后已经被人们记住的作家名单，实际上，翻开任何一本当代作家的小说，或者任何一本当代小说期刊，你都会读到大量性的内容。要么是性伦理的，要么是性行为的。我们不仅要问，这是为什么呢？为什么性叙事在当代文学中会占有如此大的比重？

首先来自于文学的自觉。人类自产生以来，就一直在两性之间做着这样那样的调整与控制，婚姻家庭制度甚至社会制度的产生与发展都与此相关。家庭是社会的细胞，而家庭的前提是婚姻制度，婚姻的基础又是两性之间的性与情爱。人们常说，爱情是文学永恒的主题。其实，这句话更应该改为"两性生活是文学永恒的主题"。这就是任何文学都离不开对两性生活描述的主要原因。当然，两性生活的最高主题仍然是爱情，但是，通向这最高主题的过程便是文学的过程。《诗经》第一首便是描写男女情感的《关雎》，《红楼梦》通篇写一群男女之间的爱恨情妒。西方的经典如古希腊的悲剧基本上都是以情爱生活为主线，以海伦引发的特洛伊之战而达到高潮。试想想，如果文学缺乏了两性生活，将会变成怎样的枯井。

在这里，有必要对两性生活进行一次适当的解释。在男女两性之间，由于社会的演进和文化的自觉，诞生了以下几种关系：异性关系，同性关系，人与自我的关系，人与自然的关系，人与社会的关系，人与宗教的关系。这些关系构成了文学的所有内容，也成为自古以来文学的所有主题。比如写同性之间情义的有《三国演义》，人与自然的有《瓦尔登湖》，人与社会的有《局外人》《变形记》，人与宗教的有《吉檀迦利》《圣经》。在古典时代，在父系文化占绝对优势的文化背景下，两性主题虽然也是文学的重要主题，但占主导地位的主题是反映英雄题材的文学，爱情仅仅是其作料，是其中的一部分。所谓英雄文学，就是深刻突出甚至变态地反映以男人为主题的文学。暴力、战争、和平是这些文学的主要元素。自欧洲文艺复兴以来，欧洲的文学开始了另一条文学的道路，这就是人文主义道路。在这种复兴中，解放了女性，解放了身体，解放了性。人道主义、爱情、男女平等成为这一时期文学的主要元素。在中国，明清时代两性主题成为这一时期突出的元素，《金瓶梅》《红楼梦》等便是主要代表作。但是，这一主题也不过是昙花一现，很快就被强大的宋明理学以及枯瘦无欲的释道学说扼杀。19世纪末和20世纪初开始兴起的进化论思想、人类学、家庭学以及性学，彻底改变了哲学、社会学以及文学的主题。到20世纪60年代，在欧美又爆发了一场声势浩大的性革命运动，将这一主题推向了高潮。男女平等、女权运动、爱情至上、性革命成为这一时期文学甚至整个文化的元素。而这些思潮都影响到了中国，中国的文化、中国人的生活也因此而发生了深刻的变化。这是中国人的文化史。而文学便自觉地承担了描绘这一切、解读这一切的任务。因此，可以这样说，在文化的加速演变中，文学自觉地描绘了时代的形象。

其次是作家对性的误读。恩格斯说："在十九世纪六十年代以前，还根本谈不到家庭史，历史科学在这一方面还完全处在摩西五经的影响之下。"① 也就是说，从摩西一直到近代，人类对两性的认识没有发生过任何质的变化。直到 1861 年，瑞士人类学家、法学家巴霍芬发表了《母权论》，提出了一系列革命性的观点：第一，他从历史和宗教的传说中寻找丰富的材料，论证了人类最初存在着毫无限制的性交关系，即所谓群婚杂交；第二，他第一个证明了母权制先于父权制，论证了母权制向父权制的过渡；第三，他发现在原始社会的家庭中妇女在经济上的领导地位，这是原始时代"女性统治"的真实基础；第四，他发现了从群婚制向个体婚姻过渡的形态。这些革命性的发现改变了人们对以往两性关系的定论，在哲学社会学界甚至自然科学界都产生了重大的影响。② 自此以后，巴霍芬、摩尔根等人的学说将人类家庭与婚姻的历史之谜层层揭开，人类的两性历史开始了新的书写与结构。与此同时，弗洛伊德、霭理士、荣格、弗洛姆等将两性的性心理从古典的宗教学说引向现代的科学与哲学研究，特别是他们对哲学界和文艺界的影响是空前的。从某种意义上说，这些学说导致了 20 世纪六七十年代的"性革命"，这便是解构主义的时代。这场革命不仅仅是生活和行为方式上的，而且是思想、信仰、制度上的。女权主义、爱情至上主义、离婚率、同性恋、单亲家庭、性福、换偶，等等，它们一一上演，最后便是艾滋病、道德解体、信仰危机。福柯说："性是一切制度与道德的基础。"的确，从性出发，一切的文化、制度都在发生着

---

① 转引自刘达临《世界古代性文化》，上海三联书店 1998 年版，第 58—60 页。
② 同上。

不可思议的变化。这便是作家书写的性的历史形象，也是作家为何以两性为主题进行写作的本质原因。通过写性，人性深处的道德冲突，人与社会不可调和的矛盾，历史与现实的误解、解构、重构等都成为作家要真正表现的深层主题。也就是说，性在作家笔下仅仅只是一个载体而已。

在这里，出现了作家对性的误读。一般来说，对性的历史的了解与研究是学者的事，作家并不直接进行研究，而是从自己的经验与感受出发直接来写性，于是，当一个作家在知识与哲学方面的修养很高，并达到专业水平的时候，这种对性的书写便是准确的、深刻的，对读者的影响也将是正面的，但是，当一个作家对此没有任何专业方面的修养，而是靠单纯的臆测与经验，甚至靠一些邪恶的念头来写作，那么，性便是浅薄的，对读者的影响也将是负面的。就当代中国作家来说，多数人对性的理解是开放，"性是没有道德的"，性被当作向社会发泄（私人写作、身体写作从文化意义上来讲，便是女性向以男性为中心的文化社会发泄、呐喊的一种声音，如林白、卫慧等的小说中，到处都充满了对女性身体的独白，一种女性被压抑了几千年后终于可以宣泄的快感。池莉对其《一有快感你就喊》的题目尽管做了种种解释，但其写作心理是不言自明的）、向社会复仇（在这一方面，网络作家木子美和"妓女作家"九丹是代表，木子美的性爱写作与种种行为明显地带有对男性社会的挑战、调戏、愤怒，而九丹则表示出对男性社会制定的一系列道德体系的蔑视与挑衅）的文化符号，而且这种宣泄、复仇并非自觉，而是来自于无理性的书写。尽管他们对其性叙事有这样那样的解说，但那些解说充其量仅限于一种流行的认识，并没有多少深刻的专业见解。

甚至，那些写作多半出于满足读者对性的好奇，如池莉的《一有快感你就喊》是从题目上来勾引人，九丹的《乌鸦》则是从内容上来满足人猎奇的欲望。即使是张贤亮、高行健等有一些对性的形而上的解释——如在张贤亮那里，性是唯物论者对人性的拯救，在高行健那里，性成为一切的拯救者——但他们对性的认识仍然是陈旧的。如在贾平凹的《废都》里，对性的毫无节制的自然描写是一种表现，对性的关系的处理又是另一种表现，小说中男人与女人之间的关系过多地借鉴了古典小说如《红楼梦》《金瓶梅》的结构，并非现代人之间的两性关系。如张贤亮的《男人的一半是女人》与后期小说《习惯死亡》中，性仍然是以男人为主体，女人为附庸，两性关系仍然是旧式的，并未提示出新的伦理内涵来。由于这些原因，致使当代中国绝大多数作家笔下的性叙事成为一种无理性的纯欲望写作。这是作家对性本身的误读。

另一种误读来自历史上哲学、艺术、心理学特别是文学中性叙事传统的误解。从中国来讲，自唐小说以来，就已经有了对性的描写，到了明清时期，性叙事成为文学中敏感而突出的内容，特别是《红楼梦》和《金瓶梅》（尤其是后者）的出现，使性叙事成为中国小说史上的"里程碑"事件。自"五四"以来，由于西洋小说的引入和西洋文化观念的流行，特别是女性解放与性自由的观念渐入人心，在20世纪三四十年代，性叙事一度成为一些作家成名的"法宝"。郁达夫、丁玲的成名便与此相关。与此同时，世界文学也掀起了性叙事的热潮。20世纪以来，世界文学史上有很多著名的作家的成名都与性叙事有关。劳伦斯自不必说，《尤利西斯》还导致了人类历史上第一个用法律的手段来评判文学中性叙事是否色情的法案。[1]
近年来获得诺贝尔文学奖的大多数作家的作品都有相当分量的性叙
事。如大江健三郎的《性的人》、耶利内克的《情欲》、高行健的
《灵山》等，其性叙事一直是评论的焦点。这种写作的特征对中国当
代作家的影响是不小的，免不了跟风心理。但是，这种对性叙事传
统的继承与借鉴仍然存在误读性。尽管他们获得了诺贝尔文学奖，
但并不能说他们对性的写作也应该获奖，相反，这些写作可能经不
起性价值的判断。笔者在另一篇文章《论伟大文学的标准》中已经
谈到，《金瓶梅》肯定是著名的文学作品，但是称不上伟大的文学。
为什么呢？长期以来，评论者都将目光集中在小说中的性行为的叙
事上，其实，这些性叙事并非判断这部作品是否正邪的主要内容。
就现代人的性观念来说，《金瓶梅》中的性描写恰恰符合现代人对性
快乐的追求。问题的关键在哪里呢？性关系，也就是性伦理的乱伦。
这恰恰也说明了人们对性的误解。人们在讨论性的时候，往往只重
视性行为本身的描写，却很少去关注性伦理。当代文学中的性问题
也正出在这里。作家们只是一味地觉得应该写性，便只是"独出心
裁"、费尽心思地写性行为，却很少去思考和构建性伦理、性价值。
贾平凹的《废都》从某种意义上说，就是在《金瓶梅》和现当代众

---

① 1933年，美国纽约南区区级法院法官约翰·伍尔西在詹姆斯·乔伊斯的《尤利西
斯》一案中，做出了有历史影响的判决，这个判决得到了纽约巡回上诉法庭的支持。事情
是有人控告《尤利西斯》为淫秽读物，要对作者进行严惩。伍尔西法官做了一个这样的实
验，他找来了两个熟人，凭他的了解，这两个人的性欲都属中等。伍尔西法官请他们从头
至尾看完《尤利西斯》并说出自己的感受，他们同意了。后来，伍尔西法官宣布说："我
有兴趣地发现，他们两个人都同意我的观点，把《尤利西斯》作为进行淫秽检查的必读
物，认真地把它读完。结果是：它并没有激起人的性冲动或淫秽思想的倾向。这两个人对
该书的唯一反应是：带着悲剧色彩，极其强有力地表现了男人和女人的内心世界。"伍尔
西法官这种做法的历史意义是，不再以"长官意志"来决定性文艺作品的命运，而以公众
感受，实实在在的社会影响为根据。

多名家写性的"启示"下来写作的，但是，他恰恰犯了一个与《金瓶梅》同样的错误，就是对性价值的模糊，甚至于偏向性的负价值。尽管评论家们用了数不清的文字想说明（作者也有无数次的解说），《废都》如此写是有道理的，其道理便是揭示当代知识分子精神颓败的现状，但是，只要读过此书的人都有一个清晰的认识，即价值丧失、欲望丛生、精神沦陷。它只能称为一部有名的小说被无限地争议下去，却不能被正价值所肯定。也许有些作家（那些只是希望成名）本来就是这样希望的。贾平凹只是一个突出的例子，其实，当代作家中绝大多数还处于价值模糊的状态中。

需要特别说明的是，在作家出现对性的误读之时，读者的误读是更为广泛的。在中国这样一个以保守的儒家传统文化为背景的社会里，不但没有性的教育，反而有种种性的禁锢。作家尚且还有一种探索人性、呈现人性的内在责任，而读者没有。读者就是凭一己之好来阅读与判断的，他们对性的理解多局限于自我的生活与经验，并不上升到性的本质来理解性。所以，一旦有作家写性，就不分青红皂白劈头谩骂，甚至上升到意识形态来上纲上线。这就造成了读者对性的理解更不成熟，于是也造成读者与作家之间的对峙。在这一方面，劳伦斯在《色情与淫秽》中有一句经典的论断："在一个人看来是色情的东西，另一人看来则是天才的笑声。"

再次是时代文化生活的催生。在中国几千年的文化中，性一直是缺席的，直到"五四"时期，性才被第一次重视，但是，这种闪烁也只是昙花一现，随着"反资"与"文化大革命"运动，性又一次被文化掩埋。由于"五四"时期的光辉和20世纪80年代以来对"五四"精神的一脉相承，性便成为文化的喷口，也始终成为当代中

国文化艺术的兴奋点，几乎绝大多数有争议和有影响的文艺作品都与此相关。在谈论这些作品时，人们都自觉或不自觉地与"五四"时期相比。这是中国文化内部力量的衍生。

而源源不断涌来的并非这种自身的力量，而是世界文化生活的气息。前面已经论述，在世界文化中，性文化已经成为显学，身体与性也已经成为世界文化艺术的一个主题，特别是 20 世纪六七十年代的"性革命"以来，影视、美术、音乐、舞蹈、文学都以性为突破口，影响和改变着人类的伦理秩序与道德信仰。如女权主义和更为广泛的妇女运动是"性革命"的重要内容之一，作家们要反映妇女的存在现状以及精神风貌便不得不在性伦理、性心理甚至性生理方面加以揭示。20 世纪 80 年代以来，如果说张洁、王安忆、铁凝、迟莉等更多地还是从传统意义上来呈现女性的生存状况，而陈染、林白、徐坤等已经在现代意义上深入女性生存的腹地，即个体私密的身体与性的存在，到了卫慧、棉棉等被称为"身体写作"的美女作家那里，女性的存在与反抗已经更多地被聚焦到身体与性方面，她们大胆地展露女性对性的渴望、对男性文化的反抗，性已经有些赤裸裸的况味，再到木子美、九丹、竹影青瞳的出现，性叙事已经完全地变为女性对男性文化的对抗、呐喊、复仇、颠覆，身体退隐，性主题突兀。在近短短的三十年时间里，女性写作已经完全地从外部世界进入内部世界，从伦理进入身体最后直抵性。我们不必从仇视那些女性写作者的角度去审视她们，而应当超越这种仇视的心理，站在更为理性的高地去体味她们的声音、形状，就会发现，她们的种种情状、声音、文字不过是精神存在的真实表现而已。女性正走在与男性文化争取平等权甚至对峙的路上，她们还将走过一段更为艰难的道路，那就是在男性世界里更为深刻的挑战、转型，直至蜕变为现代意义上真正平等的两性存在，这就是女性写作的本质原因所在。这种写作是正当的。试想，如果女性写作仍然停留在80年代或者更早，而社会生活的洪流已经滚滚向前，女性写作是不是就变成了空中楼阁、叶公好龙和刻舟求剑呢？

不同的是，作为女性作家，她们反映了自我的生存状态，她们道出了几千年来女性从未发出的声音、渴望与意志，这使男性文化为中心的社会颤栗了，恐惧了。问题的根源来自于男性为中心的文化社会不仅是男性为主体，而且是以女性为附庸，所以反对这些女性作家的也不仅仅是男性，还有女性。这是女性作家与读者之间的巨大鸿沟。相比男性作家来说，这条性文化的鸿沟更大、更深，更加难以逾越。

同时，大众文化的兴起又使这种文化洪流更加汹涌澎湃，再加上互联网的作用，与性有关的文化乃至生活已经成为人类今天共同的主题与难题。一方面，它改变着文化生活的情调，另一方面，它的欲望化又使人们恐惧，人们不知用什么手段来控制它，最重要的是，似乎缺少一种价值标准，即什么样的性与性伦理才是当代人类共同的需要。不同的文化背景，不同的生活信仰，使性也变得扑朔迷离，而这也恰恰是作家或艺术家们兴奋的焦点，也是他们写作中无法绕过的一个高潮。

最后，是人的主题突变和性的本质涌现要求文学在性叙事方面也要有相应的突变。从性的历史来看，在现代性学产生以前，人类在性方面是蒙昧的。即使在当代，没有性学历史或人类学历史知识的人其实仍然是蒙昧的。人类在诞生之初，性就成为人类生命与文化的源泉。没有性，就没有生命。同样，没有性，也就不可能有婚姻、家庭、伦理、道德以及社会。人类社会的几次性革命实际上就是人类两性关系的重新分配，最终它导致了新的伦理、婚姻、家庭形式及社会制度。这种历史的进程表明，对性的梳理、控制、分配和解释构成了人类文明内在的结构。宗教的产生其实就是对性的精神指导，或者说是对性的精神控制。在19世纪60年代之前，人类对性的历史仍然局限于宗教的范畴，但是，在此之后，性的历史启开了新的篇章，一页向着更为原始的历史探索，另一页向着同样黑暗的未来延伸。也就是说，在整个以宗教文明为背景的古典时代，精神写作始终是文学的全部写作，偶尔突显出来的一些性叙事便被打入禁区，这就是为何在古典时代性叙事没有任何地位的原因所在。而在考古学、人类学、性学渐渐被人类接受的现代，人类才开始进入另一条陌生而又熟悉的认识之道，这就是对身体特别是性的发现。身体代表的是欲望，性是欲望的一种。

如果说在整个古典时代，人类的知识思想系统相对集中在宗教文明和类宗教文明中，人的主题也主要表现在人与神的关系上，英雄主义、神人共处、精神至上、国家主义、民族精神等构成了"人"的一系列主题，那么，当尼采大喊"上帝死了"时，表明人类进入了另一个历史知识系统，即在时间、空间、广度、深度上远远大于宗教文明的历史知识系统，在这个系统中，神秘、至上的神死了，"存在"的人孤零零地留下了，"人"的主题主要集中在精神与肉体的冲突上，人道主义、存在主义等构成"人"的内涵；当有人再次宣言"人死了"时，它表明人类再次进入又一个认识系统，即对人类从前忽视、蔑视、仇视直至无视的身体特别是对性的认识系统，在这个系统中，人的精神成为被质疑的对象，而身体成了人类赖以相信的实体，身体的所有欲望，身体所能触及的空间、时间以及实验室里的一切才是"人"的全部，人的主题又一次发生了重大的变化。在有关身体的主题中，"人"的主题便被主要集中在了与性相关的伦理与生理方面。不难预测，有一天，还会有人大喊"身体死了"，它将意味着不仅仅是精神成了荒原，就连肉体的欲望也成了虚无，而只有性，也就是能诞生生命的实体——性才是值得信赖的。被宗教文化遮蔽了的性将成为人类最后认识的原点。人类最终又回到了原点。在古典的宗教与类宗教时代，性是死亡的，在现代，性开始复活，而在当代，性已经突显为突出的主题。复活了的性使人类产生了种种恐惧。从广大到渺小，从宏观到微观，从精神直接到性，这便是"人"的主题的突变。

这是人类在知识和认识领域内的几个步骤，也是人类本质涌现的几个阶段。我们没必要完全悲观，因为这种对生命本质的认识是必需的，也是必然的。我们的悲观来自于既成的观念，但很显然，这些既成的观念在很多方面已经经不起推敲。人类不可能再回到男尊女卑的时代，也不可能再回到性被完全埋没的过去。只不过，截至目前，虽然有了人类社会学和现代性学的启示，但绝大多数人对性的态度还停留在过去。这是性叙事存在极大争议的主要原因。当人们真正进入对性的理性认识以后，在承认了性是生命与文化的源泉以后，对性的罪恶感也就有了全新的认识，在那个时候，也许人类的精神家园又会重新建起。劳伦斯的《查特莱夫人的情人》可以说是一个典型的例子。小说不仅发现了被伦理道德和上帝精神压抑着的性，而且还发现了性的本质，即爱的精神与性的快乐的统一。

　　而在这些认识过程中，我们目前的认识总体上是混乱的。我们正介于探索身体与性的现代阶段。身体的秘密，身体的自然规律，性的秘密与规律，身体与精神的新秩序，等等，不但继续以古代人的方法论——即经验的方式来体验和认识身体与性，而且通过实验室进行科学的实验与研究，通过新的方法——如大量的调查与总结，来重新认识古典时代的伦理道德遗产。很多道德上的禁区——被证实是荒谬的，是愚昧的，新的道德便由此而产生。如在古人看来手淫是罪恶，但在现代人的观念里适度的手淫有助于健康，罪恶感不存在了；再如同性恋在重视生育能力的古代社会是天大的罪恶，但在现代人的观念里只是性的另类存在而已，不但与犯罪无关，而且渐渐地成为人们熟视无睹的性存在之一；再如，性行为在古代只限于生育功能，性快乐被视为淫，描写性快乐的《金瓶梅》便被视为淫书遭到查禁，而在现代，性拥有了健康功能与快乐功能，等等。还有，在西方"性革命"时期，性的快乐被完全开发，在两性生活的很多方面都有了先进科技的发明，这些发明促进了人类两性爱情、婚姻生活的质量。这些探索与发现使性在当代拥有了与以往社会不同的特点，更加趋近于性的本质。

　　这个特征在哲学、心理学和性学等方面的表现是明显的。三者也往往互相影响。性学方面的几位重要代表如弗洛伊德、弗洛姆、福柯等同时又对哲学、心理学产生了重要影响。马克思、恩格斯的制度学说、家庭学说与两性学说，都是受到了性学（婚姻史、家庭史）的影响而建立起来的。而在文学艺术、大众文化等更为广泛的文化生活中，性生理正被广泛地书写、认识并认可。如果说，以往社会是以性伦理遮蔽了性生理，即精神掩盖了物质，文学中的性叙事也更多地集中在传统的性伦理方面，那么，在现当代，生理和物质的性才开始涌现，而文学中的性叙事也将重点转移到了这儿。在这个时期，性生理对旧的性伦理提出了挑战，同样，旧的性伦理也对崛起的性生理实行控制、围剿、扼杀。在这种动态的调整中，性生理不但被肯定，而且新的性伦理也将产生。

这是"人"在新的知识背景之下的新形象。所有文化中的征战、对峙，归根结底就是这种新的性生理与旧的性伦理之间的矛盾。在这里，文学所要表现的正是这些矛盾，而且对性生理的崛起多抱着肯定的态度，而这种态度恰恰是持旧的性伦理观念的批评家们所反对的。因此，可以这样讲，是人的主题的突变和性的本质的不断涌现才使得文学在近现代以来在性叙事方面从性伦理转向更为广泛的性伦理与性生理方面。也可以这样说，如果你要真实地描述当代人的精神、身体存在，你就离不开性叙事。

因此，我们不难得出一个结论，性叙事并非作家们有意为之，而是文化生活的存在需要他们这样写，只不过，在这种写作中，作家们的修养、价值取向使得他们即使在写同样一种性存在时，也表现出迥然有异的风格、品位。三流作家完全地去描摹性，二流作家有选择地写性，一流作家则直抵本质，揭示性，开拓性。

何为当代性价值

——新时期以来小说性叙事研究之二

　　自"五四"以来，中国人的两性伦理观和性行为观念都发生了巨大的变化，这些变化具体可以概括为：提倡两性平等、自由恋爱、自由结婚、自由离婚，对同性恋、婚前性行为的逐渐宽容，性行为的一步步开放，对婚姻、家庭等伦理的探索等。文学实际上就是这些现象的日常细节描述，每一部有争议的小说不外乎就是对这些伦理关系或性现象描写的惊讶、愤怒、辩护、解读。由于性伦理与性行为一直是人类文化（不仅仅是中国传统文化）的一个禁区，所以对它的研究和描述自然也就成为对禁忌的挑战，长此以往，性愚昧也就自然成了大众乃至精英的真实存在。对于文学来说，不论是作家还是读者，这种性愚昧仍然是普遍的。那么，我们不禁要问，什么样的性叙事才是文明的，符合人类理想和生存需要的？这就是性叙事的价值问题。

　　同当代文学严重缺乏精神价值的特点一致，无论是小说中的性叙事，还是评论界对性叙事的态度，都存在一个精神价值模糊甚至缺失的问题。这从对待新时期以来性叙事的批评可以看出。如张贤亮的《男人的一半是女人》引发的性叙事争议，贾平凹的《废都》现象，身体写作现象，木子美现象，等等。显然，每一个性叙事现象所呈现的内容是复杂的，它肯定是对人类已有性伦理道德禁区的挑战，这种挑战既有正面的对人性的开掘，同时也有负面的对欲望价值的宣扬。作家在进行这些性叙事的描写时的心理也是复杂的，他们既要进行性的真实的形象的描写，同时又有取舍，这种取舍便是作家精神价值的表现。而来自评论界的大量的声音是对负面的欲望价值的批评，而少量的赞同则是对被压抑的正面的人性开掘的赞赏。显然，这两种批评是错位的。这种错位一方面显示了批评者在对待这些性叙事时采取了简单的急于表态的心理，另一方面也显示出他们在性叙事的判断上本身缺乏必要的理论修养，这种修养不是既成的哲学道德标准，而是在面对人类新的伦理构建下的新哲学道德思考。

　　事实上，有关性叙事本身就存在误解。在整个人类的古典时代，无论是宗教统治下的文化（西方古代社会、印度等一些东方古代社会），还是类宗教的文化（中国古代社会），对欲望都是禁忌的，如对性、食、色等方面都有伦理的限制，而且在伦理方面也基本是恒定的。在基督教覆盖的地方，男尊女卑、一夫一妻制、以上帝为真正的父等主要伦理是基本不变的；在中国文化中，男尊女卑、一夫多妻制（含这种制度下的一夫一妻制）、三纲五常等主要伦理也是基本不变的。可变的是对这些伦理的进一步细节化和对欲望的过分限制。如宋明理学既在伦理上对"三纲五常"进行了强化（"存天理"），又对欲望进行了严酷的限制（"灭人欲"）。这就造成在整个古典时代欲望被过分地抑制，而精神则被无限地夸大，只要谁宣扬欲望，谁便是叛逆。于是，在恒定的伦理层面上，性叙事便单纯地显示为性行为的叙事。如欧洲文艺复兴时期复兴的是人的伦理，即从严酷的神学下解放了人伦。但是，人们在讨论性叙事时往往忽视了性伦理，而只盯着《十日谈》等作品中的性行为（即欲望）描写。久而久之，这种思维被人们习以为常，于是，性叙事也便成为单纯的性行为叙事。实际上，对于人类来说，性伦理与性行为相比，性伦理要重要得多，而性行为的叙事只是因性伦理的需要而铺张的。如对《金瓶梅》来说，评论家多注重其小说中三万字左右的性行为描写，却忘记了根本。对于《金瓶梅》来说，其伦理上的混乱才是真正让人震撼的内容，如西门庆与潘金莲的爱情在今日社会会是很多作家笔下歌颂的对象，但是，这段爱情的获得却以谋杀武大郎为代价；如西门庆与李瓶儿的爱情也以牺牲西门庆与花子虚的友情和李瓶儿与花子虚的夫妻情谊，以及花子虚的生命和财产为代价；西门庆与王六儿的通奸也以牺牲西门庆与属下的伦理关系为代价。这些才是这部书真正让我们思考和解说的细部，但由于历史上文化对性的禁忌使人们只看到性行为，却忽视了性伦理。因此，在讨论性叙事时，要从性伦理和性行为两个层面上进行，才是完全的、理性的。

那么，什么才是性叙事的正价值与负价值呢？也就是说，什么样的性叙事才是人类真正需要的，才是理性的？

在不同的历史阶段，对性的认识是不同的，如孔孟时期的"好色而不淫"，"食色，性也"等性价值和朱熹时期的"存天理，灭人欲"的性价值是决然不同的，但总体来说，无论孔子，还是朱熹，其男尊女卑和宗法制的伦理观念是一脉相承的，所不同的只是对欲的认识。这是由整个古典时期父权文化所决定的，男尊女卑、处女情结、一夫多妻、三纲五常、性行为禁忌等都是这种男女不平常思想下的性价值。在那个时代，这些性价值便是正面价值，反之，则都是负面价值。如《三国演义》里全是男人的故事，是一部英雄的史诗，这符合那个时期的性价值，但在今日男女平等的价值下来看，它无疑是一部缺少女性的变态英雄小说；再如《红楼梦》里多写女子，在当时就是一部反男性中心文化的文本，显然不符合那个时代的性价值，所以也只能在私底下以手抄本的形式流传，以至于后四十回究竟是谁写的也弄不清楚了，但在今天看来，其文学史意义恰恰就在这种性价值的反叛上。那么，首先应该厘清的是今天的性价值究竟是什么？表现在哪些方面？

如果我们把人类的文化从两性的角度来划分的话，可以分为母系文化时代、父系文化时代和双系平等的文化时代。母系文化时代在考古方面已经有了一些初步的认识，但总体来说，人类的文明史是从父系文化开始的，截至今日，人类的文明仍然是以父系文化也就是男性为中心的文化为主，但事实上，人类的意识早已萌生反意，这就是从近代以来开始的全球性的两性平等的运动，这种运动不仅仅表现在制度上（一夫一妻制、妇女参政等），还表现在日常生活中（如女权主义运动，妇女在性生活方面的觉醒，女性与男性在事业上的角逐等）。也就是说，我们已经来到第三个文化时代，即两性平等的时代。那么，现代人类的性价值就应该以此为基础来确定。

因此，在伦理方面，一切符合两性平等的伦理便是人类需要的正面价值，在此基础上产生的爱情、婚姻、家庭都是值得肯定的，反之，则是负面价值。在当代作家的思想中，以男性为中心的性伦

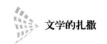

理叙事观念仍然是很强的，同样，在一些女性作家的心中，过分的女权主义思想也非常强盛。这两种观念应该说都是与人类追求的正面价值相违背的。同时，在一些作家的作品里，也流露出对人类伦理的蔑视心理。

在性行为方面，建立在两性平等基础上和爱的基础上的性行为都是正面的，反之，则是负面的。在古代，无论任何一个民族，对性的认识大都是生育功能，即性只是一种生命力。在中国和印度，还有一种认识来自道家和佛家，认为性有健康功能，即性可以养生。而在当代，性的功能增加了一种，即快乐功能，但是，这种快乐只能建立在人类正常的伦理范围，这种功能目前几乎被所有的夫妻都认同。这就意味着，在性行为方面，其价值与古代的有很大的不同。生育功能在人口膨胀的今天已经成为次要的功能，而快乐功能和健康功能则重要得多。自弗洛伊德以来，性不仅意味着生命力，还意味着一切意识的萌发。虽然这种泛性化的认识在后来得到了一些纠正，但人们不得不承认，人类精神上的很多问题都来自性。于是，性行为有了两条路线：一条是纯行为的，一条是性心理的。它们往往是交织在一起的，难以断然分开。特别是在电子化时代，虚拟性爱已经诞生，人们可以不需要肉体的直接接触就发生性行为，但它的确是在性心理主导下的性行为。对这些性行为的判断就成为一件艰难的事情。事实上，自古以来，对它的判断也是非常艰难的。中国人对它的判断往往来自两位圣人的价值观，即孔子和朱熹。前面已经述及。西方人则往往是通过法案，早期的法案多来自基督教教义，自"尤利西斯"案后，西方人有了一种新的价值判断，即从欲望的角度来判断。它的做法是：美国纽约南区区级法院法官约翰·

伍尔西找来了两个熟人，凭他的了解，这两个人的性欲都属中等。伍尔西法官请他们从头至尾看完《尤利西斯》并说出自己的感受，他们同意了。后来，伍尔西法官宣布说："我有兴趣地发现，他们两个人都同意我的观点，把《尤利西斯》作为进行淫秽检查的必读物，认真地把它读完。结果是：它并没有激起人的性冲动或淫秽思想的倾向。这两个人对该书的唯一反应是：带着悲剧色彩、极其强有力地表现了男人和女人的内心世界。"伍尔西法官这种做法的历史意义是，不再以"长官意志"来决定性文艺作品的命运，而以公众感受、实实在在的社会影响为根据，而这种感受又是性的影响。这种做法类似于中国儒家的中庸观念，既不反对性叙事，同时又反对强烈刺激欲望的性叙事。不管怎么说，这是一种进步。

　　但是，这与当代人对性的认识仍然有冲突。性的快乐功能既然是当代人对性的一种肯定，只要是符合伦理的性行为就应该是快乐的，比如健康的夫妻就应该追求快乐的性生活。问题也就出在这里。对这种快乐的性生活的叙事肯定要激起读者性的冲动，激不起冲动的性叙事肯定是不快乐的，或者对性的快乐功能是持怀疑态度甚至是否定态度的。因此，如果是在伦理范围里，激起性冲动的性叙事本身并没有错。比如，当我们读劳伦斯的《查特莱夫人的情人》时，我们不仅为查特莱夫人康妮和梅勒斯的爱情所感动，更为他们健康、快乐的性生活而惊讶。在劳伦斯活着的时候，这种性叙事显然是触犯了当时的性价值的，但是，随着人们对性的认识的进步，几乎所有人都认为，那是一部伟大的著作，它的性叙事堪称典范。毋庸置疑，小说中的性叙事定然会激起读者的性冲动，但这种性冲动是私密的，是与爱共鸣的。述及此处，我们都不免疑惑，是不是所有性

叙事的刺激都是应该的。如《金瓶梅》里面的性叙事也同样能刺激人的性冲动，但为什么对《金瓶梅》一直抱着否定的态度呢？究竟是什么原因呢？

在这里，我们不妨再看看"尤利西斯"案，法官说，除了"没有激起人的性冲动"外，还有一个描述，就是"淫秽思想的倾向"。何为淫秽？在古代，除了过分的性欲望外，还有一种倾向，就是乱伦。在还没有把爱情当成两性之间的最高境界的古代，兄妹恋、母子恋、父女恋、女性的婚外恋、男人对朋友妻子的爱慕等都是乱伦，而从近现代开始，在崇尚爱情的时代，女性的婚外情、男人与朋友恋人之间的爱慕都不再是乱伦。乱伦的范围仅限于家庭内。因此，可以说，在当代，如果没有刺激人乱伦的念头和犯罪的欲望，小说中以爱情为基础的性叙事便是正面的，反之，则是负面价值的。同样以《查特莱夫人的情人》为例，表面上看，康妮和梅勒斯是通奸，是违反当时伦理的，但是，劳伦斯所处的时代正是人们崇尚爱情和性学刚刚诞生的时候，按当时刚兴起的新的性价值来看，康妮与查特莱之间是没有爱情的，更没有性的结合，这对健康的康妮是不公平的，所以，他们的婚姻是不健康的、病态的、负价值的，而康妮和梅勒斯之间却是深深相爱着的，虽然他们最初以肉欲相互吸引，但是，他们的所作所为符合新的性价值，所以是正面价值的。在人类历史上，劳伦斯是第一个以正面的形象来歌颂性的，这种性既是自然的，又是理性的。自然是从人的肉体即性的需要来讲的，理性是就性的精神而言的。劳伦斯强调："男女之间的爱是完整的，它追求神圣和世俗的统一。"他在小说中描绘的那种性爱感觉又充满了一种精神的内涵："在一种柔软的颤战的痉挛中，她的整个生命的最美妙处被触着了，她知道自己被触着了，一切都完成了。"他们歌颂双方的性器官，那样美好，又那样大胆。在劳伦斯的笔下，性不单单是一种动物式的肉欲了，而全部升华为精神。相反，在《金瓶梅》中，不但西门庆与几乎所有女人的关系都充满了乱伦与血腥，而且在大部分对性的描述中，仅仅只是欲望与偷欢的猥亵心理，人的精神追求荡然无存。阅读《查特莱夫人的情人》中的性叙事时，你能感受到作为人的自由、尊严、爱的被确立，而在阅读《金瓶梅》中的性叙事时，你所能感受到的是人与人的等级观念、邪恶的力量、欲望世界的游戏、精神立场的丧失、价值的虚无等。所以说，在阅读二者时，前者是健康的、精神的、正面价值的，其性冲动也是正常的，而后者则是欲望的、负面价值的，其性冲动虽正常但同时又是邪恶与淫秽伴随的，因为它容易让人产生乱伦的念头。

可以发现，艺术既是对新的性价值的探索，又是以新的性价值为伦理的。在当代，正面的性价值大致可以总结如下：

第一，以爱情为基础，对传统的陈旧的婚姻家庭伦理观进行批判。20世纪80年代以来，张洁的《爱是不能忘记的》、古华的《芙蓉镇》、张贤亮的《男人的一半是女人》、王朔的《过把瘾就死》、苏童的《红粉》等都是对爱情的赞扬。后来的谌容的《懒得离婚》、池莉的《热也好冷也好活着就好》、王海鸰的《中国式离婚》则写的是爱情与婚姻的冲突。在这种冲突中，正面的性价值主要集中在对爱情的同情和无奈中，而负面的性价值则是对婚姻的妥协。

第二，赞赏性爱的快乐功能，对性爱的功能进行了有力的开掘，但同时也批判那种认为性只有生育功能的陈旧观念。陈忠实的《白鹿原》可以说是一部对性爱的快乐功能进行完全赞扬的小说，小说

中有大量的性描写，但几乎都是正面的赞扬，很少有否定的笔触。

第三，对性爱的健康功能予以肯定。这些小说主要集中在一些心理小说中，如徐兆寿的《非常日记》和《幻爱》，前者被称为"中国首部大学生性心理小说"，是描写一个大学生性心理畸变的小说，后者是描写一个已婚男人在性心理压抑后开始进行虚拟性爱的故事。两部小说表达了一个同样的主题，即性爱对一个人的心理健康是至关重要的。

第四，对家庭暴力的揭露和批判，呼唤健康的婚姻家庭观。池莉的《不要跟陌生人说话》便是这方面最典型的小说。这是中国小说近年来在两性情感方面的深入探索。其实，在传统社会中，由于两性伦理是以男权为中心的伦理，家庭暴力始终不是什么伦理问题，但是，随着女性意识的觉醒，这一问题日益成为两性伦理中的难题。

第五，对同性恋的宽容。虽然新时期以来中国大陆的作家还很少有大胆描写同性恋题材的小说，但是，社会伦理已经对此表现出宽容的态度。

实际上，以上正面的性价值在学术界已经慢慢地得到承认，但是，社会的接受度还是有限的，所以，文艺作品每每受到社会的批判甚至被查禁。

论人学的困境及突破

引　论

　　近些年来，文学艺术的产出逐年增长，仅就长篇小说而言，2011 年长篇小说年产量在 4300 部以上。但能够真正引起关注并产生巨大反响的作品屈指可数。从 2011 年底各种报刊和评介来看，也就 10 部左右。进一步说，就 10 部作品来讲，大家共同评价高和真正引起反响的不过 5 部左右。更何况这 5 部作品仍然是成名作家的，那些名气不大的作家的作品也许拥有很高的品质，但仍然没有引起人们足够的重视。在淘汰率极高的信息社会，4000 多部作品很快就成了"垃圾"，遁入信息的黑洞。无论是学者还是读者，无论是外国汉学家还是中国批评家，都共同批评当代文学的"缺钙"与"垃圾"现象。与此同时，从 2011 年后半年开始，《文艺报》《人民日报》等很多报刊又开始检讨文艺批评的缺失与失去公信力。文学一时之间似乎变成了空洞无物的怪胎。对此，批评界也开展了诸多研讨，对文学作品如何提升质量，如何坚守正面价值，如何服务于时代与生

民等问题都进行了探讨。但是，所有这些探讨都表现出前所未有的无奈与尴尬，因为似乎所有的问题都陷入相对主义的怪圈，多元价值所带来的更多的是无所适从、欲言又止、纷乱与喧嚣。

这到底是为什么呢？我以为，多元价值也许是我们共同追求的人类和谐共处的目标，但是，价值本身与价值在相互抵触时仍然应该坚持人类理想的、正面的、高尚的终极价值，而不应该模棱两可。比如，当"物质""欲望""身体"至上的价值理论在全面消解精神与灵魂的价值理论时，人类就变成了器官、侵占、暴力、变态等一些人类从古至今反对的负价值符号，就应该坚决地予以否定，然而，在今天这样一个无条件强调"多元""少数人的权利"的时代，精英与大众之间失去了平衡，主流价值与非主流价值失去了"主"与"非"的界线，"少数"与"大多数"之间失去了界线，甚至逐渐在颠倒，最为重要的是，高尚与低劣、文明与粗鄙、爱与恨、宽容与变态、和平与暴力之间也失去了应有的张力与界线，甚至也在颠倒。这些现象都打着"多元价值"和"平等"的幌子在各种媒体和人的灵魂间游走。人类那种自足的精神空间非但没有得到尊重与保留，相反，被彻底摧毁了。比如，在迟子建的《额尔古纳河右岸》中，鄂伦春族人本来是生活在一个相对自足的空间里，他们有自己的信仰、自己的生活方式，但是，在现代化和全球一体化的态势下，他们的精神生活、生活方式等一一被摧毁、被改变。所谓的"多元"尊重在物欲和现代化、全球一体化这样一种强势的价值面前是不存在的，多元变成了一元，"少数"变成了"大多数"，"非"变成了"主"。这应了一位西方马克思学者所说的那样，整个人类社会就好像一台无人控制的大型机器，它在日夜不停地运转，而所有的人都成了这台机器裹挟下的齑粉，没有人能够逃离。那么，这台机器到底是什么呢？是人类强烈的物欲。说到底，是"人"本身出了问题。

所以，我以为，要解决当前文学乃至整个人类社会的一系列问题，还要回到"人"本身。我们必须重新探讨"人到底是什么"，"从哪里来"，"到哪里去"的基本问题。因为这些基本的问题若是不厘清，重建文学理想、提升文学的质量便无从下手，即使有措施也可能是南辕北辙。在这里，我想对近三十年来尤其是对 20 世纪 90 年代以来"人学"的主题进行一些梳理，以期能够引发我们对一些根本问题的探讨。

刘再复在 20 世纪 80 年代提出，中国现当代文学史上人学主题有三次大的演进，他称为三次"人"的发现。"五四"时期，鲁迅、周作人、陈独秀、胡适等的文学革命是对"人"的第一次发现，结束了中国两千多年以来对"人"的专制，发现了一个自由的平等的"人"。"人的文学"被周作人提了出来。"第二次人的发现，是'五四'以后的二十年代到三十、四十年代。这是更高层次的发现。"[1]因为要获得一个自由、平等的"人"需要更深层次更为具体的行动，而这一时期的"左翼"文学发现，要获得平等、自由，就要打破原有的社会阶层，解放那些从来都是被压迫、被损害、被奴役、被污辱的人，在那时候，他们就是"工农兵"。毫无疑问，这是历史的进步，但是，由于过分地强调了其阶级性而陷入非此即彼的二元对立中，人性反而消失了。人学被抑制，人学发展中的文学在"文化大革命"中间显露无遗。在这一时期，"文学是人学"由钱谷融重新提

---

① 刘再复：《我国现代文学史上对人性的三次发现》，雷达、李建军主编《百年经典文学评论》，长江文艺出版社 2004 年版，第 533 页。

出，然而非但没得到肯定，反而遭受极端打压。第三次人的发现是"文化大革命"之后对"人"的全面反思，结束了之前"极左"思潮的影响，重新确立了"文学是人学"的创作原则。在这一时期，人学的主题得以极大深化，人的解放也成为空前高涨的口号。尊重个性、尊重爱情、尊重人的自由、尊重理想等这些启蒙时期就高扬的主题成为那个时期经久不息的声音。从 1979 年到 1989 年，整整十年，中国的文学始终成为社会的先锋和号角，思想解放前提下的人学观一直在不断升化。这是人学发展中的黄金岁月。

但是，进入 20 世纪 90 年代以后，人学便逐渐进入一个新的阶段，在这一时期，市场经济、大众文化、身体写作、私人写作、女权主义、性解放等次第登陆，直到后来的网络写作、大众写作、市场写作，博客、微博、影视、欲望、身体、情色、同性恋……文学一方面得到更大的解放，同时也进入一个空前迷茫的时期。人学也一样，它一方面得以充分的延展，同时也跌入无名之状的深渊。

身体的发现与精神的迷失甚至人的终结

自 20 世纪 90 年代以来，"身体"一词成为文学界极力棒喝的魔鬼。身体在一段时期单纯地被指为性。"身体写作"也就是"性写作"。但在这样一场争论中，人的另一半即"身体"终于被重新发现。这是人学的新进展。

人们对"身体"向来是存在误解的，这是几千年来文化因袭的原因。"谈性色变"不仅是中国古代社会的情景，而且也是基督教、伊斯兰教、佛教文化区域古代社会的特点。一个被神学笼罩的父权社会就这样成了人类整个的文明史。它构成人类的思维模式：身体是有罪的。在柏拉图看来，一个人由两个实体构成，一个是看得见的身体，另一个则是看不见的但实际存在的灵魂。在进化论还没有产生之前，人们想当然地认为，人就是神创造的，人活着是为灵魂的永恒而不为肉体欲望的实现。肉体可以死去，而灵魂则会永生。灵魂还与神相通，肉体则与动物一致。所以，在神学统治的整个古代社会，肉体被贬低或忽视。中国人最高的理想存在便是神仙的境界，但神仙是没有欲望的存在。身体一直被囚禁着。

身体的发现始于近代科学和各种学说的兴起。何为身体？通俗一些说是生命机体。对身体的认识也就是对生命本身的认识。自达尔文的进化论开始，人类开始了对自身生命的全面的科学的探索。如果说进化论之前对人类的认识多限于宏观，对道德价值的认识也多限于神学的话，那么，进化论之后，对人类的认识已经微观化，对道德价值的判断也变为人学、生态学。另一个重要的显征是，20世纪之前的人类知识多的是道德教化，是对人灵魂、精神的认识，而从20世纪开始，人类进入了一个认识生命本身的阶段，生命的载体——身体便成为实验室、显微镜中认识的对象。于是，生物学、解剖学、心理学、性学、人类学等一系列新的学科产生，它们共同探索着生命与上帝的关系、生命自身的发展规律。所有这一切，都是基于对人的身体的微观认识。弗洛伊德的性学、马斯洛的心理学以及马克思的社会学则告诉人们，身体的需要是天经地义的，身体的需要与心理的需要一样重要。

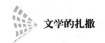

中国文学从《诗经》的《关雎》开始也是"人学"伊始，但据周作人认为，那个时期没有平等、没有个性与自由，尤其是女性，所以也没有人的文学。这种说法在今天看来虽然有失偏颇，却是认识文学的一种角度。事实上，真正让"人"消亡是在宋明理学时期。《金瓶梅》是率先对宋明理学用身体的书写进行否定的文本，只不过《金瓶梅》走过了头，站在了精神的对立面，事实上也是站在了身体的对立面，使身体变成了恶。对宋明理学彻底否定的是"五四"新文化运动。但是，"五四"时期对人的发现只限于男女不平等和对女性的压迫，对存在于人类深处的神秘的性以及整个的身体仍然是抑制的。这种抑制到了 20 世纪六七十年代变得更为严酷。身体又一次被遮蔽甚至否定。

张贤亮的《男人的一半是女人》揭开了新时期文学发现身体的首页。一个男人的身体竟然因为政治环境的压迫和"文化大革命"而失去了基本的性能力，与其说它是对过去荒谬时代的控诉，不如说它无意中发现了身体。但是，在那个时期人们并没有意识到这一点。人们的注意力都集中在对过去时代的否定上。其后，寻根小说中的一部分也可以说是对身体的发现。如刘恒的《狗日的粮食》讲的是人的生存即身体的第一需要与亲情的故事；《伏羲伏羲》则讲的是有关性、爱情、伦理的故事；韩少功的《爸爸爸》虽然想要颠覆的内容很多，但对生命本体的发现也可以归入身体的发现；王安忆的《小城之恋》《荒山之恋》《锦绣谷之恋》及《岗上的世纪》倾心于人在性爱和感情世界里的矛盾纠葛，并试图用性爱来建构一个完整的女性世界。王安忆曾说："如果写人不写其性，是不能全面表现人的，也不能写到人的核心。如果你真是一个严肃的、有深度的作家，性这个问题是无法逃避的。"① 可见，在 20 世纪 80 年代，作家们就已经明确地意识到，性是文学的重要元素之一。不过，在整个 80 年代，性只是作家表现人的一部分内容，并非表现人的突出内容，到了 90 年代就不同了，性成了表现人的最突出的内容。身体终于被发现，并逐渐放大。

90 年代初影响最大、争议最多的是贾平凹的《废都》，其意义与价值正在于它以变形和夸张的方式，将 90 年代初中国知识分子信仰失落、价值混乱、传统与现代难解的灵魂撕开给人看，其着力点正是性。当时社会并不理解。当然，作为作家也许并没有清晰地意识到"性"的界限到底在哪里，所以作为作家本身来讲，性也成为其引起社会关注的主要视点。而出版商、评论家乃至读者大众自然也以性为焦点来炒作、批评和阅读。贾平凹的兴趣和写作的一些自然主义手法使人不得不想起《金瓶梅》。

90 年代中期，中国社会进一步开放，市场经济进一步深化，不仅中国社会的生活空间被打开了，而且经济方式也多样化了，此时，不断上升的是人们的欲望，宽泛一些说，即身体。而在对身体的诉求中，女性的反抗最为强烈。女性作家群在那时开始大规模兴起。陈染、林白的私人写作是先锋，而后出现的身体写作、美女写作是主力军。这一时代，卫慧的《上海宝贝》是焦点。作为"70 后"的卫慧，在《上海宝贝》中尽情地宣泄了一个女人身体的不同感受，可以说第一次以大胆的方式展示了一个生活在中国 20 世纪 90 年代的女青年的身体史。与《废都》一样，尽管《上海宝贝》也有太多的不节制，但是，这部作品的出现，使人们看到，女人也有对身体的大胆要求。从文化史的

---

①　王安忆、陈思和：《两个 69 届初中生的即兴对话》，《上海文学》1988 年第 3 期。

角度来看，《上海宝贝》是女性写作的一个分水岭，它使人们第一次明确地意识到女人身体的平等要求。在此之前，基本都是男人的写作，也是男人的视角。可想而知，连男人的身体都被遮蔽了，女人的身体更是被视而不见。与《废都》不同的是，在《上海宝贝》中，尽情张扬的是一个现代中国女性的混沌需求和狂野宣泄，你可以看到，她对自由的迷恋，对平等、尊严的渴求，这是进步的，但也有对颓废生活的酷爱、对毒品大麻的接受、对酒色生活的迷恋以及性爱的泛滥，这是应该批评的。这是价值的迷失、界限的迷失。

随着身体写作的泛滥，在 2000 年前后网络兴起之后，出现了九丹的《乌鸦》、木子美的网络性爱日记、竹影青瞳的写作和身体影像。当这些现象出现之时，太多的评论家和社会舆论对此进行无节制的批判、攻击、谩骂、封杀。现在回头来看，这些现象是值得我们分析的。她们为什么会连续出现，为什么会一次又一次地冲击中国人的伦理道德极限？她们为什么都是女性作家？这些女人到底要告诉我们什么？

是身体。她们说，我们跟男人一样也有身体，也有欲望，也有平等要求。这过分吗？所有的批评无意间告诉我们，批判的价值尺度都来自于男权意识、父权观念。中国从 1950 年颁布第一部《婚姻法》之后，就开始踏上追求两性平等的道路，半个世纪之后，人们回头发现，这个社会仍然是一个男权统治下的封建伦理观念很强的社会，男人在所有的领域都享有比女人更大的权利和自由，对女人的禁锢无论是心灵还是身体仍然是随处可见的事实。要达到真正的平等还有漫长的道路。而在通向这条道路上，真正的战争便是与整个社会在伦理道德观念上的厮杀。卫慧、九丹、木子美、竹影青瞳只是一些我们还不能接受的战争符号。即使追求平等，也要同时弄清楚平等到底是什么，新的价值是什么，身体和灵魂新的界限是什么。在这些基本的价值还没有确立之前，所有的批判、反抗都只能自相矛盾、一叶障目不见森林。这就是她们的"罪"。但是，不可置疑的是，她们都在用身体对抗传统的伦理观念，这是值得深思的。

21世纪前十年，是人们重新思考身体的时期。人们从心理学、性学、社会学、生物学、哲学等各种学科开始探讨这一主题。网络打开了一切的通途。如果说在网络没有产生或普及之前，人们获得性知识和表达性意识以及观赏性文化的途径还是狭窄的甚至是被堵塞的，那么，在网络产生之后，人们通过网页、QQ、MSN等各种方式，不仅可以轻易地获得有关性文化的一切知识、信息，而且还可以与情人、陌生人发生性信息的传播。在这种无界限的背景下，性内容的写作基本上在21世纪不再成为热点。人们讨论的热点演变为各种性关系，如2006年博客产生以后，在李银河等一些性学者的影响下，人们对同性恋、多边恋、守贞教育、闪婚等问题进行了长时间的讨论。似乎重新认识和确立一系列两性关系的时期终于到来了，但事实上，人们对这些两性关系仍表现出难以厘清的迷茫。表面上，人们在"和谐"和尊重"多元价值"的理智中见怪不怪，但实际上，人们对婚姻、家庭和两性关系产生了前所未有的恐惧、不确定性。

早在20世纪后半期，福柯在考察了精神分析学、人种学、语言学等知识之后就已经得出："像精神分析一样，人种学并不询问人本身，如同能在人文科学中那样显现的人，而是询问通常使得一种有关人的知识成为可能的区域。""这三门反科学甚至威胁到有可能使人被认识的这一切。这样，人的命运就在我们的眼前慢慢织成，但是朝反面织成的；在这些奇异的织花上，人的命运就被导向其诞生的形式，导向使之成为可能的故乡。但是，这难道不是一种导致人终结的方式吗？因为语言学同精神分析学和人种学一样都不谈论人本身。""并能在能够达到任何可能的言语的顶峰时，人所达到的并不是他自身的心脏，而是那能限制人的界限的边缘：在这个区域，死亡在游荡着，思想灭绝了，起源的允诺无限地退隐。"① 在福柯看来，新的学说和知识在认识人、解释人方面非但没有达到人类预期的目的，而且离人的本质越来越远。换句话说，"多元"理论、知识爆炸、学说大作、信息社会的来临，将人隐藏了起来，从而使人成为一种离其本质越来越远的知识、信息。那么，这种转折是从什么时候开始的呢？自然是从近代以来科学主义的兴起以及神学的没落开始的。"这个有关结束和终结的印象……有人会说，荷尔德林、黑格尔、费尔巴哈和马克思都早已确信在他们那里一种思想并且也许一种文化正在终结，并且在一种也许并非不可战胜的间距的深处，另一种思想或文化临近了……就是在这个诸神都已离开或消失的地区为人确立一个稳定的处所。在我们今天，并且尼采仍然从远处表明了转折点，已被断言的，并不是上帝的不在场或死亡，而是人的终结。"②

---

① ［法］米歇尔·福柯：《词与物：人文科学考古学》，上海三联书店 2002 年版，第494—501 页。

② 同上书，第 506 页。

女权主义的狂欢纵欲与两性价值的
崩盘直至跌入黑暗

必须重新提出女性的主题。身体、性并非女权主义的代名词。

在整个文明史中，女人始终是男人的附属品，一个符号。按周作人的意思，这就是非人的历史，四大名著中除《红楼梦》外，没有女人形象，即使有也将女人视为妖怪的另外三大名著，都可以列入非人的文学。女性的崛起是历史的巨大进步，也是人学的主要内容之一。周作人在《人的文学》中明确指出，人的文学其中之一就是要提倡男女平等。

但是，在落实到具体中时，近一百年来人们始终对什么是男女平等并没有搞清楚。因为要解决的问题太多了。谁是女人？为什么会有女人？女人与男人是对立的存在吗？女人为什么会沦为男人的奴隶？女人怎样解放？解放了的女人要成为男人的统治者吗？女人的出路在哪里？等等。这些问题都是中国现当代文学始终在描述、质问和回答的命题，也是人学演进的内容之一。

从鲁迅《祝福》中的祥林嫂开始，中国现代文学就开始了对封建礼法制度的控诉，也是从鲁迅《伤逝》中的子君开始，人们就开始探讨中国女性的路怎么走的问题。鲁迅有一篇著名的演讲《娜拉走后怎样》不仅开启了中国人对新女性道路的思考，而且续接了西方人关于女性的思考。在易卜生的《娜拉》中，描述了一个终于觉

醒的女性，她再也不愿意做什么玩偶，不愿意再做男人的奴隶，勇敢地走出了家门。鲁迅接着谈，一个刚刚觉醒的女人在走出家门后会怎样。《伤逝》中的子君也面临同样的问题。鲁迅说，女人首先要获得经济上的独立，要能够独立生存。与鲁迅、周作人同时期，还有张竞生和潘光旦。张竞生的《性史》和潘光旦翻译的《性心理学》都在当时社会上产生了巨大影响。女性争取独立、平等的意识逐渐向着内在身心的要求发展。

如果说鲁迅、周作人、张竞生、潘光旦等都是从男人的视角出发而提倡男女平等、婚姻自由的话，那么，张爱玲、丁玲等女性作家的出现则开启了女性书写自由、平等的先河。相比男作家来说，女性作家的写作更具特点。在男性作家那里，女性虽然也被赋予个性解放、争取自由与平等的精神，但女性还是被束缚着，女性仍然被赋予温柔、贤良等区别于男性的特点，如子君。但是，在丁玲等女作家的笔下，女性的要求不止这些，她们敢于像男作家郁达夫一样写性，而且这些女性作家笔下的女性形象也要求像男人一样平等的性自由、性快乐。这是明显的进步。然而，自20世纪五六十年代之后，女性又被"反资"运动捆绑了，女性再也不是一个完整的女人，而是一个没有情调、没有欲望的工具。女性的身体不存在了，美不存在了，个性也完全消失了，爱情更不存在。人学在这一时期戛然而止，就像一股血液突然被终止运行。新时期伊始，人学主题得以延续，那股血液又开始在文学的体内循环。在这个时候，社会已经形成一种认识，即女性要获得真正的自由、平等，就必须要有经济上的独立、政治上的自由、社会事业的成功。

在谌容的《人到中年》中，描写了一个成功的女性形象陆文婷。

她是一位中年女医生，她已经有了独立的经济、一定意义上的政治待遇、固定的社会角色医生，但她同时也是一位新时代的母亲、妻子、女同事。相比鲁迅笔下的子君、丁玲笔下的莎菲那种无所事事，没有生活的目标，没有任何经济的独立，没有政治上的自由、平等，她已经发生了翻天覆地的变化。她生活得非常充实、繁忙，但是，她同样也有陷入不幸。她肩负了生活太多的重负，和男人一样打拼天下，身体都快要垮了，几乎丧失了生命；她热情，有理想，最终战胜了工作、经济、家务的重荷，以及病魔和死亡。在这里，我们看到一个充满了理想色彩但又混沌的新时代女性形象。

然而，这样一个具有集体主义精神的女性形象在 20 世纪 90 年代特别是在 21 世纪以来的文学中几乎再也找不着了。此时，女权主义高调登场，女性作家群赫然崛起，集体书写。私人写作之后是身体写作、美女写作，甚至妓女写作、网络性爱写作。卫慧、棉棉、安妮宝贝、春树、木子美、下半身诗歌团体中的尹丽川等，共同描绘了一个在要求彻底地解放、独立、平等前提下力图摆脱传统赋予的一切外在的和内在的束缚的形象，最后，我们看到的是一个愤怒的、剥光了的、破碎的女性形象，与整个历史和社会对立。她们就这样与传统决裂。一种难以控制的混乱局面终于出现了。整个社会慌乱了。不仅仅是男人，还有女人。社会的伦理道德极限被挑战了。它构成女权主义的高潮。人们惊愕地发现，天使女人身体里的魔鬼复活了。女人再也不是被男权道德格式化了的天使，而是天使与魔鬼共存的生命体。

直到今天，她们仍然是批评家笔下的撒旦。然而，这种对抗恰恰显示了社会的矛盾，即无意识的男权意志还在无时无刻地左右着

国家制度、个人生活的方方面面，真正的男女平等还非常遥远。这不但成为女性作家们的困境，而且成为男性作家们的困境。

人们不知如何是好。难道一个男女平等的社会就是一个混乱的社会？难道解放女性就是要让女性成为男性的主宰，抑或成为男性社会的敌人？这已经不是文学所能解决的问题。它已经成为人类共同面对的难题之一。20世纪90年代以来，女性主义文学、女权主义批评已经逐渐成为一种学派，进而影响社会。女人从最早的"弱女子"形象渐渐地独立、强大，然后成为"女强人"，进而陷入悲剧。"女强人"的命运是家破人亡。于是，文学便寻找新的女性形象，这便是"70后"作家们所描写的那些抽着大麻、毒品，要求性自由、性解放，对婚姻抱着一种悲观态度的女性。独身女性出现了。这难道是女人真正想要的角色？显然不是。女人还是要与男人共同寻找平等的间距、杠杆、张力与价值观、爱情观、婚姻观、家庭观乃至信仰。

在这一方面，批评界走在作家的前面。李子云是女性主义文学批评的先行者，她提出的"当代的妇女问题""男女无别""男性化"等命题后来均成为讨论女性问题和女性作家时的重要概念。后来，吴黛英提出"女性文学"，引出了"女性视角""女性写作"等概念。这一命题也引起了很大的争议，因为专门提出"女性文学"仍然含有对女性的歧视。对此作进一步校正的是孙绍先提出的"女性主义文学"，意思是凡是以女性为主题的文学都可以被视为女性主义文学，包括很多男性作家写的女性题材。孙绍先认为，男女本无差别，女性美只是男权意识下的产物，女性应该停止寻找"男子汉"的写作。但是，吴黛英并不认同这样的界定，还是认为男女有天性的差异。在此基础上，陈惠芬主张从文学作品进行"女性意识的发掘"，"女性"虽然在社会上被"无意识"，但还是要认识自我，仅仅"像男人"只是寻找自我的一步，还要寻找男女真正的差异。这种主张显然是进步的。除此之外，赵园、吴宗惠、亦清、赵玫、朱虹、陈顺馨、任一鸣、乐铄等都在女性主义文学方向上有研究和论述。

　　在作家那里，上述问题并不能即刻回答。作家不是从问题本身入手来写作，而是从现实的矛盾入手来突显问题并试图去回答。从近年来引起巨大反响的一些文学作品和影视作品就可以看出来。《中国式离婚》《中国式婚姻》《蜗居》《裸婚》以及《北京青年》等作品仍然在一而再，再而三地询问：婚姻何为？爱情是否永恒？人应该如何存在？虽然这些问题在这些流行剧中并没有给出满意的回答，但它从一个侧面显示出整个社会都在为此而焦虑。

　　然而，真正引起我们注意的并不是马上来解决这个问题，而是21世纪以来女性形象的下沉，甚至堕落。在20世纪80年代，虽然女性仍然在男权思想的阴影下挣扎，但文学中和社会上对女性争取独立、自由的精神是褒扬的，即使到了20世纪90年代，在市场经济大潮中，整个社会仍然在一种思想解放、昂扬奋发的激流中前行，人们对于爱情、婚姻、家庭的观念还是理想的、积极的，但21世纪以来，由于两极分化越来越明显、欲望至上理念越来越猖獗，西方性革命后期性爱至上主义观念的影响以及多元价值观的影响，传统的爱情、婚姻、家庭观念在迅速瓦解，不仅拜金主义成为女性追求爱情、婚姻的趋向，而且在性观念方面的开放程度已经远远越过了人们的预期。"一夜情""闪婚""多角恋""婚外恋""同性恋"等都成为人们无奈认可的行为，在诸如《知音》《家庭》等流行杂志上，

有很多这种欲望故事，而在网络上，色情广告与性爱新闻几乎一刻不离地追踪着我们的鼠标（这与过去人们秘密地去搜寻这些信息恰恰相反）。我们已然进入一个情色欲望的深渊。

对性解放的过度追求、对女性角度的过度定位以及种种的错位，不仅使得女性成为今天社会中负担最为沉重、心灵最为痛苦、灵与欲最为冲突的存在，而且使得整个社会的文化大厦摇摇欲坠，无所依傍。道德与伦理何以重建？爱与幸福如何树立？这是真正的问题。如果人类只是为追求富裕而舍弃幸福，那么，人类无疑离本质越来越远了。如果人类只是为追求自由与平等而放弃了爱与幸福，那么，人类也只能是进入漫漫长夜。

人的日常价值的追寻与迷途难返

人类有史记载的文明史可以分为两个阶段，一是神学阶段，二是人学阶段。在神学阶段，人的日常生活都受神授道德控制，日常生活被神化、道德化，而在进入人学阶段后，日常生活中的神话色彩被揭去，人的主题突现，人的价值、日常的意义等重新成为人类竭力解决的问题。

新写实小说虽然按一些学者所说不是真正的现实主义，但它却开启了一个摹写人类日常生态的写作方式。正如加缪在《西西弗斯的神话》中所描写的那样，当西西弗斯对神的诸多惩罚不再理睬时，那么每天搬运石头的工作就不再是对他心灵的惩罚，而变成一种生活方式，新写实小说也有如此之意味。在批判现实主义那里，对日常的批判、揭露是其主旨，而现在，批判与揭露不在了，惩罚消解了，日常性就变成了人的主题。这也许是人学演展到此不得不走的一步。

在刘震云的《一地鸡毛》《单位》，池莉的《烦恼人生》《太阳出世》《生活秀》，方方的《风景》等作品中，作家们着意描写小人物的日常烦恼、困顿、欢乐，使人物陷入日常化了的世俗琐事中难以自拔，再也没有英雄，再也没有圣人，再也没有大开大合的悲剧，更没有宏大的历史场景，只有被日常生活黏着的小人物，有的是普通的欲望，有的是是非不分的两难境地，有的是琐碎、碎片、无意义、欲望、无助、迷茫、渺小以及绝望，这些都成为这些主人公共同面临的心理困境。而这些，正是所有平凡的人们所共有的感受。20世纪90年代王朔任编剧的电视剧《渴望》《过把瘾就死》在当时产生了广泛的社会影响，打动人们的正是那种日常化了的小人物身上的一切，使人们反观普通的自我，产生了强烈的共鸣。近些年来，《中国式离婚》《结婚十年》《金婚》等影响很大的电视剧其实还是以日常细节取胜。与刘震云、池莉的绝望和迷茫不同的是，在这些电视剧中，主人公不但被日常烦恼折磨得死去活来，而且还在这种日复一日的烦恼中试图去拯救。这种拯救在《金婚》中表现得尤其明显。主人公不断地诠释生活，不断地给日常生活赋予价值。这是拯救日常的一种努力。

日常化还伸入历史，将历史日常化是当下一些历史题材的一大特点。最明显的便是对帝王将相的日常化。电视剧《还珠格格》中的皇帝不再是一个日理万机、终日忙于国事、缺乏普通人生活的君王，而是一个被普通化、日常化了的人，他也有普通人的烦恼、儿女情长，甚至在做一些重大国事的决策时可能与日常化的情绪相关。这种对传统的帝王将相的日常发现，归根结底也是人的发现。将那些被传统神圣化了的神仙、帝王和英雄还原为人。一种被日常解构和重构了的历史正在上演中。

当人与神、人与自然之间的崇拜关系被割断之后，人只有在与民族、国家之间取得一种依附与被依附的关系，但这肯定也只是暂时的，因为民族、国家的理念曾经也是以神学为主要依靠，现在，这种依靠在逐渐隐去。这就是"文化大革命"时期至整个 20 世纪 80 年代的精神状态。人先是不信神，之后便是集体主义观念和国家理想的逐渐瓦解。20 世纪 90 年代市场经济开始时，人开始被孤零零地扔在时代的广场上。人只有向着自身的一切去重新寻找意义。人的生活、行为被缩减为其日常的行为、心理以及更为具体的身体细节。人的伟大精神死去，人的信仰寂灭，最后便是整个的道德失陷。就像萨特所讲的那样，整个人的存在就是虚无。除了虚无，还是虚无。

当然，正如古往今来一切欲望主义盛行的时代一样，总会有圣贤为寻找理想、精神与道德而存在。作家中也不乏其人。20 世纪 90 年代以来，一直有一些作家、诗人在与虚无主义作斗争，他们努力在人的日常化生活中重新寻找生活的意义与价值，重新确立人的尊严。于是，寻找和重新发现传统道德就成为 20 世纪 90 年代以来中国文学乃至文化界的一个方向。

在《白鹿原》中，陈忠实重新回忆了传统儒家伦理道德的日常价值。白嘉轩的日常生活被在中国大地上流行了几千年的耕读文化也就是传统的儒家农耕伦理所覆盖、统摄。他能经得起各种诱惑，能扛得住各种打击，靠的是什么？是他的血肉之躯吗？不是，是他心中的伦理道德和儒家的理想。白家为什么最终能胜过鹿家？原因是什么？不外乎还是传统且正面的伦理道德。鹿家则不然，在伦理上是混乱而失败的，所以也最终会失败。陈忠实不仅发现了一百多年来被遮蔽的传统的中国人，还揭开了中国人传统的日常价值，以及伦理道德在日常生活中的统摄作用。不仅是陈忠实，张炜、李锐等作家都以敏锐的视角看到了作为一个中国人——一个日常生活被中国传统文化浸染过的中国人所拥有的日常伦理和道德持守。人们发现，尽管人们不提孔子、老子，但是，几千年来的文化习惯仍然在持久地浑然不觉地影响着当下的中国人。这也就是余秋雨、易中天、于丹以及那么多被央视炒作的文化学者受关注和喜爱的原因。

与陈忠实、张炜、李锐等人寻找中国传统价值并行的是史铁生和北村等。史铁生的散文《我与地坛》以及长篇小说《务虚笔记》完全就是对日常生存价值的细究与思索。在《我与地坛》中，作者写道："设若有一位园神，他一定早已注意到了，这么多年我在这园里坐着，有时候是轻松快乐的，有时候是沉郁苦闷的，有时候优哉游哉，有时候恓惶落寞，有时候平静而且自信，有时候又软弱，又迷茫。其实总共只有三个问题交替着来骚扰我，来陪伴我。第一个是要不要去死？第二个是为什么活？第三个，我干吗要写作？"[①] 可以设想，如果没有这样一种沉静与思考，史铁生就不会是今天的史铁生，他的文字就不会有重量。而这些思考与试图回答便构成史铁生的日常生活与写作的推动力。"活着不是为了写作，而写作是为了活着。""只是因为我活着，我才不得不写作。或者说只是因为你还

---

① 史铁生：《史铁生自选集》，海南出版社 2006 年版，第 347 页。

想活下去，你才不得不写作。"① 这似乎就是作者找到的答案。他似乎因此拯救了自己的日常。在《务虚笔记》中，史铁生的思考更为日常化。从"务虚"二字就可以看出，作者在思考，在寻找日常的意义与价值。小说开始不久，作者就写道："现在我有点儿懂了，他实际是要问，死是怎么一回事？活，怎么就变成了死？这中间的分界是怎么搞的，是什么？死是什么？什么状态，或者什么感觉？就是当时听懂了他的意思我也无法回答他。我现在也不知道怎样回答。你知道吗？死是什么？你也不知道。对于这件事我们就跟那两个孩子一样，不知道。我们只知道那是必然的去向，不知道那到底是什么，我们所能做的一点儿也不比那两个孩子所做的多——无非胡猜乱想而已。这话听起来就像是说：我们并不知道我们最终要去哪儿，和要去投奔的都是什么。"② 在这里，我们分明看到一个没有宗教信仰但又努力想解读生与死两个结的思索者。史铁生笔下的日常世界显然与陈忠实笔下的日常世界是两回事。

在史铁生的笔下，传统的儒家伦理价值观已不复存在，他只是从存在本身讲起，又在存在中结束。他的思索与存在主义哲学家们如出一辙。他写道："我迷惑和激动的不单是死亡与结束，更是生存与开始。没法证明绝对的虚无是存在的，不是吗？没法证明绝对的无可以有，况且这不是人的智力的过错。那么，在一个故事结束的地方，必有其他的故事开始了，开始着，展开着。"这使我们又一次想起萨特的《存在与虚无》，但显然，史铁生的"存在与虚无"与萨特的并不完全一致。在萨特那里，虚无也充满了激情，而在史铁生

---

① 史铁生：《史铁生自选集》，海南出版社 2006 年版，第 347 页。
② 史铁生：《务虚笔记》，春风文艺出版社 2006 版，第 4 页。

的笔下，虚无是一种沉静，似乎更接近于老庄。在这部小说中，作者始终拷问自己：为什么要写作？也在拷问所有的阅读者：生为何来？死为何故？在史铁生的写作中，我们似乎看到一个类似西西弗斯的人物：他对故园（地坛，等于西西弗斯的大地、海洋、山川）充满了热爱，这是他生命中自然的力量所在；他对人世间的日常规则和一切都充满了拷问、质疑（也就是对诸神的惩罚有一种反抗），而他内心深处自有崇高的法则（宿命、爱，特别是母爱、自由、尊严等）。

与陈忠实、史铁生又不同的是北村和张承志。他们试图用宗教来还原日常的神圣。北村在《愤怒》中以基督教的视角来审视日常，拯救日常。张承志在 20 世纪 90 年代的整个写作基本上都是对日常价值消遁的反抗。他在那部至今仍然被争议的跨文体文本《心灵史》中，试图告诉人们的是，人必须要有信仰，有了信仰，人才有尊严、价值与真正的自由，人也才不惧死亡，并为信仰而存在。他们似乎都不约而同地向伟大的古代文化传统靠近，想在那里寄托心灵，并在那里发现人精神的一切价值。

与这种拯救相伴随的是，作家、知识分子们展开一次又一次的大争论、大寻找和艰难的守卫。在 20 世纪 90 年代中期，文学界展开了一场关于人文主义的大讨论。张承志、张炜愤怒地批判了当时文人们向大众文化投降、向欲望投降、向西方消费主义文化投降的奴性，提出文学应该关心人的灵魂，应该有价值关怀。与张承志相对的是王朔、王蒙等，事实上还有一大批人。他们代表的是大众文化的消费心理，代表的是"告别革命"后的消极主义，他们是混杂不清的。这场讨论的不了了之恰恰说明道德价值的缺失与混乱。与

这场讨论相映的是后来在诗歌界的关于"知识分子写作"和"民间写作"的争论。当然，诗歌界的这场讨论比起之前的小说界的讨论要更为深刻，更为自由。"知识分子写作"强调的是精英立场，"民间写作"强调自由立场、民间立场。两场讨论都道出了一个主题，重构人的信仰与价值。

但是，在大众文化日益膨胀、多元价值观带来众声喧哗的今天，在网络写作导致人人都可写作、人人都想"消灭精英"的态势下，萨义德所宣称的"知识分子"已然面临人类历史上最为艰难的存在。陈忠实、张炜、史铁生、张承志、北村等的努力，虽然是高声的呼喊，但仍然无法抵挡欲望主义对人的日常价值的覆盖。同时，这些作家的探索仍然有很大的局限性。比如，我们总是会问，白嘉轩能生活在今天吗？即使有，能走多远？他还能继续那样走到未来吗？显然是不行的。比如，史铁生的追寻终究落入虚无，从某种意义上来说续接了鲁迅的虚无，有一定的典型意义，但是，难道中国知识分子只能选择这样的虚无？再比如，《你在高原》中的主人公最后一直退守到高原，尽管退守本身也是一种坚守，但人们不禁会问，这种坚守能坚持多久？那样的桃源生活还是中国人走向世界时的理想图景吗？再比如，对于北村、张承志来讲，他们自己有宗教信仰，但对于中国人来说，是否也昭示着中国人应该重回自己传统的宗教信仰？儒释道合一还是中国人的信仰选择吗？显然，今天的文学已经不是20世纪80年代的那种先锋角色，它已经完成了启蒙的最初任务，网络上的博客、微博以及各种文化推广接过了它的任务，也正是这些蔓延无边的博客、微博制造了漫无际涯的日常话语、大众价值乃至各种"魔鬼"的声音。

佛家云："魔由心生。"然而，今天人们的人性论就是放大人的各种欲望和各种幻想。只要是人有的一切欲念都成了正当的、合法的，甚至被一些学者认为是该立法的。人心中的道德律已经荡然无存。修身、格物、慎独等这些令人高尚的法则在汪洋恣肆的欲念面前变成了限制人的枷锁。福柯的话又一次令人深思，他说："无论如何，有一件事是确实的：人并不是已向人类知识提出的最古老和最恒常的问题。让我们援引一个相对短暂的年代和一个有限的地理区域——16 世纪以来的欧洲文化——我们就能确信：人是其中的一个近期的构思……它是知识之基本排列发生变化的结果……并且正接近其终点。"① 福柯对欧洲文艺复兴以来的有关人的主题并不完全赞同，相反，他提出了前所未有的批判。他认为，从那个时期以来的有关人学的一切，都是幻想和制造出来的，并且是由一系列的知识堆积起来的，而人恰恰在那时随着神的离去而离去了。因为只有神存在，灵魂才存在，神若不在，灵魂也就无所依傍，只好离去，剩下精神。精神是什么？知识的抽象。福柯的理论给我们打开了一道认识现代化、工业文明、科学主义、各种人文科学的大门。穿过这道大门，我们走向了古代，看见了人的灵魂。而关起这道大门，我们看到的是一个知识和信息累积成的存在。但是，这种人学的进展，"人将被抹去，如同大海边沙地上的一张脸"。②

需要指出的是，中国作家在日常叙事中的困境、迷茫甚至绝望同样也是当下整个世界文学的症候。从近年来的诺贝尔文学奖获奖

---

① ［法］米歇尔·福柯：《词与物：人文科学考古学》，上海三联书店 2002 年版，第 505—506 页。

② ［法］米歇尔·福柯：《词与物：人文科学考古学》，上海三联书店 2002 年版，第 506 页。

作品来看，很多作家都进行着日常的叙事，也在努力寻找和建构一种日常的意义与价值。这是整个人类知识分子在 20 世纪以来面临的最大难题。

结　语

达尔文在其影响很大的著作《人类的由来》中曾这样写道："在人的道德性格方面，一端是一个半开化的残忍得像老航海家拜伦所描述到的那个人，为了孩子把一筐子海胆掉落在海里，竟把他向石头上一摔，摔死了，另一端是文明人的仁慈，像一个霍沃尔德或一个克拉尔克森那样。在理智方面也是如此，一端是几乎不会使用任何抽象名词的野蛮人，另一端是一个牛顿或一个莎士比亚。"① 这样一种观察所得与人类圣贤所得到的一个人身上有天使与魔鬼双重存在一样，如果经过一系列的思考、探索和修养，人类身上的天使即善的一面便可得到最大程度的发挥，相反，如果放弃了这样一种向善的过程，那么，人类的精神只可能向下堕落，最后成为一片恶的荒漠。古往今来一切学说似乎都在证明这一点，但由于价值的混乱所带来的善的终结，使得今天人类社会已经在一定程度上失去了支撑真善美价值的土壤。相反，由于对欲望的鼓励和对一切古老价值的解构，使得一切曾经被放逐的恶灵（恨、暴力、残忍、死亡、嫉

---

① ［英］达尔文：《人类的由来》，潘光旦、胡寿文译，商务印书馆 1997 年版，第98 页。

妒、变态等）拥有了快速生长的空间和载体。当尼采宣布上帝之死时，他根本不会想到杀死"上帝"这一代表真善美的存在会导致人的终结，而在今天，当我们看到人被终结的苦难时，应该重新回味尼采的另一句话：重估价值。也许只有重估今天的混乱价值，才能理出一个人类可以皈依的目的地。那时，人将会复活。

后　记

　　还是那个时候，二十多岁的时候，当市场经济的大潮席卷中华，好多文学青年都去下海了，都想着"金子"，不知从哪里冒出一股热血来，也许是傻气，我下决心要搞搞文学，逆潮而动，并扛出鲁迅的大旗，发出一些刺耳的声音。那时，青春的胸腔里弥漫着诗歌的风雪，一如宗教的迷狂。想到有那么多的学生朗诵我的长卷，而我自己也觉得身佩长剑，随时能挺身而出，仗剑天涯，全美自己。真是荒谬的岁月。但也是再也难觅的热烈时光。于是，就是从那个时候，写下关于诗歌、小说、哲学乃至信仰的一系列烈士般的宣言。说得文一些，就是文学评论。

　　今天都不忍卒读。它的每一个汉字里都渗着血，发着孤独而又令人心悸的愤怒。它们大都散落在那些油印的民间刊物上，有时我会突然间在角落里翻到它们，仿佛一滩锈迹斑斑的鲜血。我总是会愣上一阵。它是我吗？

　　是的，我不能否认。正如我不能否认生命里总有一些污秽的东西令我忏悔，令我醒悟，令我羞愧。我从那些东西中翻出几篇温和的面孔，放在这个集子里，以纪念逝去的青春。既然是纪念，也便不改其容颜，尤其是那些错讹的斑点。以真颜示人。

然后，便进入 21 世纪。我进入世俗，结婚，生女，赡养父母，惦记着日常的生活与工作。想放下诗歌，便结集出版了一部《麦穗之歌》，以纪念过去的岁月。心想，从此与文学再无缘。但命运又将我拉进文学。那是《非常日记》出版的那年。那是女儿带给我的前程。那年她正好出生，晓琴和她都去了凉州。我无事可做，便写了那本小册子，本是打发无聊的时光的，谁曾想它会在市场上畅销。于是，顺从命运，开始写小说，一气写了好多，还写过很多专栏。

2004 年，我又不得已转为教学人员，每年有教学与科研方面的考核。为了应付考核和职称，不得已又开始写起了评论。此时，已不再像二十多岁时那么激愤。大海已然平静。但写下第一篇评论文字时已经到了 2007 年，那就是《论伟大文学的标准》一文，还是因为看到很多现象与言论有不平之气才在一夜间草就的。写完后即投稿，被《小说评论》头题发表，后被《新华文摘》全文转载。

于是，从那时开始，我便开始了评论与研究，开始在一些刊物上发表一些东西。2010 年又到复旦大学读博士，似乎与研究又进了一步，写下的东西越来越多。除了博士论文外，2016 年上半年已经整理了两部评论集，现在再把剩下的一些文章整理成这一册。天！我竟然写了这么多，但我从来没有把自己当作一位评论家或当代文学方面的专家，我始终认为自己还是一个作家，甚至是一位诗人。

所以，这些文章也许仍然如之前所想的那样，只是纪念一段逝去的岁月而已。至于它是否有价值，是否有益于别人，我就不敢强求了。我喜欢鲁迅的态度，还是让自己的文字速朽吧。因为我们离不可言说的大道实在是太远了。说得太多，也许离大道越来越远。

但愿不是。也不去修改过去的一个字。

感谢所有帮助过我的老师、朋友及学生们。今生有缘。今生我不曾有私怨，只有感恩。

感谢我的家人。在浩茫的宇宙，唯有这里是温暖的，点着火的，明亮的。

感谢走过的山川，感谢大天大地。

我始终相信有一种精神充盈在天地间。

是为记。

2016.7.21